À PROPOS DES AUTRICES

L'histoire d'amour que **Susan Carlisle** entretient avec les livres débute par une mauvaise note en mathématiques. Privée de télévision le temps de remonter sa moyenne, Susan s'occupe en lisant. Un plaisir de l'évasion qu'elle cultivera plus tard en créant des romances médicales passionnées. Hormis l'écriture, Susan aime les châteaux, les voyages, le thé et, par-dessus tout, les commentaires que lui laissent ses chères lectrices...

Après une enfance dans la banlieue de Toronto, **Amy Ruttan** fuit la grande ville pour s'installer à la campagne avec l'homme de ses rêves. C'est dans ce cadre paisible qu'elle débute une carrière d'autrice de romans d'amour. Lorsqu'elle ne tape pas furieusement sur son ordinateur, Amy se consacre à ses trois merveilleux enfants, qui n'hésitent pas à solliciter ses talents de cuisinière...

Séduction à la caserne

*

La chirurgienne et le play-boy

Collection : SAGAS

Titre original :
FIREFIGHTER'S UNEXPECTED FLING

Ce roman a déjà été publié en 2020

HARPERCOLLINS FRANCE
83-85, boulevard Vincent-Auriol, 75646 PARIS CEDEX 13
Service Clients — www.harlequin.fr
ISBN 978-2-2805-1705-8 — ISSN 2426-993X

Édité par HarperCollins France.
Composition et mise en pages Nord Compo.
Imprimé en février 2025 par CPI Black Print (Barcelone)
en utilisant 100% d'électricité renouvelable.
Dépôt légal : mars 2025.

FSC
www.fsc.org
MIXTE
Papier issu de sources responsables
FSC® C159065

Pour limiter l'empreinte environnementale de ses livres, HarperCollins France s'engage à n'utiliser que du papier fabriqué à partir de bois provenant de forêts gérées durablement et de manière responsable.

SUSAN CARLISLE

Séduction à la caserne

INTÉGRALE
SECOURISTES DE CHARME

Traduction française de
ADELINE MAGNE

SAGAS
HARLEQUIN

1

À peine sortie de l'ambulance, Sally Davis sentit sa combinaison de travail lui coller à la peau. Même là où ils s'étaient garés, à l'écart de l'entrepôt en feu, la chaleur était difficile à supporter.

Malgré l'urgence et le danger, elle regarda un instant, fascinée, la progression des flammes ponctuée de craquements et de crépitements, tandis que le soleil se levait paisiblement à l'horizon, indifférent au drame qui se jouait.

Mais elle n'était pas venue pour admirer le spectacle, elle avait du boulot.

Depuis qu'elle était entrée comme secouriste à la caserne d'Austin, Texas, voilà un peu plus d'un an, elle n'était jamais intervenue sur une mission aussi délicate. Les incendies de ce type étaient les plus redoutables. Matières explosives ou chimiques, présence humaine, on ne savait jamais ce qu'on pouvait trouver dans un bâtiment désaffecté.

Comme elle sortait sa trousse médicale et sa bouteille d'oxygène de l'arrière de l'ambulance, quelqu'un cria.

— Il y a un homme à l'intérieur !

Bouche bée, elle vit un pompier se précipiter dans le brasier. Il était muni d'un masque et chargé d'une bouteille à oxygène, mais à sa haute silhouette aux épaules massives, elle reconnut le capitaine Lawson.

Son souffle se bloqua, et son sang se mit à bourdonner à ses oreilles.

Il était complètement fou ! Elle avait déjà vu des pompiers

pénétrer des structures en feu, mais celle-ci était encerclée par les flammes ! C'était quitte ou double. Si l'opération tournait mal, on aurait à déplorer deux décès au lieu d'un.

Les pompiers concentrèrent les jets d'eau sur l'entrée du bâtiment afin de tenir le feu en respect.

Les nerfs tendus par une attente qui lui opprimait la gorge, elle demeurait immobile, suspendue à ce qui allait se passer.

Pourvu qu'il s'en sorte…

Ross Lawson était pour elle un collègue parmi d'autres, mais elle le connaissait également par son frère. Kody, pompier lui aussi, travaillait dans la même unité que lui, et elle l'avait entendu plus d'une fois parler du capitaine Lawson en termes très élogieux.

Il n'empêche, on n'avait pas idée, bon sang ! C'était toujours terrible d'avoir à déplorer une victime, mais de son point de vue risquer une vie pour en sauver une autre n'était pas acceptable. Une des règles d'or du métier était de toujours considérer la sécurité de l'intervenant. Dans le cas présent, elle doutait que Ross y ait songé une seule seconde avant de se jeter dans les flammes.

Il n'avait pourtant pas la réputation d'un risque-tout drogué à l'adrénaline… Cela dit, elle ne le connaissait pas plus que cela.

— Il a du cran, ce mec.

La remarque venait de James, son collègue secouriste.

À cet instant, une forme humaine traversa le rideau de fumée pour se précipiter à l'extérieur, les épaules chargées d'une autre forme humaine.

Oui, on pouvait dire qu'il avait du cran. Son équipement devait peser une trentaine de kilos, à quoi s'ajoutait le poids de l'homme auquel il avait porté secours. Autrement dit, sa charge devait dépasser son propre poids !

Deux pompiers se précipitèrent vers lui, mais avant qu'ils l'atteignent, il tomba à genoux. Pendant qu'il rejetait son casque en arrière, plié en deux par la toux, l'homme qu'il portait roula par terre sur le dos, enveloppé de volutes de fumée.

Sally accourut avec James.

— Occupe-toi du capitaine Lawson, dit-elle à son collègue. Moi, je me charge de l'autre.

La victime, inanimée, était manifestement un sans-abri qui avait passé la nuit dans l'entrepôt.

Elle posa la bouteille à oxygène par terre et s'accroupit auprès du SDF, une joue près de sa bouche pour essayer de sentir son souffle.

L'homme respirait encore, quoique faiblement.

Sans perdre une seconde, elle appliqua un masque à oxygène sur son visage, puis chercha son pouls et le mesura. Ensuite, elle constata s'il souffrait de brûlures aux mains et au visage. Elle relaya toutes ces informations par radio aux équipes médicales.

— Il faut le transporter à l'hôpital tout de suite.

Une autre ambulance étant arrivée, James la rejoignit, chargé d'un brancard. Avec l'efficacité due à l'expérience, ils allongèrent l'homme sur la civière avant de se diriger vers l'ambulance. Malgré sa hâte, elle se tourna vers Ross, qui était examiné par un autre secouriste.

— Comment va-t-il ?

— Il a respiré beaucoup de fumées, mais il a l'air de tenir le coup, répondit le secouriste sans quitter des yeux son patient.

— On va l'emmener à l'hôpital.

Ross secoua la tête en toussant.

— Je vais bien.

— Désolée, c'est moi la secouriste en chef ici, et je vous dis que vous partez tout de suite à l'hôpital, capitaine.

Étouffé par une nouvelle quinte, Ross ne put lui répondre.

Elle s'éloigna pour rejoindre l'ambulance où le SDF venait d'être chargé. Tout au long du trajet vers l'hôpital, elle ne cessa de surveiller les constantes vitales de la victime. Deux urgentistes les attendaient à leur arrivée et les aidèrent à descendre la civière. Tandis que des infirmiers branchaient le patient à des moniteurs, elle résuma la situation :

— SDF rescapé de l'incendie d'un entrepôt. Intoxication aiguë aux fumées. Brûlures aux mains et au visage.

Alors qu'elle terminait son rapport, l'ambulance de Ross

arriva à son tour, et le brancard fut amené dans la salle d'examen contiguë. Ross ne portait plus sa veste, et son T-shirt était relevé sous les aisselles. Son pantalon fluo d'intervention était noirci par endroits. Des capteurs connectés à des appareils avaient été fixés sur sa poitrine à l'aide d'adhésifs carrés.

Malgré l'urgence et, tout simplement, les convenances, elle ne put s'empêcher de contempler son torse aux contours bien dessinés.

C'était normal pour un pompier de se maintenir en bonne forme physique, mais à sa carrure d'athlète il était clair que Ross cherchait à surpasser la norme. Pas étonnant qu'il ait réussi à extraire cet homme du brasier...

Leurs regards se croisèrent, et elle détourna les yeux en rougissant. Ross étant secoué par une nouvelle quinte de toux, elle reporta son attention sur la quantité d'oxygène qui lui était administrée.

La bille du débitmètre indiquait un litre, un débit tout à fait raisonnable. Malgré tout, il lui faudrait sans doute plusieurs jours pour décrasser ses poumons.

Elle s'approcha du brancard et lança à la cantonade :

— Comment va-t-il ?

— Il a l'air de bien récupérer, répondit un infirmier. On va le laisser sous oxygène et lui faire une radio thoracique pour vérifier qu'il n'a pas inhalé plus de fumée que nous pensons.

— Eh ! oh ! je suis là ! dit Ross d'une voix étouffée par le masque, en la fusillant du regard.

Cette fois-ci, elle soutint son regard.

— Épargne ta voix, d'accord ?

Ross grimaça en voyant entrer un médecin.

Allons bon, il aurait peur des blouses blanches ? Lui ?

Amusée, elle le laissa et se rendit à la réception pour remplir les documents d'admission. Ceci fait, elle regagna l'ambulance où l'attendait James. Contente de faire le trajet de retour dans le poste de conduite, car elle souffrait de claustrophobie et se faisait violence chaque fois qu'elle devait s'enfermer dans la cellule arrière, elle appuya la tête au dossier et ferma les yeux.

Aussitôt, elle revit en pensée le regard bleu clair de Ross Lawson derrière le masque à oxygène.

Elle avait rencontré le capitaine Lawson peu après avoir intégré le service médical d'urgence, qui travaillait en collaboration avec le régiment des sapeurs-pompiers d'Austin. Ils partageaient les mêmes locaux et parfois la même équipe quand un pompier possédait des compétences médicales qui lui permettaient de seconder les secouristes.

Comme elle était expérimentée, elle avait été affectée à l'unité 12 où travaillaient justement Kody et Ross, l'une des plus actives des quarante-huit unités que comptait la caserne d'Austin. Elle en avait pincé dès le premier jour pour le capitaine Lawson mais s'était bien gardée de donner suite à cette attirance. Après un mariage aussi bref que décevant, elle était vaccinée contre les hommes. À présent, sa priorité était d'entrer en école de médecine, son rêve depuis toujours, et un flirt ne servirait qu'à la distraire de son objectif. Plus jamais elle ne consentirait la moindre concession pour un homme.

Elle fut tirée de ces pensées par le bip-bip de l'ambulance qui se garait en marche arrière dans le parking. Comme le véhicule s'immobilisait, elle en sortit d'un bond.

Elle avait toujours adoré cette caserne. Avec sa façade de brique rouge et ses immenses portes de verre cintrées dont la principale était gardée par un dalmatien en céramique, elle était la déclinaison moderne d'une caserne traditionnelle. Une moitié du bâtiment était réservée aux pompiers et l'autre, aux équipes médicales, mais la cuisine, la salle de repos et la salle de sport étaient communes, quoique toutes situées dans la zone des pompiers.

James s'était garé à la place la plus proche des salles médicales. Les deux autres étaient dédiées aux véhicules des pompiers, mais ceux-ci n'étaient pas encore revenus. Ils n'avaient sûrement pas terminé la sécurisation du site de l'incendie.

Elle n'aurait demandé qu'à se laver et à rentrer chez elle, mais il fallait d'abord ranger l'ambulance et réapprovisionner les stocks de matériel afin d'être prêts à repartir à la moindre éventualité. Au cours de l'année écoulée, elle ne comptait pas les fois où, à peine rentrés de mission, ils avaient dû repartir.

— Eh ! choupette ! Comment vas-tu ?

Elle leva les yeux au ciel et se retourna vers Kody qui la rejoignait à grandes enjambées.

— Je t'ai déjà dit de ne pas m'appeler comme ça, surtout ici.

— Désolé, Sal, j'ai oublié, répondit-il, contrit.

Elle sourit à son frère, heureuse de le voir, ne serait-ce que pour quelques minutes. Ils étaient très proches l'un de l'autre. Kody l'avait toujours protégée, parfois même un peu trop. À chaque tournant dans sa vie, il avait été là, disponible en cas de besoin. Elle lui serait toujours reconnaissante.

— Qu'est-ce que tu fais ici ? Tu n'es pas de garde, que je sache.

— Non, je suis de garde demain, mais je suis venu récupérer un truc dans mon casier. Il paraît que Ross a joué aux héros, ce matin ? dit-il avec excitation.

Elle haussa les épaules et se dirigea vers la salle de fournitures.

— Il a joué aux imbéciles, surtout.

— Quoi ? Tu n'es pas d'accord ?

— Il aurait pu mourir.

— Il sait ce qu'il fait, répondit-il d'une voix adoucie. Je ne connais pas de meilleur pompier.

— Sans blague ! Il s'est précipité dans un brasier.

— Tu as vu pire, non ? Qu'est-ce qui te met dans cet état ?

— Rien du tout. Enfin, si : pendant un moment, j'ai cru qu'on allait se retrouver avec deux morts au lieu d'un. Par bonheur, il s'en est tiré, mais il a respiré beaucoup de fumées.

Kody fronça les sourcils avec inquiétude.

— Comment va-t-il ?

— Il est à l'hôpital, mais il devrait en sortir bientôt. Ils l'examinaient lorsque je suis partie.

— Il vise une promotion, donc il a dû penser que ce sauvetage ferait bon effet sur son CV. Allez, à plus.

— Ciao.

Elle revint vers l'ambulance, les bras chargés de fournitures.

Les ambitions de Ross, elle s'en fichait pas mal. Cet acte de bravoure inconsidéré lui avait donné des sueurs froides, et elle lui en voulait pour cela.

Ross reprenait le service une semaine après l'incendie.

Malgré ses protestations, il avait raté deux gardes. En temps normal, il aurait apprécié d'avoir le temps de travailler dans son ranch, mais il redoutait que cette absence ne soit remarquée à un moment où il aurait voulu au contraire faire bon effet. Huit postes de commandants d'unité allaient être ouverts, et les entretiens étaient prévus pour bientôt. Il tenait absolument à faire bonne impression, d'autant plus que son acte de bravoure avait suscité des réactions mitigées parmi ses chefs. Certes, sa réussite lui avait valu des éloges, mais on lui avait tenu rigueur d'avoir réagi sans réfléchir. Il n'osait pas imaginer les conséquences qu'un blâme aurait eues sur sa carrière. Par bonheur, il s'en était tiré avec une remontrance et l'ordre formel de ne pas recommencer. Le message était clair : encore une incartade de ce genre, et il pourrait dire adieu à sa promotion.

En milieu d'après-midi, alors que son unité effectuait les vérifications quotidiennes d'équipement, il aperçut Sal qui se dirigeait vers l'ambulance. Ses cheveux attachés dégageaient son visage, et elle était vêtue d'un survêtement, comme toujours au travail. Elle lui rendit son regard et le salua de la tête.

Malgré lui, il repensa à l'inquiétude avec laquelle elle l'avait observé à l'hôpital. Une inquiétude mêlée d'un autre sentiment, plus flou... Désir, intérêt ?

Il avait su qu'elle était la sœur de Kody avant même qu'elle intègre l'unité. En revanche, ils n'avaient pas eu l'occasion de travailler beaucoup ensemble. Normal : il alternait des gardes de vingt-quatre heures avec quarante-huit heures de repos, et de son côté, Sal ne pouvait pas être en poste en même temps que son frère. En revanche, il entendait ce qu'on disait sur elle. Elle faisait régulièrement l'objet de commentaires élogieux, et quelques collègues avaient tenté de sortir avec elle, sans succès. Elle ne semblait pas intéressée par une relation. Ses refus répétés nourrissaient d'ailleurs toutes sortes de spéculations, mais Kody avait dit un jour qu'elle avait divorcé. Peut-être n'avait-elle toujours pas digéré cette expérience.

Alors qu'il grimpait dans un camion, un élancement le fit grimacer.

Lors de sa dernière intervention, il avait dû se cogner à quelque chose, une porte ou un meuble. Les urgentistes s'étaient surtout inquiétés d'une intoxication par les fumées d'incendie, et lui-même n'avait pas parlé de ses douleurs aux côtes afin de ne pas être hospitalisé plus longtemps. Au reste, il souffrait déjà moins que quelques jours plus tôt.

Après avoir vérifié quelques jauges, il redescendit, s'efforçant cette fois-ci de dissimuler sa douleur.

Sal s'approcha pour lui parler à voix basse.

— J'ai vu ton visage à l'instant. Ça va ? Tu as encore du mal à respirer ?

— Non, ça va. Je vais bien.

Elle fronça les sourcils d'un air sceptique.

— Sûr ?

— Puisque je te le dis...

Seigneur, s'il n'y prenait pas garde, elle allait lui prendre un rendez-vous avec un médecin ! Il se rappela la plaisanterie qui courait parmi les pompiers à propos de la différence entre Dieu et un secouriste : Dieu, lui, ne pense pas qu'il est secouriste !

Il réprima un sourire.

En cet instant, elle lui faisait penser à sa mère, quand il était petit et qu'il lui racontait des bobards. Elle le dévisageait de la même manière.

— J'ai bien vu que tu avais mal, dit-elle en soutenant son regard.

Piégé ! Elle n'allait pas le lâcher si facilement. À croire qu'elle faisait vraiment attention à lui. Plus tard, il devrait y réfléchir à tête reposée.

— C'est bon... Je me suis froissé une ou deux côtes en sortant de l'entrepôt.

— Tu leur en as parlé, à l'hôpital ?

De nouveau, il eut l'impression de se retrouver devant sa mère, la main dans un pot de bonbons.

— Non, avoua-t-il, penaud.

Elle secoua la tête avec un soupir.

— Ces pompiers ! Toujours à se prendre pour des super-héros.

— Qui prétend le contraire ? répliqua-t-il avec un sourire.

Sal le cloua d'un regard narquois.

— C'est sûr ! Juste à l'instant, on aurait vraiment dit Superman.

Il haussa les épaules.

— Ça va... J'ai juste un peu de mal à serrer mon pansement sans aide.

— Tu ne devrais même pas avoir à t'en occuper ! Une côte froissée, ça met du temps à se réparer. Tu devrais lever le pied.

— Je n'ai pas le temps. J'ai pas mal de corvées à la maison.

— Tu n'as personne pour t'aider ? De la famille, une femme, une copine ?

— Non.

Sal lui fit signe de la suivre dans les locaux des secouristes.

— Viens, je vais y jeter un coup d'œil. Retire ton pansement, veux-tu ?

Elle se dirigea vers la porte comme si elle n'envisageait pas qu'il refuse d'obtempérer.

Après un instant d'hésitation, il lui emboîta le pas, non sans jeter un regard par-dessus son épaule.

On ne savait jamais, un chef pouvait très bien débarquer à l'improviste. Or, il ne voulait surtout pas donner l'impression qu'il était en mauvaise forme physique.

Rassuré, il suivit Sal dans une pièce spacieuse meublée de tables et de chaises et dont un mur était garni d'armoires de fournitures.

Elle poussa vers lui un tabouret à roulettes.

— Enlève ton T-shirt et assieds-toi.

Enlever son T-shirt ? Alors là, pas question !

Son épaule était couverte de cicatrices, souvenir d'un incendie auquel il avait réchappé étant gamin. Pour rien au monde il ne voulait les montrer. C'était exactement pour cette raison qu'il ne se mettait jamais torse nu en public. L'autre jour, à l'hôpital, il avait eu toutes les peines du monde à convaincre les urgentistes et les infirmières de lui laisser son T-shirt. Devrait-il recommencer avec Sal ?

Elle lui tourna le dos pour se diriger vers une armoire, et il admira la douce ondulation de ses hanches. Lorsqu'elle revint avec une paire de ciseaux, il la dévisagea, alarmé.

— Franchement, tu crois que c'est nécessaire ?

— Oui, pour découper ton pansement, répondit-elle avec un petit sourire narquois.

Voyant qu'il s'était contenté de relever son T-shirt, elle lui jeta un regard interloqué, mais s'abstint de tout commentaire.

— J'ai mal quand je lève les bras, expliqua-t-il.

Elle hocha la tête, apparemment satisfaite de cette justification.

— Ton pansement est noué autour de la taille. Il ne risquait pas de faire effet.

— Je t'ai dit que je ne suis pas très habile pour ça, dit-il, penaud.

— Je suis bien d'accord. Ce n'est pas grave, je vais te l'enlever. Bas les pattes !

— Eh ! C'est comme ça que tu traites tes patients ?

— Seulement ceux qui le méritent. Peux-tu lever les bras en croix, au moins ?

Il obtempéra au prix d'une grimace.

Les mains de Sal effleurèrent la peau sensible de son ventre tandis qu'elle lui retirait son pansement. Une légère odeur fleurie lui titilla les narines. Était-ce son shampooing ? Son parfum ? Il mourait d'envie de se pencher pour le respirer mieux.

Il baissa les yeux pour la regarder.

Ses cheveux sombres lui recouvraient le visage tel un rideau de soie. Seraient-ils aussi doux sous ses doigts s'il les touchait ?

Non, mais qu'est-ce qu'il lui prenait ? Ils se connaissaient à peine. Jamais il n'avait réagi de la sorte avec une collègue. Était-il aussi sensible parce qu'il n'était pas sorti avec une femme depuis longtemps ? Quelle que soit la raison, il devait se maîtriser. Sal Davis était la sœur d'un de ses meilleurs copains… Sa sœur parlait ces temps-ci de l'inscrire à une séance de *speed dating*. Peut-être n'était-ce pas une mauvaise idée.

Sal recula pour jeter le pansement à la poubelle, et il baissa les bras, en proie à un soulagement mêlé de déception.

— Non, garde-les levés, dit-elle. Montre-moi où tu as mal.

Il pointa l'index vers le milieu du côté gauche de la poitrine. Sal se pencha davantage, et ses doigts coururent légèrement sur l'endroit qu'il indiquait.

— Ici ?

— Oui.

Elle se redressa, l'air contrarié.

— Je vois. Tu as une jolie contusion jaune. Tu aurais dû leur en parler, à l'hôpital.

— Tu l'as déjà dit. De toute façon, la radio n'indiquait aucune lésion.

— Bon, ne bouge pas. Je vais t'examiner sous tous les angles.

Dans d'autres circonstances, cette phrase aurait pu prêter à confusion, mais Sal n'était qu'une collègue, rien d'autre.

Elle passa sous son bras levé pour observer son dos, revint devant lui, puis s'écarta.

De nouveau, il regretta sa chaleur.

C'était fou, elle le faisait réagir au quart de tour. Pourquoi elle ? Et pourquoi maintenant ?

— Si la douleur persiste encore quelques jours, tu devras passer une autre radio. Je vais te donner des antalgiques.

Même dans ce survêtement informe, elle était terriblement féminine... Bon sang, voilà qu'il remettait ça ! Il avait dû aussi se cogner la tête, dans cet entrepôt. En tout cas, de telles pensées n'avaient pas lieu d'être.

La voix de Sal le ramena à la réalité.

— C'est bon, tu peux te rhabiller.

Il se dirigea vers la porte en mettant le bas de son T-shirt dans son pantalon.

— Merci, Sal.

— Et pour ta gouverne, je pense que ton sauvetage de l'autre jour était à la fois courageux et complètement stupide.

2

Ross n'avait pas pour habitude de participer à la vie sociale de la caserne. Le pique-nique de cette fin de semaine était une exception, mais il avait deux bonnes raisons de s'y rendre. Tout d'abord, sa sœur lui avait confié la garde de ses enfants, et il fallait bien les occuper. Ensuite, il espérait montrer ainsi à ses chefs qu'il était bien intégré au groupe et qu'il entretenait de bonnes relations avec ses collègues.

L'événement avait lieu dans un des parcs de la ville. Célibataire sans enfants, il mettait rarement les pieds dans ce genre d'endroits. Par bonheur, le temps était idéal pour des activités d'extérieur. Ses neveu et nièce, Jared et Olivia, venaient surtout pour les jeux et les activités prévues pour les enfants. Lui s'intéressait davantage au repas : un barbecue avec des haricots en sauce, des épis de mais bouillis et d'énormes tranches de pain, sans parler des desserts.

Lorsqu'ils arrivèrent, le parking débordait de monde. Il chercha parmi les voitures celles de ses collègues de brigade. Kody avait dit qu'il serait là. Avec Sal, sans doute. Bah ! qu'est-ce que cela pouvait bien lui faire ? Il pensait beaucoup trop à cette fille depuis quelque temps.

La voiture à peine arrêtée, les enfants en sortirent d'un bond. Olivia pointa le doigt vers une tente installée non loin.

— Oh ! il y a un atelier de maquillage ! Je peux y aller, tonton ?

— Moi, je veux faire un tour de poney, renchérit Jared.

Ross haussa la voix.

— Eh ! oh ! venez ici, vous deux ! Si je vous perdais, vos parents seraient furieux contre moi. On va d'abord établir quelques petites règles. Règle n° 1 : on reste groupés. Règle n° 2 : on reste groupés. Compris ?

— Compris !

— Commençons par le repas, ensuite on fera un tour pour voir les activités, d'accord ?

Il leur présenta la paume, Jared et Olivia tapèrent dedans, puis rejoignirent la file du buffet. À tour de rôle, les deux enfants lui tendirent leur assiette pour qu'il la garnisse. Alors qu'il se servait, il aperçut Sal de l'autre côté de la table, occupée elle aussi à remplir son assiette.

Depuis quand était-elle là ? C'était la première fois qu'il la voyait dans une tenue autre que ses éternels survêtements de travail. Elle était vêtue d'un T-shirt bleu ciel tout simple rentré dans un jean moulant et très bien porté. Une ceinture mince attirait le regard vers sa taille svelte. Elle avait une jolie silhouette, mince sans être maigre. Ses cheveux noirs, d'ordinaire attachés, tombaient librement sur ses épaules.

Il aimait beaucoup cette Sal en mode détendu.

— Ça va ? Je ne t'avais pas vue.

— Salut, Ross. Tu es trop accaparé pour faire attention à ce qui t'entoure, je crois.

— Pas faux.

Il baissa les yeux vers les enfants, et comme ils avaient avancé dans la file, il se dépêcha de se servir pour les rejoindre. Ils prirent chacun une boisson dans un des grands récipients remplis de glace, puis se mirent en quête d'une table. Alors qu'il se détournait, il vit que Sal était juste derrière eux. Elle prenait à son tour sa boisson.

Quand leurs yeux se croisèrent, elle lui lança un sourire timide puis promena le regard sur les tables et s'éloigna.

Apparemment, elle était venue seule. Aurait-elle accepté de se joindre à eux s'il le lui avait proposé ?

À supposer qu'il ait envie de partager son repas avec elle…

— Allez, venez, les enfants. On va chercher un endroit où s'asseoir. Jared, passe devant, par ici.

Tandis qu'ils avançaient, il croisa plusieurs connaissances avec lesquelles il échangea des saluts. Enfin, Jared avisa une table vide et allongea le pas.

Alors que Ross, soulagé, posait son plateau, il aperçut Sal parmi la foule, manifestement encore en quête d'une place libre. Sans réfléchir, il agita le bras.

— Eh ! Sal ! Par ici.

Le visage de Sal s'éclaira, mais lorsqu'elle leva les yeux vers eux, elle parut hésiter, comme si elle cherchait un moyen de se défiler. Elle s'approcha, toutefois, et posa son plateau à côté de celui d'Olivia.

— Merci. Kody et sa fille doivent venir, mais ils ont du retard. Je ne m'attendais pas qu'il y ait autant de monde, ajouta-t-elle en regardant autour d'elle.

— C'est normal, pour une caserne de la taille de la nôtre. Beaucoup de familles viennent au pique-nique, commenta platement Ross.

Il n'en revenait pas. C'était bien la première fois qu'il invitait ainsi une fille, une collègue qui plus est, à partager son repas, sans compter que le règlement interdisait aux pompiers de fréquenter le personnel médical... Quoique, en l'occurrence, il ne s'agissait pas d'un rendez-vous à proprement parler. Il était aimable, tout simplement.

— Je ne savais pas que tu avais des enfants, dit-elle en s'installant.

Olivia eut un petit rire.

— Non, ce sont mes neveu et nièce, Jared et Olivia. Leurs parents sont partis quinze jours en voyage, et je les garde en attendant. Jared, Olivia, je vous présente Sal.

Olivia la regarda avec étonnement.

— Tu t'appelles Sal ? C'est un nom de garçon.

— C'est à la caserne que l'on m'appelle comme ça. En réalité, c'est Sally.

— J'aime mieux Sally.

Ross était de l'avis d'Olivia. C'était même un très joli prénom. Et dire qu'il ne s'était jamais vraiment préoccupé de savoir comment elle s'appelait pour de vrai…

— Moi aussi, dit Sally en souriant.

Ah bon ? Dans ce cas, pourquoi ne l'avait-elle jamais corrigé ?

Mais Sally tourna son attention vers son repas, et le reste de la tablée l'imita. Au bout d'un moment, elle tendit une serviette en papier à Jared, et il s'aperçut alors que son neveu avait le menton barbouillé de sauce barbecue.

— Il est bon, ton sandwich ? demanda-t-elle en souriant.

Jared hocha la tête avec enthousiasme.

— Je vois ça, ajouta-t-elle. Le mien n'est pas mal non plus.

— Celui de tonton Ross doit être bon aussi, parce qu'il en a partout sur la figure.

Toute la tablée éclata de rire.

— On dirait un clown ! dit Olivia en pouffant.

Ross s'essuya le visage avec une serviette dont il inspecta le contenu : en effet, elle était tachée de sauce.

— Tu en as encore, dit Jared.

Ross se nettoya à nouveau, et Olivia s'étrangla de rire.

— Ce n'est toujours pas parti !

— Vous allez finir par me vexer, grommela-t-il.

Il aimait le rire de Sally… C'était léger, frais, cristallin, cela jaillissait du fond du cœur.

— Attends, je vais t'aider, dit-elle en tendant sa serviette. Penche-toi un peu.

Il obtempéra, et elle avança la main. Leurs regards s'accrochèrent un instant, et il fut traversé d'un sentiment étrange. Attirance, curiosité ? Désir ? Puis Sally cligna des paupières, comme si elle revenait au présent. Elle lui essuya la joue et se redressa.

— Ça y est, déclara Olivia. Cette fois-ci, c'est parti.

Pas tout à fait : Sally avait laissé sur sa peau une trace brûlante qui mettrait sûrement du temps à disparaître. Il faudrait qu'il se demande pourquoi.

— Donc, Jared, dit Sally d'une voix un peu trop vive comme si elle aussi avait été chamboulée, quel âge as-tu ?

— Neuf ans.

— Qu'est-ce que tu aimes faire en dehors de l'école ?

— Du foot.

— Ah ! J'ai vu quelques matches, mais sans jamais tout comprendre.

Aussitôt, Jared se lança dans une grande explication sur les règles de son sport favori.

Ross sourit, attendri.

Sal, euh... Sally n'avait pas mis longtemps à trouver ce qui intéressait le garçon.

Lorsque le sujet se tarit, elle se tourna vers sa petite sœur.

— Et toi, Olivia, tu aimes quoi en particulier ?

— Dessiner.

— Ah bon ? Tu dessines quoi, en général ? Des gens, des animaux, des paysages ?

— Des chevaux. Ceux de tonton Ross, par exemple.

Sally se tourna vers lui, l'air surpris.

— Tu as des chevaux ?

— Oui. Je possède quelques arpents de terre à l'ouest de la ville.

— Tu devrais venir voir les chevaux de tonton Ross un de ces jours. Ils sont super beaux, intervint Olivia en insistant sur le « u » de super. Ils s'appellent Roméo et Juliette.

— Non, c'est vrai ? Intéressant, pour des chevaux.

— Je n'y suis pour rien. Ils avaient déjà ces noms quand je les ai achetés.

Le sourire de Sally s'agrandit.

— Ça, c'est ce que tu dis.

Olivia fut la première à terminer son repas.

— Tonton, je peux aller me faire maquiller, maintenant ?

— Moi, je veux faire du poney, dit Jared.

— Pas tous les deux en même temps. Qui commence ?

Les deux enfants levèrent le doigt, et Sally dissimula un sourire derrière sa main.

Ross la regarda en secouant la tête.

— Donne-moi une unité à gérer en intervention, pas de problème. Mais deux enfants...

— Tu t'en sors très bien.

Elle le pensait vraiment ? Pour une raison qu'il ne s'expliquait pas, il en était flatté, comme si son avis comptait pour lui.

Sally repoussa son assiette sur la table.

— Et si je t'aidais ? Je peux accompagner Olivia à l'atelier de maquillage pendant que, toi, tu emmènes Jared faire un tour de poney.

Ross regarda les enfants.

— Pourquoi pas ? Qu'est-ce que vous en dites, vous deux ?

Jared et Olivia hochèrent la tête, et il jeta un coup d'œil autour de lui.

— OK. On se retrouve à côté du mât, là-bas, dans une demi-heure ?

— Pas de problème, dit Sally en se levant. Olivia, prends tes couverts pour qu'on les jette à la poubelle en passant.

À la grande surprise de Ross, la fillette obéit sans rechigner. Tandis qu'elles se dirigeaient vers la tente où se tenait l'atelier, Olivia glissa la main dans celle de Sally et la fit balancer entre elles deux.

Une demi-heure plus tard, lorsque Sally arriva avec Olivia au lieu de rendez-vous, la petite fille arborait une énorme étoile fuchsia sur une joue et d'autres, plus petites, qui montaient en enfilade jusqu'à son front. Mais ces étoiles pâlissaient à côté du sourire qui illuminait son visage.

Ross et Jared arrivèrent en même temps. Lorsque Ross vit sa nièce, il se fendit d'un grand sourire qui fit pétiller ses yeux clairs et posa un genou devant elle.

— Ma chérie, tu es toute belle ! J'adore tes étoiles.

Cet homme ferait un bon père. Sa future femme aurait beaucoup de chance, songea Sally, émue. Jamais Wade n'aurait réagi ainsi. Déjà, jamais Wade n'aurait accompagné son neveu et sa nièce à des activités en extérieur. Son ex-mari n'aimait pas les enfants. Il n'était pas fermé à l'idée d'en avoir un jour, mais il ne supportait pas ceux des autres. Il les trouvait toujours sales, bruyants. Avec le recul, chaque fois qu'elle pensait à lui, elle se demandait comment il avait pu lui plaire.

Mais assez pensé à Wade. Elle n'allait pas ternir cette belle journée par ces souvenirs.

— Comment s'est passé ton tour de poney, Jared ? s'enquit-elle.

La tête brune de l'enfant dodelina.

— C'était sympa, mais je préfère les chevaux de tonton.

Olivia pointa le doigt vers un château gonflable, de l'autre côté du champ.

— Tonton, on peut aller là-bas ?

— Bien sûr, répondit Ross.

Hésitante, Sally chercha son frère des yeux parmi la foule. Elle n'allait pas rester à la remorque de Ross et des enfants, aussi gentils soient-ils. Kody lui avait pourtant dit qu'il venait avec sa fille. Où pouvaient-ils bien être ?

Comme le trio se dirigeait vers le château gonflable, Ross lui jeta un regard par-dessus son épaule.

— Tu viens, Sally ?

Puisque Ross n'y voyait pas d'inconvénient, autant rester avec lui plutôt que de se tourner les pouces en attendant Kody et sa fille.

Elle se hâta de leur emboîter le pas et se posta à côté de lui tandis que les enfants s'amusaient dans le château gonflable rempli de balles multicolores.

— Jared et Olivia sont adorables, dit-elle après un silence.

— C'est vrai. Leurs parents font du bon boulot.

— Ta sœur est plus âgée que toi ?

— Non, c'est moi l'aîné, même si, dans les faits, elle me traite comme un gamin. Elle s'inquiète beaucoup pour moi parce que je suis pompier et célibataire. Elle veut bien faire, je sais, mais parfois elle me casse les pieds.

— Je comprends. Kody est pareil avec moi. D'un autre côté, je ne sais pas ce que je deviendrais sans lui. C'est lui qui m'a encouragée à venir vivre au Texas, et je ne regrette pas ce choix.

— Ta famille est de Caroline du Nord, c'est ça ?

— Oui. Après mon divorce, quand Kody m'a dit que je trouverais facilement du travail ici, j'ai décidé de faire le saut.

— Kody a vaguement évoqué le fait que tu n'avais pas fait un bon mariage. Je suis désolé.

Pas autant qu'elle. Elle n'avait jamais été du genre à aborder le sujet à la légère.

— Tante Sally !

Se retournant, elle vit sa nièce, Lucy, courir à sa rencontre, suivie par Kody non loin derrière.

Elle serra chaleureusement la petite fille dans ses bras.

Elle adorait sa nièce. Les jours de congé, elle s'en occupait volontiers, et la petite avait plus d'une fois passé la nuit chez elle quand son père était de garde. Ce n'était jamais une corvée : elle aimait passer du temps avec Lucy.

— Je commençais à m'inquiéter.

— Désolé, l'anniversaire de la copine a duré plus longtemps que je pensais. Salut, Ross, ça va ?

Les deux hommes échangèrent une poignée de main vigoureuse.

— Content de te voir.

— Et moi de même. Merci de t'être occupé de ma sœur.

Sally darda un regard noir sur son frère.

Ross, s'occuper d'elle ? Elle n'en avait pas besoin, merci !

— Dis donc, Kody !

— Elle cherchait une place à table, et je l'ai invitée à se joindre à nous. Il n'y a pas de quoi fouetter un chat.

De mieux en mieux. Ross parlait comme si Kody était son père !

Lucy tira sur la main de Kody pour attirer son attention.

— Dis, papa, je peux aller jouer dans les balles, moi aussi ?

— Bien sûr, ma chérie.

La fillette se débarrassa aussitôt de ses chaussures et grimpa dans le château gonflable.

Au bout de quelques instants, le moniteur leur demanda de descendre pour laisser la place à d'autres. Les enfants obtempérèrent sans barguigner, remirent leurs chaussures et rejoignirent les adultes.

Sally posa une main sur l'épaule de Lucy.

— Olivia, Jared, je vous présente ma nièce, Lucy.

— Et nous, on est les neveux de Ross, piailla Olivia.

Une voix dans le micro les interrompit en annonçant le début des tournois. Jared se tourna vers son oncle d'un air impatient.

— On va regarder, tonton ?

— Bien sûr, dit celui-ci avant de se tourner vers Kody et Sally. Vous venez ?

— Pourquoi pas ?

Ils se dirigèrent vers un champ aménagé pour l'occasion, autour duquel la foule affluait.

— On commence par la course à l'œuf. Seuls les enfants sont admis. Les participants sont invités à rejoindre la ligne de départ munis d'un œuf et d'une cuillère.

Les trois enfants prirent place sur la piste, accompagnés de Ross et de Kody. Sally demeura sur la ligne de touche pour les encourager tandis qu'un animateur rappelait les règles.

— Vous devez marcher jusqu'au tonneau, en faire le tour et revenir sans laisser tomber votre œuf et sans vous aider de vos mains. Le premier arrivé a gagné. Un, deux...

Les enfants s'élancèrent. Olivia avait à peine fait quelques pas que son œuf tomba. Elle se dépêcha de le ramasser et de le reposer sur sa cuillère, fit quelques pas et perdit à nouveau son œuf. Pendant ce temps, Lucy et Jared avaient déjà atteint le tonneau et amorçaient le retour. Près de fondre en larmes, Olivia se tourna vers Ross, qui se précipita vers elle. Un genou à terre, il lui dit quelques mots, puis ramassa la cuillère et la lui tendit. Olivia reprit sa course avec hésitation, mais Ross passa les bras autour de sa taille et la souleva dans ses bras. Sans cesser de la tenir, il contourna le tonneau d'un pas lent et régulier et entama le retour. Lorsqu'ils approchèrent de la ligne d'arrivée, ils étaient bons derniers, mais le public les acclama comme s'ils étaient les premiers. Ross mit un genou à terre et reposa la fillette qui, radieuse, lui noua les bras autour du cou.

Sally applaudit à tout rompre, attendrie.

Ross avait su transformer tout simplement une situation de

tension en un moment de joie. Il ferait un bon père, mais en attendant c'était un oncle vraiment formidable.

D'autres animations s'ensuivirent, et ce fut le tour de la course à trois jambes.

— Cette fois-ci, on va innover, annonça l'homme au micro. Chaque unité sera représentée par un homme et une femme. Choisissez votre partenaire et approchez-vous de la ligne de départ.

— Tonton Ross, tu dois y aller avec Sally ! s'écria Jared.

Lucy et Olivia renchérirent avec un enthousiasme que Sally était loin de partager. Kody semblait s'amuser de son embarras.

— Allez, Sal. Pour la 12 !

— Oui, allez, tata, insista Lucy en la poussant légèrement.

Comme Ross la dévisageait d'un air scrutateur, Sally lui rendit un regard déterminé.

— Allez, viens ! On va les ratatiner.

Il sourit, visiblement amusé par son état d'esprit combatif.

Ils se hâtèrent vers la ligne de départ, et Ross ramassa un chiffon pour le nouer autour de leurs chevilles. Sally s'efforçait de le toucher le moins possible, sans grand succès puisqu'ils étaient attachés l'un à l'autre sur toute la hauteur de leurs jambes. Sa nervosité atteignit un pic quand Ross lui entoura la taille de son bras.

— Passe ton bras autour de moi.

Elle obtempéra, le cœur battant, et ses doigts s'agrippèrent au tissu de son T-shirt.

— Pas mon T-shirt : *moi*.

Elle leva les yeux vers lui.

Il était solide comme un roc, fort, rassurant. Son visage était tendu par une expression concentrée et déterminée.

Tout ça pour une course de gamins !

Elle laissa échapper un petit rire.

— Tu veux vraiment la remporter, cette épreuve, murmura-t-elle.

Il lui jeta un regard interloqué.

— Oui, et alors ? Pas toi ? On commence par les jambes extérieures. Prête ?

— Euh, oui…

En réalité, elle aurait voulu se réfugier dans sa voiture.

— Tout le monde est prêt ? dit l'homme au micro.

Le signal du départ résonna, et ils se mirent en marche.

Elle s'efforça de se concentrer sur la course, mais si près de Ross, c'était difficile. Tant bien que mal, elle suivait la cadence qu'il lui imposait. Lorsqu'elle trébucha, il resserra son étreinte autour de sa taille.

— Extérieur… Intérieur…

Il maintenait la cadence. Au moment de faire le tour du tonneau, il la souleva contre lui comme si elle ne pesait pas plus qu'une plume, puis la reposa une fois l'obstacle contourné.

— Intérieur…

Elle planta les doigts dans son flanc, ce qui le fit grogner, mais il ne ralentit pas sa marche pour autant.

Se souvenant qu'il devait avoir encore mal aux côtes, elle appuya moins fort et se concentra sur la marche.

L'arrivée n'était plus très loin. Le public se mit à rugir.

Ross la serra davantage contre lui.

— Allez, on y est presque, dit-il entre deux souffles.

Elle donna toutes ses forces pour marcher le plus vite possible.

À l'arrivée, Ross la souleva à nouveau et la fit pivoter devant lui. Ils s'effondrèrent l'un sur l'autre en riant, les membres emmêlés.

Les mains aplaties contre son torse, elle sentait son haleine sur sa joue. Il était étalé sur elle, les bras coincés sous elle comme s'il avait cherché à atténuer sa chute. Leurs regards se croisèrent, et elle surprit dans le sien une lueur d'intérêt masculin qui lui mit des papillons dans le ventre.

— Ne bouge pas, je vais nous détacher, murmura-t-il contre sa bouche.

— Tu as gagné, tata !

— Non, c'est vrai ? dit-elle en se relevant.

Avec un grand sourire, Ross lui tendit la main et la fit virevolter dans ses bras.

— Ça s'est joué à peu, mais oui, on a gagné !

— Oh ! fit-elle en nouant les bras autour de son cou.

Ross la déposa presque aussitôt sur le sol, mais, étourdie, elle mit deux secondes à retrouver son équilibre. Lucy l'étreignit à son tour, tandis que Kody gratifiait Ross d'une tape dans le dos.

— Vous avez été formidables ! s'exclama-t-il.

— Merci, mais c'est Ross qui a fait tout le travail.

— On a gagné tous les deux, Sal.

— C'est Sally, tonton, corrigea Olivia.

— Pour moi, ça a toujours été « choupette », dit Kody en souriant d'un air taquin.

Sally leva les yeux au ciel avec un soupir.

Tandis que les enfants s'en donnaient à cœur joie dans l'aire de jeux, les adultes, installés à une table, terminaient leur dessert.

Ross enfourna une cuillerée de glace et regarda Sally, qui ne levait pas les yeux de son gâteau.

Elle avait été formidable pendant la course. Pourtant, elle lui avait donné l'impression qu'elle y participait contrainte et forcée. Était-ce le jeu qui l'avait rebutée, ou le fait d'être en équipe avec lui ? Ce qui le surprenait, également, c'était l'intensité de ses propres réactions quand ils avaient été attachés ensemble. Il ne s'était pas attendu à réagir ainsi au quart de tour, surtout lorsqu'ils étaient tombés l'un sur l'autre. L'espace d'une seconde brûlante, elle l'avait regardé avec ce qui ressemblait à... A quoi, au juste ? De la surprise ? De l'intérêt ? Du désir ?

Peu importe : Sally n'était pas une femme pour lui, à plusieurs titres. D'abord, c'était la sœur d'un copain. Ensuite, c'était une collègue. Par ailleurs, elle était divorcée et ne semblait pas pressée de connaître une autre histoire sentimentale. Surtout, elle n'avait pas l'air de rechercher les aventures sans lendemain. Quant à lui, il ne pouvait pas se laisser distraire de ses objectifs. Et puis, il y avait ses cicatrices. Les femmes qu'il avait fréquentées s'étaient souvent attendues qu'un homme comme lui ait un corps parfait, comme les pompiers des calendriers. Il en avait déçu plus d'une et n'était pas près de renouveler l'expérience.

Une annonce au micro interrompit ses pensées.

— Le premier match de tir à la corde va commencer.

— On passe aux choses sérieuses, dit-il à Kody. Cette année, on va gagner, tu vas voir.

Puis il lança d'une voix plus forte :

— Jared, Olivia, vous venez ? C'est l'heure du tir à la corde.

Les enfants cessèrent aussitôt de jouer et les rejoignirent. Sally se mit à rire.

— On dirait que tu es venu pour ça !

— C'est un peu vrai. L'année dernière, les gars de la 2 ont gagné, mais l'heure de la revanche a sonné. Ça ne t'ennuie pas de surveiller Jared et Olivia pendant le match ?

— Et Lucy ? ajouta Kody.

— Mais non, pas du tout. Allez-y. On vous regarde.

Ross traversa le pré avec Kody pour rejoindre les autres joueurs et leva la main pour rassembler l'équipe.

— La 12, par ici !

Les autres chefs d'unité faisaient de même, et pendant un instant une certaine anarchie régna sur le terrain, le temps que les groupes se forment. La voix de l'annonceur résonna alors :

— Votre attention, s'il vous plaît ! Je vous rappelle le déroulement de la rencontre : nous avons tiré au sort les unités qui s'affronteront. Les épreuves sont éliminatoires, l'équipe gagnante passe au niveau supérieur jusqu'à la finale. Chaque unité doit choisir six champions, dont au moins une femme. Pour toute question, voyez avec le commandant Curtis.

— OK ! s'écria Ross d'une voix de stentor. Il me faut Erickson, Smith, Hart et Kody. Rogers, tu seras la fille du groupe. Vous êtes d'accord ?

— Oui, chef !

— Parfait, tout le monde en place.

Ceux de l'unité qui n'avaient pas été sélectionnés rejoignirent la touche tandis que les autres s'emparaient de la corde.

— Je vous demande d'accueillir nos deux premières équipes, la 12 et la 35. À vos marques... Partez !

Ross se mit à tirer de toutes ses forces, mêlant ses grognements d'effort à ceux de ses coéquipiers. Lentement, très lentement, ils reculaient, et les acclamations du public s'intensifièrent. Soudain, la corde se relâcha, et il tituba.

Ils avaient gagné !

Tous se congratulèrent en se tapant dans les mains avant de libérer la place pour les équipes suivantes.

Il souriait malgré la douleur qui l'élançait dans les côtes.

Dans quel état finirait-il la journée ? Déjà pendant la course à trois jambes, il avait eu un mauvais élancement quand Sally avait empoigné son T-shirt. Pourtant, il ne pouvait pas déclarer forfait. Les gars avaient besoin de lui. L'essentiel était de ne pas montrer qu'il avait mal.

Sally et les enfants les entourèrent pour les féliciter.

— Eh ! les enfants, vous m'aidez à apporter des rafraîchissements ?

— Ouais !

Ils s'éclipsèrent pour revenir les bras chargés de bouteilles d'eau qu'ils distribuèrent à toute l'équipe. Ross vida la sienne en deux grandes lampées. Bientôt, ils regagnèrent le terrain pour disputer la manche suivante.

Ils remportèrent trois matchs et se retrouvèrent en finale face à la fameuse unité 2.

— Allez, oncle Ross, allez ! s'écria Olivia.

Sally n'était pas en reste.

— Allez, les 12 ! Vous êtes les meilleurs !

Le cœur de Ross se mit à battre à toute vitesse. Au signal de l'annonceur, il planta les talons dans le sol et tira de toutes ses forces.

Ses mains, ses bras, ses épaules souffraient, les muscles de ses jambes tremblaient sous la tension, la sueur lui coulait dans les yeux, il ressentait une brûlure au niveau de ses côtes froissées, mais il ne lâcha pas. Il serra les dents et s'efforça de ne pas y penser, de se concentrer sur son effort. Vaguement, il entendait le public crier. Une fois, deux fois, trois fois, l'équipe fut attirée vers la ligne. Seule leur volonté leur permit de regagner du terrain et même d'inverser le mouvement.

Il puisa dans ses dernières forces.

— Allez, les gars ! On va leur faire voir !

Dans un dernier sursaut, il tira plus fort encore. Les autres l'imitèrent certainement, car ils reculèrent de plusieurs pas. Enfin, l'annonce résonna dans les haut-parleurs.

— La victoire revient à l'unité 12 !

Des clameurs et des applaudissements s'élevèrent du public, et les autres joueurs les entourèrent pour les féliciter.

Les mains sur les genoux, Ross inspirait l'air à grandes goulées. Une bouteille apparut soudain devant lui. Il leva les yeux et vit Sally, le visage illuminé d'un sourire qui aggrava les battements accélérés de son cœur.

Tous ses efforts étaient récompensés par ce seul sourire.

— Tu as été génial !

— Merci. Je n'ai pas gagné tout seul. C'était un travail d'équipe.

— Oui, mais c'est toi qui les as persuadés de mettre la gomme.

Il sentit l'orgueil l'irradier. Il devait admettre qu'il n'était pas insensible à ce compliment.

Quelques instants plus tard, l'homme du micro annonça la fin des activités, et la foule s'égailla.

Alors qu'ils retournaient au parking, Olivia tira sur la main de Ross.

— Dis, tonton, tu me portes sur ton dos ?

Il hésita. Il était à bout de forces mais ne voulait pas la décevoir. Fort heureusement, Sally vint à sa rescousse.

— Je crois que ton oncle est un peu fatigué de tous ses efforts.

— Ah ? Bon, d'accord.

Il se tourna vers Sally pour lui souffler un « merci », et elle hocha la tête en souriant.

— On est garés là-bas, dit Kody avant de faire une bise à sa sœur. À plus !

— Salut, tata !

Sally esquissa un sourire incertain.

— Moi aussi, je vais rejoindre ma voiture. C'était sympa de faire votre connaissance, les enfants. J'ai passé un bon moment.

Avec un petit signe de la main, elle se tourna pour s'en aller.

— Eh ! attends ! On va justement par là, nous aussi.

Sally s'arrêta, et Olivia reprit sa main.

— On t'accompagne jusqu'à ta voiture.

— Euh... Bon, d'accord.

Ross sourit, amusé.

— Tu ne croyais tout de même pas te débarrasser de nous aussi facilement ?

— Je n'essaye pas de me débarrasser de vous. Enfin, tu me comprends, ajouta-t-elle, les joues roses.

Il eut un petit rire qui se termina en grimace de douleur.

— Tu as encore mal ? demanda-t-elle avec inquiétude.

Il haussa les épaules.

— Les efforts d'aujourd'hui n'ont sans doute pas arrangé les choses.

— Tu as levé le pied comme je te l'avais recommandé ? Jusqu'à cet après-midi, s'entend.

— J'ai fait de mon mieux...

Elle secoua la tête, l'air contrarié.

— À ton retour chez toi, prends un bain très chaud, ça te fera du bien. Tu n'aurais pas pu te faire remplacer pour le tir à la corde ?

— Si, mais ça aurait été moins intéressant, avoue.

Sally secoua la tête avec un soupir.

— Les hommes... Bon, ma voiture est là. Cette fois-ci, salut, Olivia et Jared. À plus, Ross.

Ils lui dirent au revoir et regagnèrent son pick-up.

C'était bizarre, mais déjà, sans qu'il sache pourquoi, elle lui manquait.

Alors qu'il s'apprêtait à démarrer, il entendit frapper à la portière. C'était elle.

Elle lui fit signe de baisser la vitre.

— Tends ta main.

Il obtempéra, et elle y déposa quelques comprimés.

— Ça soulagera la douleur. Salut, Ross, ajouta-t-elle d'une voix douce, en se retournant.

Tout le long du retour, quelque chose de tendre et de léger flotta dans l'air autour de lui. Quelque chose sur quoi mieux valait ne pas s'attarder.

3

Deux jours plus tard, Ross était occupé à des tâches administratives lorsque l'ambulance se gara à reculons dans le parking de la caserne. De la fenêtre, il vit Sally sortir de l'arrière du véhicule, ses mouvements exprimant la fatigue.

Depuis le début de la garde, les services médicaux avaient été sollicités deux fois plus que les pompiers.

Pour autant, les gars ne s'étaient pas tourné les pouces. Ils avaient lavé les camions, vérifié les stocks de fournitures et l'état général de l'unité. À présent, certains s'entraînaient en salle de sport tandis que d'autres regardaient un film en salle de repos.

L'un des hommes passa la tête par l'entrebâillement de la porte.

— Ross, c'est à ton tour de faire la cuisine ce soir. Tu as tout ce qu'il te faut, ou tu veux qu'on descende à l'épicerie ?

Ah oui ! il était de cuisine aujourd'hui !

Chaque brigade avait sa manière d'aborder le problème. Dans certaines, un homme était préposé à l'organisation des repas. Dans d'autres, comme la leur, ils fonctionnaient par roulement, et deux équipiers étaient désignés à tour de rôle chaque soir.

— Je vais voir, répondit-il. Qui s'y colle, à part moi ?

— Sal.

Sally ? Ça tombait mal. Il s'efforçait de l'éviter depuis le jour du pique-nique. Il était encore déstabilisé par les sensations excessives qu'il avait éprouvées en sa présence. Il aurait préféré faire équipe avec quelqu'un d'autre, mais s'il se défilait, il risquait de susciter des questions ou, pis, de blesser Sally.

Bon, ce ne serait peut-être pas la mer à boire, il était capable de passer quelques moments avec elle.

Il lui semblait qu'ils s'étaient vus plus souvent au cours de ces dernières semaines qu'en plusieurs mois. Même s'il n'était de service qu'un jour sur trois, il s'était rendu compte que Sally accumulait des heures supplémentaires qu'elle compensait par des jours de repos. Que pouvait-elle faire pendant ces absences ?

Au reste, ça ne le regardait pas.

Il jeta un autre coup d'œil au parking avant de se tourner vers le pompier.

— Ils arrivent tout juste. Je vais lui laisser le temps de se rafraîchir pour lui demander son avis. Ils sont déjà sortis deux fois cet après-midi. Si ça se trouve, elle ne sera pas d'attaque.

— OK.

Quelques minutes plus tard, il retrouva Sally dans un bureau des services médicaux.

— Dure journée ?

— Plutôt, oui. On a été appelé coup sur coup pour deux interventions compliquées. Il y a des jours comme ça, ajouta-t-elle en haussant les épaules.

— Et ce n'est pas fini. Désolé, mais nous sommes tous les deux de cuisine, ce soir. Enfin, je peux m'en sortir tout seul, même si je ne suis pas un cordon-bleu. Au besoin, je peux faire appel à quelqu'un d'autre.

— Pourquoi ? Tu penses que je ne sais pas cuisiner ?

— Pas du tout ! Enfin, tu t'y connais ?

Les yeux de Sally pétillèrent.

— Je me débrouille pas mal, oui.

Il se passa le dos de la main sur le front.

— Ouf ! Je n'ai pas vérifié les stocks, mais s'il manque quelque chose, les gars peuvent aller le chercher à l'épicerie.

— Il me reste encore deux ou trois choses à régler. Je te retrouve à la cuisine. Dans le pire des cas, si j'étais sollicitée à nouveau, tu pourrais ouvrir des boîtes de conserve.

Il se rendit dans la cuisine en souriant.

Il l'aimait bien, cette fille. Elle avait du répondant, même pour une tâche aussi anodine que la préparation d'un repas, et ce n'était pas pour lui déplaire.

Sally ne tarda pas à le rejoindre. Elle entra dans la réserve en calant la porte avec un cageot.

La pièce était largement assez grande pour qu'ils s'y tiennent tous les deux à l'aise. Craignait-elle de se retrouver dans un espace clos avec un homme ? Avec lui en particulier ? Ou bien y avait-il une autre raison à ce geste ?

En fait, elle avait raison. Mieux valait qu'ils ne soient pas vus en situation équivoque. Pas question de compromettre ses chances de promotion à cause d'un malentendu.

Il demeura donc sur le seuil tandis que Sally faisait courir le doigt le long des étagères.

— On a de quoi faire une soupe de légumes : du maïs, des haricots, des pommes de terre en dés et du coulis de tomate. On pourra compléter par des sandwichs au fromage toastés.

— Parfait.

Ils devaient cuisiner pour six pompiers et deux assistants médicaux. Autant dire qu'ils devaient prévoir large.

— Il reste du steak haché ou du rosbif ? demanda-t-elle encore.

— Attends, je vais voir.

Comme il se dirigeait vers le congélateur, il entendit derrière lui un bruit de boîtes de conserve qui s'entrechoquaient.

— Oui, il y a deux ou trois livres de steak haché.

— Tu peux le mettre à dégeler ? Il va nous servir pour la soupe.

Sally réapparut les bras chargés de boîtes de conserve qu'elle déposa sur le plan de travail.

— Il reste encore quelques boîtes. Tu peux me les chercher ?

Il obtempéra puis referma la réserve en poussant le cageot du pied.

— Et maintenant ?

— Dis, je ne suis pas ta chef, et tu n'es pas mon sous-chef. Tu ne fais pas souvent la cuisine, on dirait.

Il appuya une hanche contre le plan de travail.

— Si, des choses simples. Mais si c'est possible, c'est un plaisir que je délègue volontiers à d'autres.

— Bon, puisque tu m'as désignée comme chef, je vais te mettre au boulot. Tu sais te servir d'un ouvre-boîte ?

— Ça dépend. Il est électrique ?

Sally secoua la tête en riant.

— Et ça se dit chef d'unité.

— Il paraît, oui, dit-il en ouvrant un tiroir.

Elle posa une marmite sur la gazinière tandis qu'il disposait les boîtes les unes à côté des autres après les avoir ouvertes. Elle alluma un brûleur et plaça les steaks encore gelés au fond du récipient.

— Tu connais ta recette par cœur ?

— Ce n'est pas grand-chose, répondit-elle. Juste un peu de viande et des légumes en boîte. Mais l'ingrédient secret, c'est la sauce Worcester. Tu peux vérifier dans le frigo qu'il en reste ?

Il obtempéra.

— Oui, il y a une moitié de bouteille.

— Ça suffira amplement. Il y a du ketchup ?

— Du ketchup ?

— Il sert à épaissir la soupe en plus de lui donner bon goût.

— Parole de chef.

— Bof ! on en est loin.

Ils furent interrompus par une sonnerie bruyante suivie d'un long signal et de trois courts : une fois de plus, leur unité était appelée. Il quitta aussitôt la pièce, laissant Sally éteindre le brûleur et ranger au frigo les récipients ouverts.

Par les haut-parleurs, une voix décrivait l'accident.

— Accident impliquant deux voitures sur la route de Houston. Une voiture en feu.

Ses collègues et lui étaient déjà en tenue. Il enfila sa veste en vitesse, sauta sur le siège passager du camion et fixa son casque sous son menton. Tandis que l'énorme porte se relevait, le conducteur démarra, et le camion s'élança toutes sirènes hurlantes. En une minute, ils étaient sur la route. Sur le trajet, ils restaient en contact avec la caserne pour s'informer de l'accident.

Cette efficacité et cette économie de moyens reflétaient

des qualités d'organisation qu'il espérait faire valoir pour sa promotion.

Les deux ambulances les suivaient de près. Les automobiles se déportaient pour leur laisser le passage. Au niveau d'un croisement, ils ralentirent avant de poursuivre leur route : le but n'était pas de provoquer un autre accident en s'efforçant d'arriver le plus vite possible.

Ils se garèrent à proximité du site de la collision, pas trop près. Derrière eux, l'ambulance fit de même.

C'était un professionnel aguerri, mais il sentit son ventre se serrer à la vue des deux voitures. L'une, touchée à l'avant, était en feu. La portière du conducteur, qui avait subi l'impact, était complètement enfoncée. Du même côté, la portière arrière était amochée, mais elle avait pu être ouverte. Une veste d'enfant pendait à moitié en dehors, et une poupée gisait sur la chaussée. De la fumée s'échappait du capot de l'autre véhicule, et une traînée d'huile s'écoulait sur le macadam.

En premier lieu, il fallait circonscrire et éteindre le feu.

Le passager à l'arrière, un enfant, avait pu être évacué, il fut examiné par Sally avant de partir en ambulance. En revanche, la conductrice était coincée à l'intérieur.

Tandis que ses hommes noyaient l'incendie, il s'approcha de Sally, qui venait de monter à l'arrière de la voiture pour examiner la victime.

— Tu as besoin de quoi ?

— Les portières à l'avant ne s'ouvrent pas, et je crains qu'elle ait subi des lésions internes, répondit-elle sans le regarder. Il nous faut les pinces de désincarcération pour la sortir de là. Il faut agir très vite.

Il sortit sa radio et appuya sur le bouton de transmission.

— Rob, amène les mâchoires de survie. Fais-toi aider par Jim.

Pendant qu'on préparait le matériel et que Sally installait une minerve autour du cou de la victime tout en s'efforçant de la rassurer, Ross retourna auprès de la seconde voiture.

Le conducteur était assis sur le bas-côté, en état de choc mais apparemment indemne. Il était pris en charge par l'un des secouristes de la seconde ambulance. Deux pompiers secondaient les policiers pour dévier la circulation.

Ross retourna vers Sally au moment où ses hommes apportaient les pinces hydrauliques. Ils les insérèrent au point de jonction entre les portières avant et arrière et, lentement, la machine les écarta l'une de l'autre dans de grands grincements métalliques. Au bout de plusieurs longues minutes, les portières furent enfin séparées.

— Il faut une civière, vite, dit Sally, avant de s'adresser à Ross par-dessus son épaule : j'aurai besoin de renfort.

Ross et un autre pompier se disposèrent face à elle, et elle leur dicta la marche à suivre.

— OK, il faut la sortir tout doucement et l'asseoir sur la civière.

Son collègue et lui obéirent sans discuter. L'expert, ici, c'était Sally.

Quelques minutes plus tard, la victime était dans l'ambulance avec Sally, prête à partir à l'hôpital.

Ross et ses hommes restèrent sur les lieux le temps de charger les véhicules sur une dépanneuse et de finir de sécuriser la voie.

À son retour à la caserne, Sally trouva Ross dans la cuisine de l'unité, occupé à touiller la soupe qui mijotait doucement. Il se tourna vers elle en souriant.

— Ah ! te voilà enfin ! J'avais peur d'avoir à recevoir tous les compliments pour le repas.

Ce sourire… Il n'en fallut pas plus pour lui donner des papillons dans le ventre.

Pourquoi lui ? Et pourquoi maintenant ? Évidemment, Ross Lawson était un gars bien, à qui elle pourrait accorder sa confiance… Si elle était tentée, ce qui n'était pas le cas.

— Ça sent bon, dis donc.

— N'est-ce pas ? Tu avais raison, je sais faire griller de la viande et vider des boîtes de légumes dans une marmite.

— Comme quoi, tu as des talents cachés.

— Dans d'autres domaines aussi.

Voilà qu'il flirtait avec elle... Ou alors, elle s'imaginait des choses ? Oui, ce devait être cela.

Gênée, elle attira à elle la miche de pain et le beurre.

— Je vais préparer les sandwichs. Tu peux sortir une plaque qui va au four ?

— Pour des sandwichs ?

— Oui, on va les passer sous le gril, expliqua-t-elle sans interrompre son travail. Ensuite, il me faudrait du fromage en tranches. Une fois enfournés, ils seront grillés en un rien de temps.

Ross suivit ses instructions sans faire de commentaires.

Quelques minutes plus tard, les sandwichs avaient pris une jolie teinte dorée.

— Je me charge du couvert. Toi, va prévenir les autres que le repas est prêt.

— Tu es toujours aussi autoritaire ? dit Ross en riant, avant de quitter la pièce.

Était-ce l'opinion qu'il avait d'elle ?

Elle ne se considérait pas comme telle, mais Wade s'était plaint de l'avoir sur le dos. Vers les derniers temps de leur mariage, elle avait dû l'être, en effet. Mais pas sans raison. Il était toujours absent, toujours entre deux boulots. Il n'avait jamais d'emploi stable : ses collègues étaient stupides, le poste n'était pas à sa mesure... Il avait toujours une bonne excuse pour claquer la porte. Ses parents l'avaient élevé dans l'idée qu'il avait toujours raison. Avec le recul, elle comprenait mal comment elle avait pu être aveugle à ces défauts au point de l'épouser. Certes, elle était amoureuse, mais ça n'excusait pas tout. La prochaine fois, elle ferait plus attention avant d'ouvrir son cœur.

Le repas se déroula dans une ambiance bon enfant. Une fois le dîner terminé, elle débarrassa la table avec l'aide de Ross. Dieu merci, les couverts et les assiettes sales allaient passer au lave-vaisselle, c'était toujours ça. Elle était fatiguée et avait encore des tâches administratives à régler avant de partir.

Ross terminait de laver la dernière marmite lorsque son téléphone sonna. Il s'essuya les mains à la va-vite, et elle le remplaça devant l'évier, pressée d'en finir avec la vaisselle. Malgré elle, elle ne put s'empêcher de saisir des bribes de la conversation.

— Oui, je comprends... Non, je sais, vous n'y pouvez rien... Je vais essayer de m'arranger.

Il semblait déçu, contrarié.

Elle hésita à lui poser des questions peut-être indiscrètes, mais ne rien dire, c'était risquer de paraître indifférente.

— Ça va ? se hasarda-t-elle à demander lorsqu'il revint dans la cuisine.

— Pas vraiment, non. C'était la voisine qui s'occupe d'Olivia et de Jared durant mes heures de boulot. Elle doit aider sa mère qui vient d'avoir un accident. Du coup, je me retrouve sans baby-sitter.

— Tu ne peux pas inverser des jours de garde ?

Il secoua la tête en faisant défiler une liste de contacts sur son téléphone.

— Non, j'ai un rendez-vous avec mon chef. Le genre de rendez-vous que je ne peux pas me permettre de rater, ajouta-t-il, plus pour lui-même que pour elle.

— Il tombe quel jour ?

— Ce vendredi.

— Je suis en congé le reste de la semaine pour récupérer des heures supplémentaires. Si tu veux, je peux les garder. Lucy pourrait se joindre à nous.

— C'est vrai ? Ce serait super ! Jared et Olivia seraient ravis d'avoir une camarade de jeu.

— Parfait. Il n'y a qu'un problème...

Elle s'interrompit afin d'avoir son attention.

— Je n'ai pas de quoi faire coucher trois enfants dans mon petit appart. Par contre, je peux demander à Kody s'il veut bien les héberger pour la nuit.

Ross lui prit la marmite des mains pour la ranger dans un placard.

— C'est inutile, tu n'as qu'à venir chez moi. J'ai la place, et ils auront aussi de l'espace pour jouer dehors. En plus, les affaires de Jared et d'Olivia se trouvent déjà là-bas.

— Tu es sûr que c'est une bonne idée ?

— Tout à fait sûr. Tu me rends un grand service.

Pour le coup, c'était elle qui doutait que ce soit une bonne idée. Elle devait garder ses distances avec Ross, et passer la nuit chez lui n'était pas le meilleur moyen d'y parvenir. Le problème, c'était qu'elle ne pouvait vraiment pas loger trois enfants chez elle.

Elle haussa les épaules, résignée.

— Bon, si tu vois les choses comme ça...

Ross la regarda avec attention.

— C'est à charge de revanche, bien entendu.

— On verra ça plus tard.

— Si tu arrives vers 11 heures, j'aurai le temps de te faire faire un tour de la maison avant de partir au boulot. Je vais t'envoyer mon adresse par texto, dit-il en quittant la pièce.

— Eh ! attends ! Tu n'as pas besoin de mon numéro ?

Il sourit, d'un air penaud qu'elle ne put s'empêcher de trouver mignon.

— Si, ça pourrait m'être utile, en effet.

— Tu n'organises pas souvent des gardes d'enfants ?

— Non, j'avoue, dit-il en riant. Je suis novice. Mais j'apprends vite !

4

Sally se disait qu'elle avait fait une grosse, très grosse bêtise en acceptant de s'occuper de Jared et Olivia.

Dans quoi mettait-elle les pieds ? Elle aurait voulu s'impliquer davantage dans la vie de Ross Lawson qu'elle ne s'y serait pas prise autrement. Il l'attirait beaucoup. Trop, même. Déjà, au pique-nique, elle s'en était rendu compte. Or, cette attirance n'était pas souhaitable. La dernière fois qu'elle s'était amourachée d'un homme, ça avait été catastrophique. Il n'était pas question qu'elle retombe dans la même erreur.

Mais ne se montait-elle pas la tête ? Après tout, elle le verrait à peine, puisqu'il serait au boulot...

Oui, mais elle serait chez lui, dans son antre, avec accès à son espace intime. Elle pourrait voir ses affaires personnelles, les toucher. Était-elle prête à une telle familiarité ? Lorsqu'elle lui avait offert son aide, elle n'avait pas songé à ce genre de conséquences.

D'un autre côté, elle lui avait proposé ce service sans aucune arrière-pensée. Elle donnait un coup de main à un collègue, sans plus, et nul doute que Ross était sur la même longueur d'onde.

Comme promis, il lui avait envoyé son adresse par texto. En chemin, elle fit un crochet par chez Kody pour récupérer sa nièce. Ravie à la perspective de revoir Jared et Olivia et de passer la nuit ailleurs que chez elle, Lucy passa tout le trajet à jacasser avec excitation. Beaucoup moins pressée d'arriver, Sally sentait sa fébrilité augmenter au fil du trajet.

Depuis quand ne s'était-elle pas mise dans un état pareil pour un homme ? Il fallait qu'elle bride ses émotions.

Elle s'obligea à décrisper les doigts autour du volant et à respirer calmement.

Le ranch de Ross se situait à une quinzaine de kilomètres d'Austin. De part et d'autre de la route, la campagne texane s'étalait doucement, entre bosquets de grands arbres et prés verdoyants. Elle s'engagea sur un chemin de terre bordé d'enclos qui déboucha sur une maison blanche à bardeaux, abritée sur un côté par de grands chênes. Tout autour, la pelouse était impeccable. À l'arrière, une petite grange rouge était ceinte d'un enclos où paissaient deux chevaux.

Elle adorerait vivre dans un ranch comme celui-ci. Comment ne pas aimer cet endroit ? Il s'en dégageait quelque chose de paisible, de réconfortant. Une fois son diplôme en poche, c'était le genre de propriété qu'elle rechercherait.

Elle se gara à côté du pick-up de Ross, et Lucy bondit hors du véhicule pour courir vers Jared et Olivia.

Alors que Sally descendait de voiture, Ross poussa la jolie porte à vitrail et s'appuya contre le poteau qui soutenait le porche. Il était déjà en tenue de travail – pantalon bleu marine, T-shirt arborant le logo de la caserne et bottes. Avec son sourire de bienvenue, il était plus beau que jamais.

Elle sentit une nuée de papillons voltiger dans son ventre.

Il fallait vraiment qu'elle dépasse cette fascination qu'elle éprouvait pour cet homme. D'un autre côté, il n'était pas interdit d'admirer, non ?

— Tu n'as pas eu trop de mal à trouver ?

— Non, ça a été.

Elle lui rendit son sourire et prit son sac sur le siège du passager. Elle avait apporté ses livres afin de réviser si les enfants lui en laissaient la possibilité. Ross la rejoignit en quelques grandes enjambées souples.

— Tu es prête pour ce qui t'attend ?

Elle lui lança un coup d'œil tandis qu'elle récupérait dans le coffre ses affaires et celles de Lucy.

— Et si je te disais que non ?

Il grimaça, peu sensible à la plaisanterie.

— Ne dis pas ça ! Si c'était le cas, je ne sais pas ce que je deviendrais.

— Ne t'inquiète pas, tout ira bien.

— Attends, laisse-moi porter ça.

Alors qu'il prenait les sacs, leurs mains se frôlèrent, et elle retira la sienne comme sous l'effet d'une brûlure. Elle le suivit sous le porche, accompagnée par les rires joyeux des enfants. Son chargement calé sous un bras, il ouvrit la porte, qu'il retint pour la laisser entrer. Elle passa en veillant à ne pas le toucher à nouveau. Ses yeux mirent quelques instants à s'habituer à la pénombre.

Elle se trouvait dans une grande pièce à vivre avec un haut plafond soutenu par de solides poutres sombres. Les murs de couleur crème contrastaient avec le parquet brillant. L'ameublement était constitué d'un grand canapé de cuir brun, de deux fauteuils et d'une vieille malle servant de table basse. Une télévision était accrochée au-dessus de la cheminée. Au fond, un bar séparait la cuisine du reste de la pièce. Une table pour quatre personnes occupait un côté du coin repas, et les fenêtres offraient une belle vue sur la grange, les arbres et les prés. De l'ensemble se dégageait une impression d'ordre et d'austérité assez masculine. Clairement, c'était une maison d'homme - celle de Ross, en l'occurrence.

Elle réprima un léger frisson.

Elle était dans l'antre du lion.

Ross déposa les sacs à côté d'une porte qui ouvrait sur un petit couloir.

— Suis-moi, je vais te faire visiter. Comme tu peux le voir, voici la cuisine.

Il pointa le doigt vers le couloir.

— Les enfants dorment dans les chambres là-bas. Il y a un lit superposé dans celle d'Olivia, Lucy pourra coucher là. Ma chambre est de l'autre côté. Tu peux l'utiliser, les draps sont propres.

Le souffle coupé, elle ouvrit grands les yeux avant de battre des paupières.

Passer la nuit dans le lit de Ross Lawson ? Et puis quoi, encore ? Non, ce serait trop... personnel ? Gênant ? Intime ? Quoi qu'il en soit, c'était hors de question.

— Je, euh... Merci, mais je me contenterai du canapé. J'entendrai mieux les enfants si l'un d'eux m'appelle pendant la nuit.

— Comme tu voudras, dit-il en haussant les épaules. Tu serais sans doute plus à l'aise dans un lit, et je n'en ai pas d'autre. Enfin, c'est toi qui décides.

Comme elle se taisait, il poursuivit.

— Tu trouveras des films et des jeux dans le placard à côté de la cheminée. En règle générale, si tu as besoin de quelque chose, demande aux enfants.

Elle hocha la tête.

— J'ai commandé une pizza pour le repas de ce soir, elle devrait être livrée autour de 18 heures. Au fait, j'oubliais le pourboire, ajouta-t-il en posant quelques billets sur le bar de la cuisine. Si jamais tu as des questions, mon numéro est dans ce carnet. Appelle quand tu veux. Quoi d'autre... Dans le frigo, tu trouveras de quoi préparer des sandwichs pour ce midi. Il y a du beurre de cacahuète et de la confiture. Et des chips. Et des sodas.

Il fronça les sourcils en la voyant pouffer.

— Qu'y a-t-il de si drôle ?

— C'est toi qui me fais rire.

— Moi ? Pourquoi ?

— Superman est devenu Supermaman !

Ross fut secoué d'un rire qui roula dans sa poitrine avant de jaillir en grands éclats.

— Ce n'est pas faux !

— C'est bien de savoir que je n'aurai pas besoin de faire de courses. Merci de m'avoir facilité le travail.

— C'est moi qui te remercie. Bon, je dois y aller, dit-il en prenant ses clés.

Elle le suivit sous le porche.

— Oh ! Encore une chose : vous pourriez nourrir les chevaux ce soir et demain matin ? Jared sait comment faire.

— Jared, Olivia !

Les enfants levèrent la tête de leurs jeux.

— Je ne veux surtout pas que vous donniez du fil à retordre à Sally. Si elle a besoin de quoi que ce soit, vous obéissez. Et vous ne faites pas de caprices pour aller au lit. Compris ?

— Oui, tonton !

Il hocha la tête avec un sourire.

— Bien. Je vous retrouve demain.

Olivia lui fit au revoir de la main.

— À demain, tonton.

— Oui, salut, dit Jared, qui courait après une balle.

Ross se tourna vers Sally.

— Tu me tires une sacrée épine du pied. Je te revaudrai ça.

— Tu me l'as déjà dit.

— Et je te le redis...

Il s'avança vers elle, s'arrêtant à portée de bras, et croisa son regard. Aussitôt, elle sentit pulser en elle une chaleur qui ne lui était que trop familière.

— OK, je te revois demain vers 13 heures.

Il descendit les marches du porche et regagna sa voiture, pour se retourner une dernière fois.

— Appelle si tu as la moindre question.

— D'accord, pas de souci.

Un bras passé autour du poteau contre lequel il était appuyé un peu plus tôt, elle le regarda partir. Alors qu'il s'éloignait, il sortit la main par la vitre et lui fit un petit signe. Elle demeura là jusqu'à ce qu'il disparaisse au loin.

Comment serait-ce de vivre avec quelqu'un qui ne serait jamais pressé de la quitter ? Quelqu'un à qui elle pourrait dire au revoir et qui serait impatient de revenir à elle chaque soir... Un temps, elle avait cru avoir rencontré un tel homme, mais elle n'avait pas mis longtemps à déchanter. Souvent, Wade lui donnait l'impression que la retrouver à la maison était une corvée. Il ne lui avait pas fallu six mois pour aller voir ailleurs. Pourquoi l'avait-il épousée ?

Pour autant, elle ne désespérait pas de trouver un jour un homme qui l'aimerait telle qu'elle était. Un jour, elle tenterait à nouveau sa chance... Mais pas maintenant. Pour l'heure, elle devait en priorité développer ses projets. Une liaison serait un obstacle à ses ambitions. Ross était certainement un homme formidable, mais il n'y aurait rien entre eux.

Ironie de l'histoire, à l'instant, ils avaient vraiment eu l'air d'un couple qui se dit au revoir pour la journée. Mais les apparences étaient trompeuses. Elle était ici comme baby-sitter, voilà tout. Au reste, cela lui suffisait.

— Tata, on a faim !

Tirée de ses pensées, elle consulta sa montre.

— En effet, il est presque midi. Venez.

L'après-midi se déroula en jeux puis, le soir venu, le livreur apporta une pizza qu'ils mangèrent dehors, à l'ombre des grands chênes. Lorsque le jour baissa, ils se mirent en devoir de nourrir les chevaux. Jared prit l'initiative avec une fierté non dissimulée. Il revint de la grange chargé d'un récipient en métal rempli de grains et permit à chacune des fillettes d'en déverser le contenu dans deux seaux. Mais alors qu'elle soulevait le bidon à grains, Lucy eut un faux mouvement et le renversa dans l'abreuvoir. Ses yeux se remplirent de larmes.

Sally posa une main sur son épaule pour la consoler.

— Ce n'est pas grave, chérie. On va le récupérer.

J'y vais, dit Jared.

Le voyant ôter son T-shirt, elle ouvrit de grands yeux, surprise.

— Qu'est-ce que tu fais ?

— Je vais le mouiller si je le garde sur moi.

Il lui tendit son vêtement avant de se pencher vers l'abreuvoir, si près que son front touchait presque l'eau. Lorsqu'il se redressa, le bidon à la main, il était trempé.

— Tu l'avais vu venir, n'est-ce pas ? dit Sally en riant.

Jared laissa tomber le bidon par terre et reprit son T-shirt.

— Ça arrive à presque tous les coups.

— Dis, tata ? Pourquoi les garçons peuvent enlever leur T-shirt devant tout le monde et pas les filles ?

Hum ! Mieux valait rester évasive.

— Les garçons et les filles sont différents, surtout en grandissant.

— Tonton Ross est un garçon, mais il n'enlève jamais son T-shirt, commenta Olivia. Même pour nager.

Sally haussa les épaules, interloquée.

— Peut-être qu'il préfère la garder, je ne sais pas...

La remarque avait piqué sa curiosité. Elle se rappela que, à l'hôpital et à l'infirmerie, Ross avait insisté pour ne pas enlever son T-shirt.

Il aurait des complexes, lui ? Avec le physique qu'il avait ?

— OK, c'est l'heure du bain. Après, je vous raconterai une histoire pour dormir.

Lorsque les enfants furent enfin au lit, elle s'effondra sur le canapé, la tête renversée sur les coussins, et étala les jambes.

Elle était lessivée.

Les enfants s'étaient bien amusés. La fatigue aidant, ils n'avaient pas eu de mal à s'endormir. Autrement dit, elle avait quelques heures de tranquillité devant elle pour réviser. Encore fallait-il qu'elle en trouve le courage...

Elle essayait de se convaincre de sortir ses livres lorsque son portable sonna. Elle décrocha, et son cœur se mit à battre plus vite lorsque la voix profonde de Ross résonna dans l'appareil.

— Ça va ?

— Très bien, oui. Les enfants sont couchés. Tu te faisais du souci ?

— Pour toi plus que pour eux. Gérer deux gosses, c'est déjà difficile, alors trois...

Il pensait à elle ? C'était gentil.

Elle se laissa aller en arrière sur le canapé.

— Tout va bien, rassure-toi, répondit-elle en bâillant.

— Toi aussi, tu ferais bien d'aller dormir, on dirait.

Le timbre de sa voix suggérait des idées qu'il valait mieux ne pas explorer. Elle se redressa.

— Non, pas tout de suite.

— Tu me rends un fier service, tu sais.

Elle sourit. De la part de Wade, elle aurait pu attendre longtemps de telles marques de reconnaissance. Mine de rien, elle appréciait d'être utile à un homme aussi séduisant que Ross. Elle s'était sentie si longtemps dépréciée.

— Tu n'es pas obligé de me le répéter sans cesse. Comment s'est passé ton entretien ?

— Très bien.

— C'est-à-dire ?

— Eh bien, mon nom figure en bonne place pour devenir commandant.

— C'est vrai ? Formidable ! Tu feras un excellent commandant.

— C'est gentil, mais ce n'est pas encore fait.

— Non, pas encore, mais je suis sûre que tu le seras.

— Je l'espère. La concurrence est rude. La plupart des candidats sont des collègues.

— Oui, mais tu es tout à fait qualifié.

— Merci, Sal. Ton avis compte beaucoup pour moi.

— Tu as toujours voulu être pompier ?

— Oui, depuis que je suis gosse.

Encore un point commun entre eux : elle aussi avait eu très jeune la vocation de la médecine.

— Pourquoi ? Qu'est-ce qui t'en a donné l'envie ?

— J'ai été témoin d'une intervention, et j'ai su que je voulais aider les autres de cette façon.

— D'accord... C'était un gros incendie ?

— Oui. Il a dévasté la maison de mon grand-père.

— Oh là là ! Je ne savais pas, désolée ! Il s'en est tiré, j'espère ?

— Oui, et il a fait reconstruire son ranch. Il me l'a d'ailleurs légué. C'est la maison où tu te trouves en ce moment.

Elle promena les yeux autour d'elle.

— Elle est magnifique. J'espère en avoir une comme ça un jour.

— Merci...

Ross marqua un court silence avant d'ajouter :

— Dis-moi, est-ce que tu vas dormir dans mon lit ?

Elle se sentit rougir, et sa bouche devint sèche.

Il la draguait, ou elle n'y connaissait rien. Mais elle aimait bien ça.

Elle fut dispensée de répondre, car une alarme retentit dans la caserne.

— Je dois y aller, dit Ross. À demain. Prends soin de toi, jolie Sally, ajouta-t-il d'une voix douce comme une caresse.

— Ciao.

Mais il avait déjà raccroché.

« Jolie Sally » ? De la part de Ross, ce mot doux n'était pas pour lui déplaire.

Le lendemain, Ross rentra chez lui avec un sentiment d'impatience.

Jusqu'à présent, il n'avait pas imaginé à quel point c'était plaisant d'avoir quelqu'un chez soi au retour du travail. Était-ce un signe qu'il était trop isolé ? En tout cas, il avait hâte de retrouver Sally et les enfants, d'apprendre comment s'était passée leur journée. Avait-elle dormi dans son lit ? Franchement, comment avait-il pu lui poser une question pareille ? Ou l'appeler « jolie Sally », tant qu'il y était. D'autant plus qu'elle était venue pour lui rendre service.

Pourvu qu'elle ne lui tienne pas rigueur de sa familiarité ! Il s'en voudrait tellement si leurs relations venaient à se tendre à cause d'une remarque bêtement déplacée. Il aurait dû se taire. Cela faisait si longtemps qu'il ne s'était pas intéressé à une femme qu'il ne savait comment réagir à son attirance pour Sally. Pourrait-il prendre un risque avec elle ? Lui montrer ses cicatrices ? Il avait déjà tenté sa chance avec Alice avec un résultat décevant. Mais Sally n'était pas Alice, et il en avait assez d'être seul… Ce qui ne l'empêchait pas d'avoir peur d'une nouvelle déconvenue.

Il se gara à côté de la voiture de Sally et attrapa son sac de voyage.

Les enfants s'amusaient dehors, à l'endroit même où il les

avait quittés la veille, ils lui dirent bonjour tandis qu'il montait les marches du porche.

Les horaires d'un pompier étaient difficilement conciliables avec une vie de famille, mais c'était sympa d'être accueilli par des enfants…

D'où lui venait cette idée ? Il n'avait jamais songé à avoir des enfants à lui. Ces temps-ci, il avait des idées bizarres.

Alors qu'il entrait, il fut tenté de dire : « Chérie, je suis là ! » mais s'abstint, ne sachant si Sally apprécierait cet humour.

Une délicieuse odeur émanait du four. Sally ne l'avait pas entendu arriver. Occupée dans la cuisine, elle lui tournait le dos. Ses cheveux étaient relevés en une coiffure désordonnée qui lui allait bien. Elle était habillée sans façon, avec une blouse fluide, un jean et des sandales, mais sur elle ces vêtements tout simples avaient un charme infiniment troublant, à la fois innocent et sexy. Elle se déhanchait sur une musique diffusée par la radio, qu'elle reprenait en chantonnant. Cette scène pourtant anodine lui fit bouillonner le sang. Il eut envie de s'approcher d'elle pour l'attirer à lui et lui montrer séance tenante l'effet qu'elle lui faisait. Comment réagirait-elle s'il l'embrassait dans le cou ?

Stop ! Mauvaise idée. Très, très mauvaise idée !

Il s'efforça de brider son désir et s'éclaircit la voix.

— Ça va ?

Elle se retourna brusquement et sourit.

— Je ne t'ai pas entendu arriver.

— Qu'est-ce que tu nous prépares de bon ?

— Une tourte à la viande. Depuis hier, on s'est nourris de sandwichs, de pizzas et de céréales. Je me suis dit qu'un vrai repas nous ferait du bien.

— Ce que je t'ai laissé hier n'était pas bon ?

— Si, répondit-elle avec un haussement d'épaules. Mais j'aime bien cuisiner, surtout pour plusieurs personnes.

— Ma cuisine est à ta disposition quand tu veux.

Elle sourit d'un air incertain.

— Peux-tu demander aux enfants de se laver les mains pendant que je mets la table ?

— Pas de problème. Laisse-moi juste poser mon sac.

Il ramassa ses affaires et se rendit dans sa chambre.

Sally n'avait pas dormi là. Depuis quelque temps, il remarquait partout les traces de sa présence, même s'il s'efforçait de ne pas y faire attention. Or, rien n'avait été bougé, et la pièce aurait sûrement gardé un peu de son odeur.

Ça l'embêtait qu'elle ait passé la nuit sur le canapé. Il aurait voulu qu'elle se mette à l'aise chez lui.

Il sortit appeler les enfants puis, non sans un certain remue-ménage, tout le monde s'attabla. Sally apporta une salade et s'assit à son tour.

Son visage était rosi par la chaleur du four, et elle repoussa du dos de la main des mèches échappées de sa coiffure qui dansaient sur sa joue. En un mot, elle était ravissante.

— Ça a l'air rudement bon, jolie Sally.

Olivia eut un petit rire.

— C'est juste Sally, tonton.

— Tu ne trouves pas qu'elle est adorable ? Elle a fait tout cela pour nous.

Les enfants renchérirent avec enthousiasme, et Sally éclata de rire en rougissant.

— Merci, c'est gentil.

C'était un vrai moment familial, le genre de plaisir simple auquel il ne pensait jamais. Les enfants passèrent l'essentiel du repas à raconter comment ils s'étaient occupés depuis la veille. Sally parlait peu, elle se contentait de les écouter en souriant. Durant tout le repas, elle ne le regarda pas une seule fois, alors qu'elle était assise en face de lui.

Avait-elle peur de ce qu'elle risquait de lire dans ses yeux ? Ou lui, dans les siens ?

— Les enfants, prenez votre assiette et déposez-la dans l'évier, dit-elle une fois le repas terminé. Ensuite, vous pourrez jouer dehors. Lucy, on part bientôt.

Ils obtempérèrent tous les trois sans discuter.

Il n'en croyait pas ses yeux.

— Comment fais-tu ? demanda-t-il lorsqu'ils furent seuls.

— Comment je fais quoi ?

Éberlué, il désigna les enfants d'un geste du pouce par-dessus son épaule.

— Eh bien, pour te faire obéir sans avoir à insister.

Sally haussa les épaules en riant et entreprit de remplir le lave-vaisselle.

Il l'aida à ranger la cuisine. Avisant une pile de livres posés à l'extrémité du plan de travail, il y jeta un coup d'œil.

— Ils sont à toi ?

Elle s'en empara et les serra contre elle.

— Il ne faut pas que je les oublie.

— Tu veux passer le concours d'entrée en fac de médecine, devina-t-il.

— Oui, c'est un projet que j'ai.

Ah bon ? Apparemment, il était tellement obnubilé par ses propres projets qu'il n'avait même pas fait attention à cela. Mine de rien, c'était préoccupant. Quel chef ferait-il s'il n'était pas capable de considérer ce qui existait en dehors de son petit monde ? Il fallait qu'il s'améliore.

— Ton examen est prévu quand ?

— Dans deux semaines à partir d'aujourd'hui.

— Bonne chance. Je suis sûr que tu feras un excellent médecin.

— Merci, c'est gentil. J'ai toujours rêvé de faire ce métier.

Il s'intéressait beaucoup trop à la vie de Sally, mais c'était plus fort que lui.

— C'est la première fois que tu passes les tests ? Pourquoi n'as-tu pas essayé avant ?

— Mon mari ne voulait pas que je continue mes études. Il préférait que je reste à la maison.

Il se sentit brusquement soulevé d'indignation. Kody lui avait dit qu'elle avait épousé un crétin, mais à ce point...

— Je suis désolé, tu n'as pas été dans les meilleures conditions pour travailler.

— Si, un peu ce matin, quand les enfants jouaient. Je vais mettre les bouchées doubles cet après-midi. Le problème, c'est qu'on refait les façades du lotissement. Du coup, je dois réviser avec des boules Quies.

— Ici, tu serais au calme. Tu sais que tu es la bienvenue. Viens quand tu veux, même en mon absence.

La voyant hocher la tête d'un air hésitant, il leva la main.

— Je n'insiste pas, mais sache que mon offre tient.

— Merci, c'est gentil. Lucy, tu viens ? On s'en va.

— Déjà ? protesta la fillette d'un ton plaintif.

— Oui. Ton père t'attend, et j'ai des révisions à faire.

Ross s'éclipsa le temps de récupérer à l'intérieur le sac des affaires de Sally et de Lucy.

— Oh là, merci ! J'allais les oublier.

Olivia pointa l'index vers l'étoile clouée sous le porche au-dessus de leur tête.

— Regarde, vous êtes sous l'étoile du Texas ! Tonton, tu dois lui faire la bise.

— Non, Olivia, s'empressa-t-il de dire tandis que Sally ouvrait de grands yeux. Ça ne se fait pas avec tout le monde.

— Mais tu fais bien la bise à maman et à mamie.

Il se tourna vers Sally en souriant.

— Apparemment, on n'a pas le choix.

Il posa les mains sur ses épaules, et leurs regards se croisèrent.

— Si tu le dis...

Il l'empêcha d'en dire plus en l'embrassant.

Ses lèvres étaient douces. Douces et tièdes. Elles étaient tout ce qu'il avait imaginé, et plus encore.

Les mains de Sally s'accrochèrent à son T-shirt. Après une seconde d'hésitation, elle lui rendit son baiser.

Aussitôt, il se sentit vibrer. En un clin d'œil, ce qui n'aurait dû être qu'une petite bise amicale avait dégénéré en un baiser langoureux et passionné.

— Oh !

— Berk !

— Ouh !

Les exclamations des enfants le rappelèrent à la réalité. Il recula et dévisagea Sally, qui frissonna, visiblement sous le choc, comme lui. Il ne la retint pas lorsqu'elle s'arracha à son étreinte.

— Lucy, on y va, dit-elle d'une voix un peu tremblante.

Elle se pencha pour ramasser son sac, mais il la devança et l'accompagna jusqu'à sa voiture.

Elle ouvrit la portière sans le regarder.

— Tu peux le poser sur la banquette arrière ?

— OK. Merci encore pour ton aide.

— Je t'en prie. Lucy, attache-toi.

Les lèvres encore sensibles de leur baiser, il suivit des yeux la voiture s'engageant sur le chemin de terre.

Une chose était sûre, il voulait rééditer l'expérience, et le plus tôt serait le mieux.

5

Trois jours s'étaient écoulés, mais Sally n'avait pas réussi à effacer le souvenir du baiser de Ross. Elle s'était repassé ce moment en boucle dans la tête au point d'avoir du mal à se concentrer sur ses révisions, preuve supplémentaire s'il en était besoin qu'un homme dans sa vie serait une distraction inutile qui la détournerait de ce qu'elle désirait vraiment. Il fallait qu'elle arrête de rêvasser. Le concours aurait lieu dans dix jours, et le temps lui était compté.

Mais au lieu de réfléchir aux questions/réponses, elle se surprit à songer au délicieux frisson qu'elle ressentait lorsqu'il s'approchait d'elle, à l'énergie brûlante qui se mettait à pulser en elle. Elle avait toujours été consciente de cette attirance, mais son intensité récente la prenait au dépourvu. Ross essayerait-il de l'embrasser à nouveau ?

Stop ! Elle devait cesser de penser à ça.

Pour ne rien arranger, les travaux de ravalement entrepris dans la résidence gênaient ses révisions. Les marteaux pneumatiques faisaient un vacarme incessant, entrecoupé par le fracas des plaques de revêtement de façade qui tombaient. Impossible de travailler sereinement dans ces conditions. Elle avait essayé de réviser le soir, une fois les ouvriers partis, mais s'était alors couchée à des heures indues. Un jour, elle s'était installée dans un café, mais n'avait pas réussi à se concentrer. En dernier recours, elle était allée à la bibliothèque, mais au bout d'une heure ou deux son siège lui faisait mal au dos. Ce dont elle avait besoin, c'était d'un endroit rien qu'à elle. Un petit nid tranquille où étaler ses affaires à son aise.

En désespoir de cause, elle se résolut à emporter ses livres au travail pour y jeter un œil à ses moments de liberté.

Lorsqu'elle se gara dans la caserne, elle fit la grimace en apercevant le pick-up de Ross sur le parking et inspira pour tenter de maîtriser ses battements de cœur.

Il était de garde aujourd'hui !

Comble de malchance, ce fut sur lui qu'elle tomba en premier. Elle faillit lui rentrer dedans en sortant de l'espace entre sa voiture et le camion garé juste à côté. Il lui saisit l'épaule pour l'empêcher de tomber mais la relâcha aussitôt.

Aussi bref soit-il, ce contact lui fit l'effet d'une décharge électrique.

Il la dévisagea d'un regard préoccupé.

— Ça va ?

— Oui, oui, répondit-elle en étouffant un bâillement.

— Tu en es sûre ? Tu as l'air fatiguée.

— Peut-être parce que je le suis.

— Tes révisions se passent bien ?

— Moyennement. Les ouvriers font un tel raffut que j'en suis réduite à travailler tard le soir. J'ai pris toute la semaine prochaine pour réviser, mais les choses ne devraient pas s'améliorer.

— Mon offre tient toujours, tu sais.

Elle sentit son souffle se bloquer.

Constatant son trouble, Ross s'empressa de lever la main.

— Ne va pas te faire des idées. La semaine prochaine, je suis justement en formation tous les jours de 8 heures à 17 heures. Les enfants sont chez leurs grands-parents. Autrement dit, tu auras la maison pour toi toute seule. À l'heure où je rentrerai, les ouvriers auront certainement terminé leur journée.

Présentée comme cela, l'idée semblait pratique et séduisante... Inespérée, même.

— C'est vraiment gentil, Ross, mais je ne veux pas te déranger.

— Pas du tout ! Je ne serai pas là, rappelle-toi. Comment pourrais-tu me déranger ?

À l'entendre, elle serait stupide de refuser. En effet, cette solution était plus simple que de continuer à errer d'un endroit à l'autre en quête d'un peu de calme.

L'image de la balancelle sous le porche se présenta à son esprit. L'offre était tentante…

Mais entre eux deux, les choses étaient déjà trop… Comment dire ? Bref, elle ne devait pas s'impliquer davantage dans la vie de Ross.

— Je ne sais pas, finit-elle par répondre. Je vais m'arranger, ne t'inquiète pas.

— Écoute, on va faire comme ça : je vais laisser une clé sous le paillasson, au cas où. Tu viens ou pas, comme tu veux. Mais sache que tu es la bienvenue…

À ce moment, quelqu'un appela Ross.

— Je dois y aller, dit-il. Ciao, Sally.

Il s'en alla sans un regard de plus, comme s'ils étaient de vieux amis et que ce baiser n'avait jamais existé. Ou alors, il n'y accordait pas autant d'importance qu'elle.

Par bonheur, la garde fut calme, et elle put caser quelques heures de révision avant qu'ils soient mobilisés sur une intervention. Durant cette opération et le reste de leur garde, Ross et elle n'échangèrent que des paroles nécessaires au bon déroulement du travail.

À son retour chez elle le lendemain vers 13 heures, les ouvriers prenaient leur pause, mais leurs camionnettes étaient garées juste devant son bâtiment. Autrement dit, le vacarme allait se dérouler juste sous ses fenêtres.

Cela ne pouvait pas continuer comme ça. Elle avait besoin de calme pour se préparer à l'examen. Le jour J allait bientôt arriver, et elle avait pris ces quelques jours justement pour bachoter.

À nouveau, elle s'imagina calée dans la balancelle de Ross avec les chevaux en arrière-plan.

Quand Ross avait réitéré son offre, elle n'avait pas eu l'intention d'y donner suite, mais si les travaux avaient lieu sur son bâtiment, elle serait sotte de persister dans son refus. Au pire, elle croiserait Ross le soir. Auquel cas, elle s'excuserait et prendrait congé.

Le lendemain matin, elle prit livres et cahiers et partit.

Le ranch avait l'air aussi accueillant que l'autre jour. Surtout, il y planait une atmosphère de sérénité en total contraste avec son studio. Les seuls bruits étaient les pépiements des oiseaux et, parfois, le souffle ou le hennissement des chevaux.

Son sac sous le bras, elle monta sous le porche et déposa son chargement sur la petite table près de la balancelle. Elle revit l'étoile du Texas au-dessus de la porte mais refusa d'y prêter attention. Elle était venue ici pour préparer son concours, pas pour rêvasser. Ses espoirs devaient se concentrer sur ce qu'il allait se passer le samedi suivant.

Ainsi que Ross l'avait promis, la clé se trouvait sous le paillasson. Elle entra et se remplit dans la cuisine un grand verre d'eau qu'elle déposa sur la table du porche, puis s'installa dans la balancelle avec un livre. Tout en se berçant doucement du bout du pied, elle se plongea dans son travail.

Les heures s'écoulèrent rapidement. À midi, elle mangea dehors, sous le porche, le repas qu'elle avait apporté. En cours d'après-midi, pour se changer les idées, elle prépara à dîner pour Ross en guise de remerciement. Elle trouva de quoi confectionner un ragoût de poulet ainsi qu'un dessert. Puis, après avoir laissé sur la table un petit mot à l'adresse de son hôte, elle rédigea une liste d'ingrédients à acheter au retour pour le repas du lendemain et se remit au travail.

Le reste de la semaine se déroula de la sorte, et la veille de l'examen, elle se sentait plutôt confiante. Ses révisions avaient bien avancé, et si elle réussissait ce concours, ce serait en partie grâce à Ross.

Le vendredi soir, alors qu'elle s'apprêtait à partir, le pick-up de Ross apparut sur le chemin de terre.

Son cœur se mit à battre fort.

Déjà ? Elle ne s'attendait pas à le voir arriver si tôt…

Il gara sa voiture à côté de la sienne.

— J'espérais te croiser avant que tu t'en ailles, dit-il par la vitre baissée. Je voulais te souhaiter bonne chance pour demain.

— Merci ! Je vais en avoir besoin. En tout cas, merci mille fois de m'avoir permis de réviser chez toi. Je ne sais pas comment j'aurais fait autrement.

Ross sortit un bras par la vitre et se pencha à l'extérieur.

— C'est moi qui devrais te remercier. Je me suis régalé tous les soirs. Tes petits plats vont me manquer.

— Je t'en prie. C'était la moindre des choses.

Comme elle ouvrait sa portière, Ross sembla hésiter avant de se lancer.

— Tu ne voudrais pas dîner avec moi ce soir ?

Elle réfléchit une seconde.

Elle était tentée, mais le jour n'était pas bien choisi.

— C'est gentil, mais pas aujourd'hui. Demain, je dois me lever tôt, et la journée risque d'être longue. En plus, il me reste quelques points à réviser.

— Je comprends, dit-il avec une pointe de regret. Une autre fois, peut-être. En tout cas, bonne chance pour demain.

Elle hocha la tête, les lèvres pincées, et s'installa au volant.

— Eh ! jolie Sally ! Ça va marcher, j'en suis sûr. J'ai confiance en toi.

— Merci !

C'était agréable d'être soutenue par quelqu'un comme Ross. Wade, lui, ne l'avait jamais encouragée en quoi que ce soit. Après ce qu'elle avait vécu, ces compliments étaient un baume pour son amour-propre. Tout à coup, elle se sentait spéciale, valorisée, gonflée à bloc. Cela faisait longtemps qu'un homme ne lui avait pas donné cette impression, et elle devait admettre que ça faisait du bien.

Ross occupa la journée du lendemain au ranch à des réparations et à diverses corvées, se demandant comment les choses se passaient pour Sally.

Pourquoi le sujet lui tenait autant à cœur, il n'en savait rien. Enfin, si : c'était parce que ce concours comptait beaucoup pour elle.

Il commençait à s'intéresser de trop près à elle. La dernière fois qu'il s'était engagé avec une femme, l'expérience lui avait laissé un goût amer, alors pourquoi voulait-il la rééditer ? Pour une raison inexplicable, il ne pouvait pas résister à l'attrait que Sally exerçait sur lui. Sans doute la reconnaissance du ventre. Il s'était vite habitué à avoir un repas chaud le soir. Il avait dû prendre un kilo dans la semaine. Mais surtout, cela le touchait qu'elle ait pensé à lui. Bon sang, il était atteint ! Voilà qu'il se mettait à réagir comme un adolescent sentimental. Il fallait qu'il se ressaisisse, qu'il pense à son entretien pour la promotion.

C'était ça, sa priorité. Cela faisait des années qu'il briguait ce poste. Alors, il aurait les coudées franches pour mettre en place des techniques de travail novatrices qui, espérait-il, permettraient de sauver davantage de vies.

Son bricolage terminé, et après avoir réfléchi aux idées qu'il comptait présenter à son entretien, il se rendit en ville pour faire quelques courses. Au retour, il s'arrêta à la caserne dans l'espoir d'y rencontrer Kody qui était de garde.

Peut-être aurait-il des nouvelles de Sally.

Par chance, Kody était disponible, et ils engagèrent la conversation au sujet de tout et de rien. Plus d'une fois, Ross fut tenté de l'interroger sur Sally, mais il n'osa pas, de peur de lui donner à croire qu'il s'intéressait de trop près à sa sœur.

— Lucy s'est bien amusée chez toi, l'autre jour. Sally aussi a passé un bon moment.

— Tant mieux. Elle avait de quoi faire avec trois enfants.

— D'après ce qu'elle m'a raconté, elle est contente de sa journée. Elle n'arrête pas de me dire qu'elle adore ton ranch.

— C'est vrai. D'ailleurs, elle est revenue la semaine dernière pour pouvoir y réviser au calme.

Kody le dévisagea d'un air curieux.

— Ah bon ? Elle ne m'en a pas parlé...

— Elle avait besoin d'un endroit tranquille, et je lui ai proposé de venir chez moi pendant que j'étais en formation.

— Elle ne m'a rien dit, répéta Kody, les yeux étrécis. Elle aurait pu venir chez moi.

Ross s'esclaffa.

— Tu ne peux pas lui demander de te tenir au courant de tout ce qui se passe dans sa vie ! Elle est adulte, après tout.

— C'est vrai, mais je suis son grand frère, et je me fais du souci pour elle.

— Tu la couves peut-être un peu trop, non ?

Kody haussa les épaules.

— C'est ce qu'elle dit. Je m'inquiète pour elle, c'est tout. Elle a connu des hauts et des bas ces dernières années, et je détesterais la voir à nouveau malheureuse.

Ross leva la main en signe d'apaisement.

— On est juste amis, elle et moi, tu sais.

— Quand même, je...

Kody fut interrompu par la sonnerie de son portable.

— Tiens, quand on parle du loup... Choupette, ça va ? demanda-t-il en décrochant.

Il y eut un silence tandis qu'il écoutait au téléphone.

— OK...

Un autre silence.

— Tu crois ? Appelle le garage pour qu'ils viennent avec la dépanneuse. Tu peux joindre un taxi ? Ça m'embête de te dire ça, mais je suis au boulot, là...

— Qu'est-ce qui se passe ? demanda Ross avec inquiétude.

Kody le regarda un instant avant de répondre.

— Rien, la voiture de Sally est tombée en panne.

— Je peux y aller.

Déjà, il ouvrait la portière de sa voiture.

— Ross arrive pour t'aider, dit Kody au téléphone. Non, c'est lui qui s'est proposé. Il part tout de suite. En attendant, rentre dans ta voiture et n'ouvre à personne en dehors de Ross et des dépanneurs, OK ?

— Dis-lui de ne pas bouger, ajouta Ross en démarrant. Envoie-moi l'adresse par texto.

Il n'aurait pas dû se réjouir de la mésaventure de Sally, mais il fallait bien admettre qu'elle lui donnait un prétexte pour la revoir.

Il fut sur les lieux en moins de vingt minutes. Sally était garée près d'un grand bâtiment de verre et de brique, dans le campus de l'université d'Austin. Le parking était pratiquement désert, et elle attendait dans sa voiture. Elle sortit à sa rencontre lorsqu'elle le vit se garer.

Vêtue d'une chemise bleu ciel, d'un jean et de bottines, elle avait un look juvénile, presque vulnérable, à moins que ce ne soit la fatigue qui se peignait sur ses traits.

— C'est gentil d'être venu, dit-elle avec un faible sourire.

— Je t'en prie. J'étais à la caserne lorsque tu as téléphoné. Quel est le problème ?

— Je ne sais pas... Ma voiture ne démarre pas. La dépanneuse est en chemin, mais elle ne va pas arriver avant une grosse demi-heure.

— Tu peux mettre le contact, pour voir ?

Quand Sally obtempéra, le moteur grinça et hoqueta, puis se tut.

Il souleva le capot et vérifia les câbles de la batterie.

— Recommence, s'il te plaît.

La voiture sembla revenir à la vie, puis rien.

Il referma le capot en secouant la tête.

— Désolé, c'est au-delà de mes compétences.

Cette fois-ci, elle eut un grand sourire.

— Encore heureux que la dépanneuse arrive, alors.

— Viens dans ma voiture, on va l'attendre là.

Joignant le geste à la parole, il lui ouvrit la portière, mais Sally hésita avant de saisir son sac et de le rejoindre.

— Comment s'est passé l'examen ?

Elle appuya la nuque sur le repose-tête et ferma les yeux avec un long soupir.

— Les questions étaient plus difficiles que prévu, donc je ne sais pas à quoi m'attendre. On verra. En tout cas, je suis contente d'en avoir fini pour aujourd'hui. Je n'en peux plus.

— Tu as faim ?

Elle se tourna vers lui, les paupières entrouvertes.

— Je n'ai pas mangé à midi. J'avais le ventre noué.

— Reste ici. Je vais faire un saut à la supérette de l'autre côté de la rue pour ramener de quoi grignoter. Quand ta voiture sera prise en charge, on s'arrêtera quelque part pour un repas plus consistant. Ferme les portières derrière moi, dit-il en descendant. Je reviens tout de suite.

Il se dépêcha de faire l'aller-retour. Lorsqu'il revint à la voiture, sans surprise, il la trouva endormie. Le menton sur la poitrine, elle ronflotait doucement.

Il s'installa sans bruit et, tout doucement, glissa un bras autour de ses épaules.

Elle se blottit contre lui sans se réveiller.

Il n'aurait échangé cet instant pour rien au monde. C'était un moment de perfection comme il y en a rarement dans une vie. Mais bientôt, trop tôt, la dépanneuse arriva.

— Sally, réveille-toi. Les dépanneurs sont là.

Elle gémit et se nicha davantage contre lui.

— Sally, ma jolie, il faut te réveiller.

— Hein ?

Sally cligna les yeux d'un air perplexe.

— La dépanneuse est là.

Elle se redressa en sursaut et s'écarta.

— Oh ! OK... Désolée.

— Je t'en prie.

Elle mit pied à terre et se dirigea vers les employés.

Une demi-heure plus tard, la voiture était partie au garage, et Sally remonta dans le pick-up de Ross.

— Je vais prendre de quoi manger, dit-il. Tu aurais envie de quelque chose en particulier ?

— Oui, d'un bon gros hamburger.

Alors qu'elle répondait, le tonnerre gronda. Le ciel s'était lentement assombri, et l'orage se précisait.

Il s'arrêta à la première enseigne de restauration rapide venue et engagea sa voiture dans la file pour récupérer leur commande au guichet. Tandis qu'ils attendaient, des éclairs zébrèrent les nuages noirs.

— Sally, je sais que tu es fatiguée après cette journée, mais ça t'embête qu'on fasse un crochet par chez moi ? Les chevaux sont dehors, et ce genre de temps les rend nerveux. J'espérais que l'orage tournerait vers le nord, mais apparemment ce n'est pas ce qui va se passer.

— Pas grave, dit-elle en prenant la boîte qu'il lui tendait. Avec un burger et un petit somme, je serai calée et prête à repartir pour un tour.

Lorsqu'ils sortirent de la ville, elle avait déjà terminé son sandwich.

Il lui jeta un coup d'œil et sourit.

— Alors, c'était bon ?

— Je mourais de faim.

— Il y a un autre burger, si tu as encore un petit creux.

— Non, ça ira, merci. Mais je te piquerais bien quelques frites si tu n'en veux plus.

— Vas-y, dit-il en riant.

Alors qu'ils s'engageaient sur le chemin du ranch, de grosses gouttes s'écrasèrent sur le pare-brise.

— L'orage risque d'être violent, remarqua-t-elle.

— J'en ai bien peur, oui. Je ne devrais pas en avoir pour longtemps. La clé est sous le paillasson comme d'habitude. Fais comme chez toi, je reviens dans quelques minutes.

Sally regarda Ross contourner la maison en courant pour rejoindre le hangar.

La pluie tombait dru, accompagnée d'éclairs et de coups de tonnerre. À son tour, elle bondit hors de la voiture et se dépêcha de se mettre à l'abri. Elle ouvrit la porte et alluma avant de se diriger vers la grande baie vitrée à l'arrière de la maison, près de la table. Là, elle essaya d'apercevoir Ross dans la grange, en vain. L'orage s'était encore intensifié. Des trombes d'eau s'abattaient avec une telle violence qu'on n'y voyait rien à deux mètres. Plusieurs minutes s'écoulèrent. Elle commençait à s'inquiéter et s'apprêtait à le rejoindre, lorsqu'il entra par la porte de derrière, en même temps qu'une rafale s'engouffrait dans la maison.

Elle s'empara d'un torchon qu'elle lui tendit.

— Merci, dit-il en s'essuyant le visage. Un arbre est tombé sur la clôture. Les chevaux se sont échappés. Je suis désolé, Sally, il faut que je les retrouve et que je répare la barrière. Tu peux rester ici, bien sûr, mais si tu préfères rentrer chez toi, je peux appeler un taxi.

Tout en parlant, il ouvrit un placard dans la cuisine.

Des vareuses étaient accrochées à l'intérieur, au-dessus de bottes en caoutchouc. Il en prit une paire ainsi qu'une veste, puis il s'assit sur un tabouret pour se chausser.

Elle l'imita, sous son regard incrédule.

— Qu'est-ce que tu fais ?

— Je viens avec toi.

— Tu n'es pas obligée, surtout après la journée que tu viens de passer.

— Je survivrai, va. Tu ne sais même pas où se trouvent les chevaux. Tu vas avoir besoin d'aide, ajouta-t-elle d'un ton sans appel comme il ouvrait la bouche pour répliquer.

Il la dévisagea avec un grand sourire.

— Bon, comme tu veux. Tu es prête ? dit-il en prenant deux torches électriques.

Elle mit sa capuche sur sa tête.

— C'est bon.

Ross se dirigea vers la grange, et elle lui emboîta le pas.

Dehors, le peu de lumière qui filtrait au travers des nuages avait une teinte jaune-verdâtre sinistre, mais au moins il ne faisait pas complètement noir. Ce n'était pas le moment d'avoir une crise de panique. Les trombes d'eau les assaillaient de toutes parts, et elle n'avait pas fait dix pas que sa capuche fut repoussée en arrière. Non loin, elle discerna un des grands chênes qui gisait à terre en travers de la clôture. Dans la grange, elle ôta sa veste pour la secouer, soulagée de ce répit. Ses cheveux étaient trempés, de même que le devant de son jean. Ross prit dans la petite sellerie deux licous et deux longes.

— Tu as une idée où chercher ?

— Pas vraiment, non. Si la clôture était restée intacte, ils se seraient abrités dans le bosquet au milieu du pré, mais là je n'en sais rien. On va commencer par la route. Il ne faudrait pas qu'ils provoquent un accident, dit-il en lui tendant un licou.

Ils ressortirent sous la pluie, Ross ouvrant la marche. Le vent avait faibli, mais la progression demeurait difficile. Ils s'engagèrent sur le chemin de terre en s'éclairant des lampes, mais les chevaux n'étaient visibles nulle part. Ross avançait en silence, ses épaules courbées trahissant sa préoccupation. En désespoir de cause, il élargit le faisceau de sa torche.

— Je vais dans le bosquet, là-bas, cria-t-il par-dessus le vent.

Elle le suivit et pointa sa lampe dans cette direction.

L'intuition de Ross avait été juste : les chevaux se trouvaient là, sous les arbres, et ils se mirent à piaffer nerveusement à leur approche. Ross leva la main pour lui signifier d'attendre, puis sous son regard inquiet il s'approcha lentement des bêtes. Enfin, il lui fit signe de le rejoindre, puis lui tendit la longe de Juliette et prit le deuxième licou pour le passer à Roméo sans cesser de lui parler doucement pour le tranquilliser.

— Prête ?

Elle hocha la tête.

— Tiens bien le licou et la longe, dit-il en lui montrant comment faire. Ils sont très nerveux. Ils risquent de se cabrer à cause des éclairs ou du tonnerre.

Elle imita les gestes de Ross du mieux qu'elle put. Elle s'était déjà occupée de chevaux, mais jamais dans ces conditions. Ainsi qu'ils le redoutaient, un éclair illumina le ciel, et les deux bêtes se dressèrent sur leurs jambes arrière en hennissant, mais ils parvinrent à les maîtriser. Ross prit la direction de la grange, et elle lui emboîta le pas. Enfin à l'abri, elle repoussa ses cheveux mouillés et regarda Ross. Trempé des pieds à la tête, il était encore plus sexy que d'habitude. Elle attendit qu'il installe Roméo dans son box pour lui tendre la longe de Juliette.

— Il faut encore que je m'occupe de cette clôture, dit-il lorsqu'il revint vers elle. Ça ne t'embête pas de leur verser un seau d'avoine ? Tu la trouveras dans la sellerie, là.

— Pas de problème.

Elle écarta une mèche mouillée, qui retomba aussitôt sur sa joue. Du bout d'un doigt, Ross la coinça derrière son oreille. Leurs regards s'accrochèrent.

— Tu as été formidable, jolie Sally.

Il posa les mains sur ses hanches et l'attira à lui.

— Qu'est-ce que je ferais sans toi ?

Elle respirait son odeur si masculine, de pluie et de terre mouillée. Une odeur de vie.

Il allait l'embrasser, songea-t-elle l'espace d'un battement de cils. Il allait la réchauffer d'un baiser, comme une boisson chaude lors d'une nuit froide…

Mais il s'écarta et quitta la grange, la laissant en proie à une chaleur délicieuse.

Ross s'était attendu que Sally rentre à la maison après s'être occupé des chevaux, mais au lieu de cela elle resta dehors pour lui filer un coup de main. Par bonheur, la pluie avait presque cessé. Il faisait nuit, mais il avait garé la voiture tout près de manière à pouvoir profiter de la lumière des phares. Tandis qu'il débitait l'arbre à la tronçonneuse, Sally évacuait les débris au fur et à mesure.

Bientôt, la clôture fut à peu près dégagée, et il arrêta la tronçonneuse.

— Tu devrais rentrer prendre une douche et te reposer. Je dois encore remettre cette barrière en état, mais je ne pense pas en avoir pour bien longtemps.

— Je peux t'aider, dit-elle sans cesser de ranger les morceaux de bois.

Jamais il n'avait rencontré de femme pareille. Sa volonté

avait-elle des limites ? Il rangea la scie et revint avec les outils nécessaires pour réparer la clôture. Il commença à enlever les barbelés endommagés, et elle le rejoignit.

— Qu'est-ce que je peux faire ?

— Tu sais te servir d'un arrache-clou ?

— Oui, bien sûr.

— Alors, va au poteau juste à côté et enlève les attaches.

Il termina de fixer le barbelé, puis se déplaça vers le pieu sur lequel Sally venait d'intervenir. Elle se décala à son tour pour ôter les attaches du poteau suivant, et ainsi de suite.

Elle lui était d'une aide précieuse, et il n'en était pas étonné. Une fois de plus, il lui devait une fière chandelle. Sans elle, il aurait passé une bonne partie de la nuit sur cette clôture, alors que, à deux, ils eurent terminé au bout d'une heure.

— Voilà, ça tiendra jusqu'à demain matin, dit-il en clouant la dernière attache.

Cela fait, il rangea ses outils.

— Laisse-moi ça, dit-elle. Va plutôt garer la voiture.

Joignant le geste à la parole, elle prit la caisse pour la ramener dans la grange. Il fit ce qu'elle lui disait, puis la retrouva dans la maison quelques instants plus tard, aux prises avec ses bottes.

— Attends, je vais t'aider. Accroche-toi à la table pendant que je tire.

Elle obtempéra puis lui présenta l'autre pied.

— Je t'aide avec les tiennes ? demanda-t-elle, une fois déchaussée.

— Ça ira, je peux me débrouiller tout seul. Par contre, j'aimerais vraiment que tu prennes une douche. Tu peux utiliser ma salle de bains ou celle de la chambre d'amis.

À sa déception, elle se dirigea vers la seconde.

Il sortit du linge de rechange pour lui et pour elle puis frappa à la porte. De l'autre côté, il entendait un bruit d'eau.

Dire que seule cette porte le séparait de Sally nue sous la douche !

Il s'éclaircit la voix.

— J'ai déposé des vêtements par terre.

— OK, merci.

Il retourna dans sa chambre pour, à son tour, prendre une douche. Une douche bien froide.

Lorsqu'il revint dans le salon, il trouva Sally endormie sur le canapé.

La pauvre, elle était exténuée. C'était bien normal qu'elle tombe de sommeil après tant d'efforts et d'émotions. En l'espace de quelques heures, elle avait passé un concours capital pour son avenir, emmené sa voiture au dépannage, s'était occupée de chevaux rendus nerveux par l'orage et, *last but not least*, avait réparé une clôture. À sa place, beaucoup auraient déclaré forfait à moins, mais pas elle, et elle ne s'était jamais départie d'une attitude positive.

Il consulta rapidement le calendrier de l'unité pour s'assurer qu'elle n'était pas de garde le lendemain, puis, dans la chambre d'amis, ouvrit les couvertures du petit lit. De retour dans le salon, il souleva Sally dans ses bras et l'emporta dans la chambre pour la coucher et la border. Il hésita un instant avant de poser un baiser sur son front.

— Encore merci pour ton aide, jolie Sally.

Puis il referma doucement derrière lui et retourna dans la cuisine se préparer un en-cas.

Le réfrigérateur ne contenait pas grand-chose, mais il dévora les restes du ragoût que Sally avait préparé la veille, puis mit à laver son linge sale et celui de Sally.

Il y avait quelque chose d'intime à voir leurs vêtements mêlés dans une même lessive.

Avant de se coucher, il rendit une dernière fois visite aux chevaux, qu'il trouva calmes malgré le tonnerre qui continuait de résonner au loin. De retour à la maison, il jeta un coup d'œil dans la chambre d'amis. Sally dormait paisiblement, sur le côté, les mains jointes sous une joue. Laissant la porte entrouverte, il se mit au lit à son tour et ne tarda pas à s'endormir.

Un cri strident le tira du sommeil.

L'espace d'un instant, il regarda autour de lui, désorienté, avant de se rappeler que Sally dormait dans la chambre d'amis.

Sur la table de chevet, le réveille-matin était éteint. L'orage avait dû provoquer une coupure de courant.

Un hurlement retentit à nouveau.

Il se leva d'un bond et se précipita vers la chambre d'amis avant de se rendre compte qu'il n'avait même pas pris le temps d'enfiler un bas de pyjama.

Un nouveau cri terrifié lui glaça le sang.

Trop tard, Sally avait besoin de lui.

À son entrée, un éclair blafard illumina la pièce.

Elle était pelotonnée contre la tête du lit, le visage enfoncé dans l'oreiller, qu'elle étreignait contre sa poitrine. Vêtue du T-shirt et du bas de survêtement qu'il lui avait prêtés, elle sanglotait en tremblant tel un animal blessé.

Il s'approcha doucement du lit.

— Sally, dit-il à voix basse, c'est moi, Ross. Tout va bien. Tu es chez moi. Il y a une coupure de courant.

Au son de sa voix, elle ouvrit des yeux hagards, qui le regardaient sans le reconnaître.

— C'est moi, Ross. Ne t'inquiète pas. Je vais chercher des bougies.

Elle l'attrapa et planta les doigts dans son avant-bras.

— Non ! Ne me quitte pas.

Il avait le cœur serré de la voir ainsi paniquée. À son corps défendant, elle lui révélait une facette surprenante chez une femme d'ordinaire aussi forte et volontaire. Une facette que peu de personnes devaient connaître.

— Ma douce, je vais juste chercher des bougies. Je reviens tout de suite.

— Non !

Comme elle lui serrait le bras de plus belle, il s'assit sur le lit et l'attira dans ses bras pour la bercer et lui murmurer des paroles rassurantes. Peu à peu, elle sembla se détendre.

— Je ne te quitte pas...

C'était facile à dire, mais ce lit était trop petit pour eux deux. S'ils voulaient se reposer un tant soit peu, ils allaient devoir dormir ailleurs.

— Sally, je vais t'emmener dans ma chambre.

Elle murmura une réponse inintelligible et s'accrocha à lui tandis qu'il la soulevait dans ses bras.

De retour dans sa chambre, il l'allongea sur son lit et rabattit les couvertures sur elle. Même dans la pénombre, il voyait qu'elle promenait autour d'elle des yeux angoissés.

— Les bougies sont dans la salle de bains, juste à côté. Je reviens tout de suite.

— Tu ne me quittes pas, hein ? demanda-t-elle d'une voix plaintive.

— Mais non, ma douce, jamais. Je n'en ai pas pour longtemps.

Il revint un instant plus tard avec des allumettes et une grosse bougie qu'il posa sur la table de chevet avant de l'allumer. Un petit point de lumière perça l'obscurité, et la terreur de Sally s'apaisa aussitôt.

— Tiens-moi dans tes bras, murmura-t-elle tristement.

Il ne se le fit pas dire deux fois. Il se glissa à côté d'elle et l'attira contre lui.

Avec un soupir, elle se laissa couler dans son étreinte réconfortante et ferma les yeux. Bientôt, le souffle de sa respiration tiède et régulière lui effleura le cou.

Il ne tarda pas à la rejoindre dans le sommeil.

6

Sally fut réveillée par un rayon de soleil. Elle ouvrit les yeux et ne reconnut pas la pièce autour d'elle. Son dos était calé contre quelque chose de solide et de tiède. Elle bougea la main, et sa paume effleura des poils drus sur un bras musclé qui lui encerclait la taille.

La panique l'envahit. Des images lui revinrent par bribes : l'orage, le réveil en pleine nuit dans le noir, la terreur, Ross qui venait la chercher...

Oh ! Seigneur, elle n'aurait pas pu s'humilier davantage ! Elle l'avait supplié de la tenir dans ses bras !

Chez elle, elle était parée à ce genre d'incident. Elle gardait toujours une lampe de poche dans sa table de chevet, ainsi que dans la cuisine et dans le salon. Ici, sans aucun point de repère, elle avait craqué. Que faire, à présent ? Comment lui expliquer que, à trente ans passés, elle avait une peur panique du noir ?

Tout doucement, elle se dégagea de l'étreinte de Ross.

Le matelas bougea légèrement à côté d'elle.

— Sally, tu es réveillée ?

Enrouée par le sommeil, sa voix était encore plus sexy. Pis, il avait l'air de s'inquiéter pour elle.

Sans lui répondre, elle bascula les jambes hors du lit et se leva.

Ross s'assit dans le lit et revêtit à la hâte un T-shirt.

— Bonjour, dit-il d'une voix traînante.

— Bonjour...

Elle s'interrompit, gênée.

— Merci pour ton aide, hier soir. Tu dois te demander ce qui m'a pris.

— En effet, mais j'aimerais surtout savoir si tu vas mieux.

Il la fixait avec une attention dérangeante, comme s'il jaugeait sa stabilité émotionnelle.

— Oui, oui, je vais beaucoup mieux. Si ce n'est que je me sens terriblement gênée.

Par la fenêtre, elle apercevait la grange et la clôture endommagée. Le ciel était lumineux, paisible, en contraste total avec le bouleversement intérieur qu'elle éprouvait.

— J'espère que tu ne m'en veux pas de t'avoir amenée dans ma chambre. Il n'y avait pas assez de place pour nous deux dans ton lit, et nous avions besoin de dormir.

Elle se sentit rougir.

Seule une partie du lit avait été utilisée cette nuit, à peu près de la taille du matelas de l'autre chambre. Autrement dit, soit elle avait glissé près de lui durant la nuit, soit il était resté près d'elle. Mais, au fond, le résultat était le même. Cela ne devait surtout pas se reproduire, même si ça avait été agréable de se réveiller entre ses bras.

— Ne t'inquiète pas, je comprends. Je me suis comportée comme une folle.

Ross eut un demi-sourire.

— Disons que tu n'étais pas dans ton état normal.

— Tu es gentil, répliqua-t-elle avec une grimace. Moi, je préfère dire « folle ».

— J'aimerais savoir ce qui t'a pris, mais seulement si tu veux bien m'expliquer.

Il se tut dans l'attente d'une réponse, la dévisageant avec empathie.

Même lorsqu'il s'agissait d'aborder un sujet délicat, il avait le don de la mettre à l'aise.

Elle se rassit sur le lit, les bras autour des genoux.

— Quand j'étais petite, lors d'une partie de cache-cache, je me suis cachée dans le coffre d'une voiture. L'un de mes camarades a trouvé très malin de m'enfermer. Je suis restée coincée pendant des heures avant que ma mère me retrouve. Depuis, je suis terrifiée par l'obscurité et par les espaces confinés. C'est bête, je sais. Mon ex-mari ne ratait pas une occasion de se moquer de moi.

— Mais non, ce n'est pas bête, dit-il en fronçant les sourcils. On a tous peur de quelque chose.

— Dit par un homme qui fonce tête baissée dans des bâtiments en feu.

— Ça n'a rien à voir. Moi aussi, j'ai des phobies.

— Ah bon ? Lesquelles ?

Tout à coup, elle avait envie de savoir. À ses yeux, Ross était invulnérable. Mais il détourna les yeux d'un air incertain, comme s'il regrettait d'en avoir trop dit.

— Tu ne vas le répéter à personne ?

— Non. Tu connais mon secret. Je te promets de ne pas raconter le tien.

— Tourne-toi.

Elle fit ce qu'il lui disait et sentit le matelas rebondir lorsqu'il sortit du lit. Qu'est-ce qu'il fabriquait ?

— C'est bon, tu peux regarder.

Nu à l'exception d'un boxer et d'un T-shirt, il faisait face à la fenêtre.

— Tu m'excuseras, je n'ai pas l'habitude d'évoquer le sujet, dit-il, le dos tourné. En fait, je n'en parle jamais. Tu te souviens de cet incendie dont je t'ai parlé ? Celui chez mon grand-père ?

— Oui.

— Je ne t'ai pas tout dit.

Elle retint son souffle, s'attendant au pire.

— Alors que j'essayais de m'échapper, le plafond s'est en partie effondré sur moi. J'ai été brûlé à l'épaule. Depuis, j'ai gardé des cicatrices.

Elle ouvrit de grands yeux.

— C'est pour ça que tu ne te mets jamais torse nu devant les autres ? Je ne savais pas, Ross.

— Peu de personnes sont au courant. Comme je viens de le dire, j'évite le sujet.

— Alors, pourquoi m'en parles-tu, à moi ?

— Parce que je voulais que tu saches. Et aussi pour te montrer que tu n'es pas la seule à avoir des phobies.

Décidément, il était la gentillesse même. Après son mariage catastrophique, elle avait oublié qu'il existait des hommes capables d'empathie, de générosité.

Elle se leva et s'approcha de Ross.

— Merci de m'avoir confié ton secret.

Elle posa la main sur son épaule, mais il se déroba. Il murmura quelque chose qu'elle ne comprit pas, et l'instant d'après il l'attira à lui et écrasa ses lèvres sur les siennes.

Il l'embrassait avec une voracité qui réveillait en elle des sentiments confus, endormis depuis longtemps. Il taquina de la langue les coins de sa bouche, et elle ouvrit les lèvres pour l'accueillir. Les bras noués autour de son cou, elle se serra contre lui, insatiable.

— Sally, ma douce, murmura-t-il contre sa joue.

Elle frissonna lorsqu'il lui mordilla l'oreille.

— Touche-moi, s'il te plaît. Si tu savais comme j'en ai envie.

Comment résister à une telle invitation ? Elle glissa les mains sous son T-shirt et caressa son ventre ferme, couvert d'un doux duvet. Il l'embrassa derrière l'oreille.

— J'aime tellement quand tu me touches. J'en ai rêvé si souvent.

Son cœur battit plus vite.

Il avait rêvé d'elle ?

Elle unit la bouche à la sienne et l'embrassa avec tout le désir qui s'était accumulé en elle depuis des jours.

Sans interrompre leur baiser, Ross lui retira son T-shirt et recula d'un pas pour l'admirer.

— Tu es si belle !

Sa bouche effleura l'un de ses seins en une caresse qui la fit frissonner, puis il prit entre ses lèvres tièdes un mamelon qu'il aspira doucement avant de passer à l'autre sein.

Les yeux fermés, les doigts plongés dans ses cheveux, elle savoura les sensations exquises qui déferlaient en elle. Lorsqu'il s'écarta, elle ne put retenir un soupir de dépit.

La couvant d'un regard brûlant, il la fit basculer sur le lit.

— Je te désire avec chaque fibre de mon corps. Mais ce qui va arriver à partir de maintenant dépend entièrement de toi. C'est toi qui décides.

Elle lui ouvrit les bras pour l'accueillir.

— Dis-le, Sally. J'ai besoin de te l'entendre dire.

— Comment pourrais-je te dire non ? répliqua-t-elle en souriant. Évidemment que j'ai envie de toi. Viens, s'il te plaît.

Il tira sur son pantalon et le lui fit glisser le long des jambes. Elle esquissa un geste vers la couverture, mais il l'arrêta.

— Non, laisse-moi te voir, au contraire. Tu es magnifique.

Il la dévisageait avec une avidité qui la fit rougir.

Elle détourna les yeux, et son regard tomba sur sa virilité tendue sous le tissu du boxer. Elle sentit son corps s'embraser. Elle qui n'avait jamais été à la hauteur des attentes de Wade, trouvait comme un parfum de revanche dans le désir flagrant de Ross.

— Toi aussi, enlève tes vêtements, dit-elle.

Il obtempéra et mit un genou sur le lit pour s'approcher, mais elle posa une main sur son torse.

— Le haut aussi. Je veux te voir, te toucher.

— Mais...

— Il n'y a pas de mais. Je t'ai fait confiance, maintenant c'est à ton tour.

Les yeux de Ross prirent une expression douloureuse.

— On m'a déjà rejeté à cause de ces cicatrices, avoua-t-il.

Elle se redressa, prit son visage en coupe entre ses mains et l'embrassa avec douceur.

— Je ne suis pas comme ça. Pour moi, tu ne te résumes pas à quelques cicatrices.

— Justement, tu comptes trop pour moi. Je ne veux pas risquer de tout flanquer en l'air, tu comprends ?

Elle tapota l'espace à côté d'elle.

— Assieds-toi.

Il hésita avant d'obtempérer lentement.

Elle l'embrassa sur l'épaule.

— Je veux te voir, t'admirer tout entier. Après cette première fois, tes cicatrices n'auront plus aucune importance, tu verras.

Quelques secondes s'écoulèrent, puis Ross enleva son T-shirt d'un geste nerveux et posa les coudes sur ses genoux.

Elle ne regarda pas tout de suite son dos. Au lieu de cela, elle effleura ses épaules d'une caresse qui le fit tressaillir, mais il ne se déroba pas. Délicatement, elle explora alors du bout des doigts les boursouflures de ses cicatrices.

— Ces épaules pourraient porter le poids du monde. J'ai bien vu de quoi elles étaient capables.

Peu à peu, elle le sentit se décrisper. Alors, elle regarda.

Sur toute la longueur de l'omoplate, la peau était fripée, froissée.

Elle ouvrit de grands yeux, choquée non par ce qu'elle voyait, mais par la souffrance qu'il avait dû endurer. Ses paupières se mouillèrent de larmes. Ross esquissa le geste de se lever, mais elle referma les mains sur ses biceps et appuya la tête contre son bras.

— Mon pauvre chéri, comme tu as dû souffrir ! C'est inimaginable.

Comme il lui tournait le dos dans une attente nerveuse, elle s'accroupit derrière lui et posa les lèvres sur ses cicatrices, lui arrachant une exclamation étouffée.

— Sally, tu n'es pas obligée de faire ça, dit-il d'une voix sourde.

Seigneur, qu'avaient bien pu faire ou dire ces femmes pour que cet homme formidable se sente aussi diminué, qu'il ait autant honte de lui-même ? N'avait-il vraiment pas conscience d'être quelqu'un de bien ?

Posant les mains sur son épaule pour lui intimer de rester immobile, elle la couvrit de baisers légers avant de remonter vers sa nuque. Elle glissa les bras sous les siens et appuya la poitrine contre son dos, et ses mains se promenèrent sur son torse tandis qu'elle continuait de l'embrasser derrière l'oreille, sur sa joue. Puis ses caresses s'aventurèrent plus bas, vers sa virilité.

Avec un grognement issu des profondeurs de sa poitrine, Ross se retourna et attrapa Sally pour la renverser sur le lit. Sa bouche trouva la sienne dans un baiser fiévreux.

Sally était une femme comme nulle autre. Avant elle, aucune ne l'avait fait se sentir aussi désiré, important. Il n'en aurait jamais assez d'elle, de sa tendresse, de sa compassion. Lorsqu'elle avait posé les lèvres sur ses cicatrices, il en avait eu le souffle coupé. C'était comme si, par ce geste, elle le débarrassait de toutes les souffrances qui y étaient associées. Personne n'avait compris comme elle que ces cicatrices ne marquaient pas seulement sa chair mais aussi son âme.

Cette femme extraordinaire, il allait la rendre heureuse. C'était bien le moins qu'il pouvait faire. Cela faisait tellement longtemps qu'il n'avait pas permis à une femme de lui enlever son T-shirt, de voir ses cicatrices... De le connaître entièrement, avec ses fêlures. L'émerveillement que lui procurait cette intimité décuplait son désir.

Il prit un sein en coupe dans sa paume et effleura avec le pouce le mamelon qui durcit aussitôt. Il l'aspira entre ses lèvres et le titilla du bout de la langue, la faisant gémir de plaisir et s'arc-bouter sur le matelas.

— Doucement, Sally. On a toute la journée pour nous, si tu le souhaites.

Il délaissa son sein pour poser un baiser sur son épaule. Leurs lèvres s'unirent tandis qu'il faisait glisser la main sur sa taille, puis sa hanche, jusqu'à sa cuisse et son entrejambe, avant de revenir sur sa cuisse. En récompense, elle ouvrit les jambes et se haussa vers lui. Tout doucement, il caressa la fente qu'elle lui tendait en une caresse prudente qui la fit ronronner. Quand il aventura un doigt en elle, elle se cambra à sa rencontre. Il le ressortit puis l'introduisit à nouveau en une lente caresse. Sally prit sa bouche, et sa langue mêlée à la sienne imita la caresse qu'il lui prodiguait. Il accéléra son geste, et soudain elle rompit son baiser, le souffle court, le corps tendu comme un ressort. Enfin, elle se détendit, les yeux clos, et un léger soupir s'échappa de ses lèvres.

Il ne comptait pas en rester là. Sally méritait plus, bien plus. Il se hissa au-dessus d'elle et l'embrassa avec fièvre.

Les bras noués autour de son cou, elle lui rendit son baiser, puis ses lèvres errèrent sur sa joue, sa tempe, son cou, jusqu'à son torse tandis que ses mains se promenaient sur lui, insatiables. Lorsqu'elles effleurèrent ses épaules, il tressaillit, mais elle ne ralentit pas ses gestes. Il oublia alors toute appréhension pour s'abandonner à l'instant présent. N'y tenant plus, il captura ses poignets d'une main et s'écarta pour fouiller de l'autre le tiroir de la table de chevet. Ayant trouvé le petit étui qu'il cherchait, il caressa Sally du regard.

Elle était magnifique, d'une beauté à la fois audacieuse et vulnérable.

— Tu en es sûre ?

— Oh oui ! Plus que sûre.

Il enfila le préservatif et s'installa entre ses jambes. En appui sur les coudes, il l'embrassa langoureusement avant d'entrer en elle avec lenteur. Puis il se retira un peu avant de s'enfoncer à nouveau en elle, plus profond, plus vite.

Elle haussa les hanches à sa rencontre et se mit à onduler avec lui jusqu'à ce que leurs mouvements s'accordent sur un tempo commun. Avec un cri d'extase, elle se crispa, avant de s'effondrer sur le lit. Presque aussitôt, il s'affaissa sur elle, la suivant dans un oubli bienheureux inconnu auparavant.

Ross fut réveillé par un bruit d'eau qui coulait. Il s'apprêtait à se lever quand Sally entra dans la chambre.

Elle avait dû sortir la lessive, car elle portait sur elle ses vêtements de la veille. Elle avait aussi attaché ses cheveux, dont quelques mèches humides encadraient son visage. Il sentit sa poitrine se gonfler de fierté, car elle souriait comme une femme épanouie par l'amour.

— Je ne t'ai pas entendue te lever. J'aurais aimé me réveiller à côté de toi.

Le sourire de Sally trembla légèrement.

— C'est vrai ?

— Bien sûr, dit-il en s'asseyant. Tu aurais dû me réveiller. Ça m'aurait plu.

Elle le gratifia d'un long regard perplexe.

— Ah bon ?

Avait-il dit quelque chose qu'il ne fallait pas ?

— Eh bien, oui. On dirait que ça t'étonne.

Ils se dévisagèrent un instant en silence, puis l'expression inquiète de Sally s'apaisa, remplacée par un sourire.

— Merci. Je ne suis pas habituée. Mon ex n'aimait pas que je traîne au lit. Il me pressait toujours pour que je me lève et prenne ma douche.

Atterré, il réprima un soupir.

— Sally, regarde-moi. Tu es libre de rester au lit aussi longtemps que tu le désires. Je n'ai rien à voir avec ton ex. Jamais je ne t'imposerai quoi que ce soit. Tu peux me faire confiance, je serai toujours honnête avec toi. Au lit et ailleurs.

— Oh ! dit-elle, faute de mieux.

— Oui, « Oh ! » D'ailleurs, je ne dirais pas non à un petit baiser... Enfin, si tu es d'accord, bien entendu.

Sally cligna des yeux deux ou trois fois, puis son visage s'illumina. Elle s'approcha de lui, posa les mains sur les épaules et se pencha pour l'embrasser avec une hardiesse qui lui fit bouillir le sang à nouveau. Il tira sur ses bras, mais elle lui résista.

— Désolée, mais j'ai besoin de me nourrir pour pouvoir continuer à ton rythme.

— OK, laisse-moi le temps de me doucher, et je t'emmène manger quelque part.

Il rejeta les draps pour se lever et capta le regard de convoitise qu'elle lui lança.

— Euh... C'est inutile. Je vais me débrouiller avec ce que je trouve dans la cuisine.

Tandis qu'elle quittait la pièce, il se dirigea vers la salle de bains avec un petit rire.

— Bonne chance.

Une fois sous la douche, il se rendit soudain compte qu'il

s'était tenu tout nu devant Sally sans éprouver la moindre gêne. Qui plus était, elle l'avait regardé avec admiration. Quel miracle avait-elle bien pu opérer sur lui ?

Sa toilette terminée, il la trouva dans la cuisine.

— Ça sent bon, dis donc ! Qu'est-ce que tu nous prépares ?

— Oh ! un truc simple ! Omelette et pain grillé. Ça t'ira ?

— C'est parfait.

Il la prit dans ses bras pour l'embrasser.

— Que puis-je faire pour t'aider ?

— Tu pourrais mettre la table pendant que je termine ?

Tandis qu'il obtempérait, Sally fit glisser une omelette sur une assiette et en mettait à cuire une deuxième. Il retira les tranches du grille-pain et les disposa sur une assiette, puis il lui servit un verre d'eau avant de se verser une tasse de café. À table, il s'assit à côté d'elle, avide de son contact.

— J'ai téléphoné au garage, dit-elle au cours du repas. Ils ne peuvent pas réparer ma voiture avant lundi. Tu es très occupé, ça m'embête de te demander de me ramener...

Elle s'interrompit en détournant le regard.

— Mais, d'un autre côté, je ne tiens pas à ce que mon frère vienne me chercher. Il me poserait tout un tas de questions auxquelles je n'ai pas envie de répondre.

Il la comprenait. Kody était très protecteur vis-à-vis d'elle. Lui-même avait eu l'occasion de s'en rendre compte, et il n'avait pas envie d'être mis sur le gril.

— Tu as des projets pour aujourd'hui ?

Elle secoua la tête.

— Non, si ce n'est dormir et ne pas ouvrir un seul livre.

— Reste ici, alors. Il faut d'abord que je fasse un état des lieux après l'orage d'hier, mais je peux te reconduire chez toi après.

— Pas de problème. Tu as besoin d'aide ?

Elle se pencha vers lui comme si elle était impatiente de lui donner un coup de main.

Il ne chercha même pas à dissimuler son étonnement.

— Oui, bien sûr... Si tu y tiens.

— Mais toi, tu le veux bien ?

Il lui prit la main et la serra dans la sienne.

— Toute aide m'est précieuse, surtout la tienne.

Le visage de Sally s'illumina.

— Il faut d'abord s'occuper de Roméo et Juliette et les faire sortir dans le pré, dit-il. Ensuite, vérifier l'état de la clôture. Les réparations ont été faites de nuit, dans l'urgence, sous la pluie. Il faudra sans doute les consolider. Et ensuite débiter ce qu'il reste du chêne. Tu te sens de taille ?

— Oui, dit-elle en enfournant une fourchette d'omelette.

Le petit déjeuner terminé, ils rangèrent la cuisine ensemble puis enfilèrent des bottes et sortirent.

— On commence par les chevaux ? demanda Sally.

— Exact...

Au bout de quelques pas, il se hasarda à poser la question qui lui brûlait les lèvres.

— Tu veux bien me parler de ton ex ?

Comme elle restait silencieuse, il se reprocha son indiscrétion. Il avait pourtant besoin d'en savoir plus sur ce type qui l'avait fait souffrir autant.

— Il n'y a pas grand-chose à raconter, finit-elle par répondre. Notre mariage a duré un peu plus d'un an. Dans le coin où j'ai grandi, Wade était une petite célébrité. Il était beau gosse, attaquant dans l'équipe de foot locale, issu d'une famille importante, il avait la plus belle voiture... Bref, je n'ai jamais compris pourquoi il m'avait remarquée.

— À ton avis ? Il t'a remarquée parce que tu es une femme formidable.

— Merci, répondit-elle avec un faible sourire. Ça fait plaisir à entendre, même si j'ai du mal à le croire.

— À t'entendre, c'était un vrai tyran domestique, commenta-t-il en lui jetant un coup d'œil.

— Il l'était, d'une certaine manière. Mon tort a été de ne pas m'en apercevoir tout de suite. Quand on s'est rencontrés, je préparais déjà le concours d'entrée en école de médecine. J'ai toujours rêvé de faire ce métier. Wade le savait, mais il a refusé que je poursuive mes études. J'ai tout lâché pour lui. Lui, par contre, n'a rien abandonné pour moi. Pas même ses petites amies.

Ross cessa de marcher et la regarda, ahuri.

— Hein ?

— Kody ne t'a pas dit ?

— Dit quoi ?

— Wade me trompait. Il a commencé environ six mois après notre mariage. J'ai essayé de sauver notre couple, mais rien n'a fonctionné.

Ross lâcha un juron avant de la serrer contre lui.

— Tu mérites mieux que ça, Sally... Tellement mieux ! Heureusement pour lui qu'il n'habite pas dans le coin, sinon je lui ferais avaler ses dents.

Sally se remit à marcher avec un sourire tremblant.

— Kody a dit plus ou moins la même chose. Mais, apparemment, je n'étais pas assez bien pour Wade.

— N'importe quoi ! Au contraire, tu étais trop bien pour lui.

Alors qu'ils entraient dans la grange, elle lui sourit avec gratitude, mais visiblement elle ne le croyait qu'à moitié.

— C'est Kody qui m'a encouragée à déménager. Il ne voulait pas que je sois confrontée jour après jour à des gens qui savaient ce qui s'était passé. Au départ, je n'aurais pas eu le courage de faire le saut, mais c'était la bonne décision.

Ross prit son visage en coupe entre ses mains.

— Tu es la femme la plus courageuse que je connaisse.

— Merci, tu es gentil.

— Non, je suis sincère.

En réponse, Sally posa les paumes sur son torse et le poussa contre une porte de box et l'embrassa avec fougue.

Comme il passait les mains sous sa chemise, sur sa peau douce et tiède, elle glissa les doigts dans la boucle de ceinture de son jean et l'attira contre elle.

Il n'en fallait pas plus pour le faire réagir au quart de tour.

Bon sang, s'il s'écoutait, il lui ferait l'amour ici même, dans l'écurie !

Un hennissement et le contact de naseaux veloutés contre

son cou le ramenèrent à la réalité. Ils éclatèrent tous les deux de rire et flattèrent Juliette.

— Elle est jalouse, je crois, dit Sally avec un grand sourire.

— Ou alors, elle a faim.

Il fit sortir le cheval de son box et observa ses jambes.

— Quelque chose ne va pas ?

— Non, je vérifie juste qu'elle ne s'est pas fait mal pendant l'orage.

Il laissa Juliette passer dans le pré et examina Roméo.

— Allez, va rejoindre ta copine, dit-il avant de se tourner vers Sally. Et maintenant, passons à la partie de plaisir.

Il entra dans l'appentis pour y chercher des outils. Comme Sally le suivait, il la regarda avec étonnement.

— Non, tu tiens vraiment à réparer cette clôture ? Ou, pis, à empiler du bois ?

— Oui, bien sûr. Tu as besoin d'aide, non ?

— Ce n'est pas une obligation. Je peux te ramener chez toi, si tu le préfères.

Elle se tut, visiblement indécise.

Pensait-elle qu'il cherchait à se débarrasser d'elle ? Rien n'était plus faux. Au contraire, il appréciait énormément sa compagnie. Avait-il commis une gaffe en voulant bien faire ?

— Tu peux rester aussi longtemps que tu le souhaites, s'empressa-t-il de préciser. Je suis content de t'avoir ici.

Le visage de Sally se détendit.

— Merci. Je ne veux surtout pas abuser de ton hospitalité.

Il s'arrêta devant elle et lui prit le bout des doigts.

— Mais non ! Tu peux passer toute la journée ici. Et toute la nuit, même, ajouta-t-il d'une voix plus basse.

Elle le regarda avec un doux sourire.

— J'aimerais bien.

— Parfait, c'est décidé. À présent, au boulot. Quand on aura fini, je vais te préparer le meilleur steak de ta vie.

— C'est vrai ? Tu veux faire la cuisine ?

Il lui tapota le bout du nez.

— Parfaitement. Et tu m'en diras des nouvelles.

Une fois de plus, Ross se félicita de pouvoir compter sur Sally. Grâce à elle, il expédia en quelques heures un travail qui s'il avait été seul, lui aurait pris une journée entière. Sally allait même au-devant de ce dont il avait besoin. Son efficacité était hors pair.

— Tu as l'habitude de ce genre de travail, on dirait, remarqua-t-il en chargeant le bois à l'arrière du pick-up.

— C'est vrai. Mon père pensait qu'une femme doit être aguerrie. J'ai participé aux mêmes tâches que mon frère.

— Pas bête.

— Non, dit-elle en souriant. Évidemment, Wade n'était pas de cet avis, tu penses bien. Mais son idée du travail, c'était de passer la journée assis à répondre au téléphone.

Ross en avait assez d'entendre parler de ce type. Il préféra changer de sujet.

— Tu es libre de m'aider autant que tu le désires. J'apprécie ta compagnie.

Souriante, elle promena le regard sur le pré, où les chevaux paissaient tranquillement.

— J'adore cet endroit. C'est un plaisir de travailler dans ta propriété.

— Je suis bien d'accord, dit-il en balançant la dernière bûche en haut de la pile. Allons, une petite toilette s'impose avant qu'on aille chercher nos steaks.

— Justement... Ça ne t'embête pas d'y aller sans moi ? Mes vêtements sont à nouveau sales, et je n'en ai pas de rechange.

— Tu me fais confiance pour choisir ton steak ?

— Tu plaisantes ? Je t'ai vu foncer dans les flammes pour sauver quelqu'un. Je t'ai aussi vu t'occuper de ton neveu et de ta nièce, tu m'as prêté assistance quand ma voiture est tombée en panne... En ce qui me concerne, tu es un héros. Il ne te manque que la cape. Donc, oui, je te fais confiance pour choisir un steak.

— Plutôt flatteur, comme portrait. Mais tu as oublié un petit détail.

— Lequel ?

— Je suis bon au lit.

— Cela va sans dire, répliqua-t-elle, les joues roses.

— Mais ça fait plaisir à entendre.

Elle lui donna une tape sur le bras.

— Vas-tu arrêter de chercher des compliments ?

Il lui passa un bras autour de la taille pour l'embrasser.

— Je suis encore meilleur sous la douche. Ça te dit d'essayer ?

Quelques heures plus tard, Sally s'étira dans la balancelle comme un chat au soleil. Elle s'était assoupie sous le porche, et le grondement de la voiture de Ross l'avait réveillée.

Il avait raison, il était un amant merveilleux, au lit comme sous la douche.

« Un amant » ?

Elle se redressa, tout à fait réveillée.

Ross était-il un amant ou un ami ? Et elle, à quoi jouait-elle ? Elle avait des projets à mener à bien, dont aucun n'impliquait Ross. Pour autant, ils pouvaient bien rester amis, non ? Passer du bon temps ensemble tant que cela durait. L'essentiel, c'était d'en rester à des relations simples, sans obligations ni complications. Après l'échec de son mariage, elle n'était pas pressée de remettre le couvert avec un autre homme.

Elle se leva pour aller à sa rencontre. Il descendit de voiture, les bras chargés de sacs de courses, et la rejoignit avec un grand sourire, l'air heureux de la revoir.

Jamais Wade n'avait eu cette tête lorsqu'il rentrait à la maison.

— Tu t'es bien reposée, on dirait.

Elle s'appuya contre la rambarde du porche et hocha la tête en souriant.

— C'est toi qui m'as dit de lever le pied.

Comme il montait les marches, elle lui tint la porte ouverte et lui donna un bref baiser, puis descendit récupérer le reste des commissions : deux sacs et un bouquet. Lorsqu'elle arriva dans la cuisine, Ross déballait les steaks.

— Tes fleurs sont magnifiques.

— J'ai pensé qu'elles te plairaient.

Elle le considéra, les yeux étrécis.

— Serais-tu en train de me faire la cour, Ross Lawson ?

— Et pourquoi pas ? dit-il en l'embrassant.

— Tu sais bien que, pour toi comme pour moi, il vaut mieux ne pas pousser les choses trop loin.

— C'est vrai, mais rien ne m'interdit d'offrir des fleurs à une amie, non ?

Il sortit une miche de pain et des pommes de terre qu'il entreprit d'éplucher.

— Tu veux un coup de main ? demanda-t-elle.

— Non. Ce soir, c'est moi qui travaille. Ça te va ?

— Ça me va très bien.

C'était même adorable de sa part. Elle n'avait pas l'habitude de se faire servir.

— Ce sera prêt dans une petite heure, dit-il une fois les pommes de terre enfournées.

— Je peux mettre un peu de musique ?

— Oui, de la country, s'il te plaît.

Elle brancha la chaîne HI-FI sous la télévision et choisit une chaîne de radio.

— Tu me permets au moins de mettre la table ?

— OK. Tu peux t'occuper du bouquet ?

Un bon repas à partager en discutant à bâtons rompus, c'était pile ce qu'il lui fallait après les efforts de la veille : un peu de détente en bonne compagnie. Ross était vraiment quelqu'un de bien. D'ailleurs, à la réflexion, c'était assez étonnant qu'il soit célibataire.

La question lui échappa avant qu'elle puisse la retenir :

— Et toi, tu as déjà été marié ?

Occupé à découper son steak, Ross redressa la tête.

— Pourquoi me demandes-tu ça ?

Rougissante, elle haussa les épaules d'un air dégagé.

— Pour rien… Je suis juste étonnée qu'un mec comme toi, bien sous tous rapports, ne soit pas avec quelqu'un.

— Je le prends comme un compliment, mais pour te répondre, oui, j'ai été fiancé.

Bizarrement, elle fut affectée d'apprendre qu'il avait été engagé avec une femme au point de lui demander sa main.

— C'est vrai ?

— Oui, mais ça n'a pas marché. Elle détestait mon boulot, et mes cicatrices lui rappelaient sans cesse le danger auquel j'étais exposé. Au bout d'un certain temps, elle m'a annoncé qu'elle n'en pouvait plus. Pour la rendre heureuse, il aurait fallu que je fasse une croix sur mon métier. Autant dire que c'était impossible. Alors, on a rompu.

— Oh ! Ross...

— Je dois admettre qu'il m'a fallu du temps pour digérer cette histoire, mais c'était la meilleure des choses à faire, en définitive. Elle et moi, nous aurions été malheureux ensemble.

Sally lui prit la main et la pressa affectueusement. Ils terminèrent leur repas dans le silence.

Une fois la cuisine rangée, Ross se tourna vers elle en souriant.

— La nuit va bientôt tomber, donc je te propose de prendre un dessert sous les étoiles. J'ai quelques affaires à rassembler. Pendant ce temps, peux-tu chercher de quoi te tenir chaud et me ramener le sweat-shirt que j'ai laissé dans ma chambre ? On se retrouve à la voiture.

Quelques instants plus tard, il la rejoignit dehors, portant un panier ainsi qu'un gros paquet. Il lui ouvrit la portière, s'installa au volant et engagea le pick-up sur le sentier. Il coupa le contact à mi-chemin et mit pied à terre.

— Ne bouge pas, je reviens tout de suite.

— Il y a un problème ? demanda-t-elle en se penchant par la vitre.

— Non, pas du tout. On ne va pas plus loin.

Ross était grimpé sur le plateau arrière du pick-up et déballait le paquet. Cela fait, il revint dans la cabine pour brancher un cordon à une prise électrique. L'appareil qu'il mit en marche était si bruyant qu'elle dut crier pour se faire entendre.

— Eh ! capitaine Lawson, il est bizarre, votre petit jeu !

Ross s'approcha de la portière et débrancha le cordon avec un sourire mystérieux.

— Normalement, j'aurais arrêté la voiture dans le pré, mais avec cet orage la terre est détrempée. Alors, j'improvise. Tout sera prêt dans quelques minutes. Ne regarde pas, hein ?

Elle obtempéra au prix d'un effort. Enfin, il revint et lui tendit la main.

— C'est bon, tu peux venir.

La ridelle du pick-up était baissée, un matelas pneumatique occupait tout le plateau arrière, et Ross avait étalé un sac de couchage dessus. Le panier du dessert était posé sur un côté.

— Je t'avais promis un dessert sous les étoiles, tu t'en souviens ?

Il la souleva par la taille pour la jucher sur le plateau, puis s'assit à côté d'elle.

— Tu veux une bière ? demanda-t-il en prenant le panier.

— Pourquoi pas ?

Il lui tendit une bouteille à long goulot décorée de l'étoile du Texas.

— Elle est bonne, dit-elle après l'avoir goûtée.

— Production artisanale. C'est un ami qui la fabrique.

Ross avala une longue gorgée avant de plonger la main dans le panier. Il en sortit un gâteau au chocolat dont il lui présenta une part.

— Mon dessert préféré ! dit-elle en riant. Merci.

— Tout le plaisir est pour moi.

Ils mangèrent assis sur le plateau, en balançant les jambes à l'extérieur et en les mêlant de temps à autre.

Peu à peu, le soleil disparut à l'horizon, et les étoiles se mirent à scintiller.

Ross débarrassa les reliefs du dessert.

— Je t'invite à t'installer sur le matelas. Toi d'abord : tu es la plus légère.

Lorsqu'il s'allongea à côté d'elle, elle sentit le matelas s'abaisser et s'élever comme un trampoline. Ross prit alors un sac de couchage et l'étala sur eux.

— Viens par ici, dit-il en l'entourant de son bras.

Elle se blottit contre lui, la tête sur son épaule.

Ils passèrent l'heure suivante nichés bien au chaud dans leur cocon, à regarder le ciel se piqueter d'étoiles, tels des diamants sur du velours noir. Dans le silence, Ross glissa une main sous sa chemise. Leurs lèvres s'unirent avec ferveur, et ils firent l'amour.

Elle était sûre d'une chose : elle aurait voulu faire durer cette soirée à l'infini. Elle compterait parmi les plus belles de sa vie.

7

Le lundi après-midi, Ross déposa Sally chez le garagiste. Alors qu'il se garait, il lui jeta un coup d'œil.

Ni lui ni elle n'avaient beaucoup parlé durant le trajet, comme si Sally était en proie aux mêmes réflexions que lui.

Ces derniers jours avaient été merveilleux, mais ils devaient en rester là. Ce qui se passait entre eux était physique, sans plus. Sally devait reprendre le travail le lendemain, lui le jour d'après. Tôt ou tard, ils seraient amenés à partager une garde. Alors, qu'allait-il arriver ? Ses compétences d'acteur étaient limitées. Cette relation, pour la nommer ainsi, allait à l'encontre du règlement de la caserne. De plus, ils avaient l'un et l'autre des projets personnels incompatibles avec une aventure sentimentale. Sally voulait devenir médecin. Lui briguait une promotion. Rien ne devait se mettre en travers de ses objectifs. Si jamais la nouvelle venait à se répandre…

Il coupa le contact et prit quelques instants pour rassembler ses pensées avant de se tourner vers elle.

Elle regardait le pare-brise, plongée dans ses réflexions.

— Sally…

— Ross…

Ils échangèrent un faible sourire.

— Toi d'abord.

— Eh bien, je ne sais pas dans quoi nous avons mis les pieds tous les deux, répondit-elle d'une voix mesurée. Je n'ai jamais vécu rien de tel…

Elle marqua une pause qui n'augurait rien de bon.

— Ross, j'ai passé un merveilleux week-end.

— Mais…

Elle haussa les épaules.

— Mais je préfère qu'on en reste là. Il vaut mieux qu'on soit amis, sans plus.

— Tu sais que c'est la pire chose qu'une femme puisse dire à un homme.

Sally lui toucha la main.

— Je t'aime beaucoup, Ross. Mais je ne peux pas me laisser distraire de mes objectifs.

— Parce que je suis une distraction ?

— Oh oui ! Une grosse distraction, même, répondit-elle avec un franc sourire. Mieux vaut tout arrêter avant que les choses aillent trop loin ou s'ébruitent. Et puis, je n'ai pas le temps pour une relation… Enfin, si c'en est une. J'ai passé un très bon week-end. Restons-en là, d'accord ?

Elle tournait en rond. Mais ces paroles, lui-même se les passait en boucle dans la tête.

— Inutile de nous compliquer la vie, tu ne penses pas ? dit-elle encore.

Délicat euphémisme. Jamais il n'avait eu une femme à ce point dans la peau depuis Alice. Il savait pourtant qu'une relation sentimentale avec une collègue irait droit dans le mur.

— Et puis, après mon divorce, je me suis juré de ne plus jamais me laisser détourner de ce que je veux vraiment dans la vie.

— Tu penses que je t'obligerais à faire une croix sur tes rêves ?

— Non, mais je risque de le faire pour te faire plaisir. Ce ne serait pas la première fois.

Il hocha la tête, fataliste.

— Pareil pour moi. J'aimerais devenir commandant, et sortir avec une collègue n'est pas le meilleur moyen d'y parvenir.

— Tu vois ? Cela ne nous causerait que des ennuis.

— Oui, tu as sans doute raison, répondit-il à contrecœur.

Il lui prit la main et la serra.

— Restons amis, alors.

— De très bons amis.

— Je peux t'embrasser avant que tu partes ? En toute amitié, bien sûr.

Elle lui sourit tristement.

— J'aimerais bien. Tu es quelqu'un de bien, Ross.

Il l'attira à lui pour un baiser qui ne tarda pas à s'enflammer, mais Sally s'écarta.

— À plus, Ross.

L'instant d'après, elle était partie, le laissant seul avec ses regrets.

Les jours suivants s'écoulèrent comme une éternité. Ross ne cessait de penser à Sally. Il ne s'était pas attendu qu'elle lui manque autant. Il avait tellement envie de la revoir, de lui parler, de la toucher ! Son absence lui pesait même lorsqu'il était chez lui, et pour la première fois de sa vie il se rendait au boulot sans enthousiasme pour la simple raison qu'elle ne viendrait pas à la caserne ce jour-là.

Ça ne pouvait pas continuer comme ça, il fallait qu'il la voie, qu'il se rende compte si elle était sur la même longueur d'onde que lui ! Il était bien décidé à le lui dire que cet arrangement n'était pas de son goût. Dès qu'il aurait terminé sa garde, il filerait chez elle pour s'expliquer.

Pour cela, il dut patienter jusqu'au lendemain vers midi.

Depuis la semaine précédente, les ouvriers étaient passés au bâtiment voisin, mais le quartier demeurait encombré, et il eut du mal à se garer près de chez elle.

Les mains sur le volant, il observa ses fenêtres.

Que ferait-il si elle n'était pas là ? Ou, pis, si elle refusait de lui ouvrir ?

Peu importe. Il fallait qu'il la voie, qu'il lui dise ce qu'il ressentait. La dernière fois, c'était Sally qui avait parlé, mais aujourd'hui c'était à son tour à lui. Avec un peu de chance, il réussirait à la faire changer d'avis. En tout cas, il ne partirait pas sans avoir essayé.

Il mit pied à terre, déterminé.

Arrivé devant sa porte, il hésita avant de frapper. Il n'entendait rien à l'intérieur. Et si elle n'était pas chez elle ?

Il songeait à retourner à sa voiture lorsque le loquet cliqueta. La porte s'ouvrit, et Sally apparut dans l'entrebâillement.

Son expression de stupeur fut vite remplacée par une autre, de joie pure. Avec un petit cri, elle lui sauta au cou.

Secoué d'un rire bienheureux, il la souleva, entra dans l'appartement et referma la porte avec le pied tandis qu'une pluie de baisers s'abattait sur son visage.

— Je sais qu'on a tort, mais c'est plus fort que moi, dit-elle. Tu m'as manqué, tu sais.

— Je le vois, oui.

Il prit sa bouche pour un baiser avide, et un autre, et un autre encore.

— Qu'est-ce que tu fais ici ? dit-elle, hors d'haleine.

— Je voulais te parler.

— C'est tout ?

— Oh non !

Ses lèvres trouvèrent à nouveau les siennes tandis qu'il défaisait le bouton de son jean.

Allongée à côté de Ross, Sally semait des baisers sur son torse en promenant la main sur son ventre.

Il lui avait tellement manqué !

Elle ne l'avait vraiment réalisé qu'en le voyant à sa porte : son cœur avait alors failli jaillir de sa poitrine.

Décidément, elle avait du souci à se faire. Elle se trouvait de nouveau embringuée dans une relation sentimentale sans savoir comment faire machine arrière pour revenir en zone sûre. Elle ne devait surtout pas changer quoi que ce soit à ses projets à cause de Ross... Mais lorsqu'il l'embrassait comme à présent, elle était incapable d'aligner deux pensées rationnelles.

— Ross, qu'est-ce qu'on va faire ?

Dressé sur un coude, il la regarda avec un sourire mutin.

— À ton avis ?

— Tu sais bien ce que je veux dire, répliqua-t-elle en lui pinçant légèrement le bras. On était d'accord pour rester amis, toi et moi.

Il caressa ses fesses nues en souriant.

— Oui, et alors ?

— Vas-tu m'écouter, à la fin ?

— Qui te dit que je ne t'écoute pas ? dit-il en l'embrassant dans le cou. Je suis tout ouïe.

— Ross, ça ne peut pas continuer.

— Moi, je trouve qu'on fait « ça » très bien.

Ses lèvres s'aventurèrent plus bas.

— Il faut s'en tenir à notre arrangement, ajouta-t-elle d'une voix plus sèche qu'elle ne l'aurait voulu.

Il releva la tête et croisa son regard.

— Écoute, qu'est-ce qui nous empêche de profiter de cette histoire le temps qu'elle dure ? Inutile de chercher midi à quatorze heures. Ça restera entre nous, et pour l'extérieur nous serons juste amis. Qu'en dis-tu ?

— Oui, peut-être, dit-elle avec un soupir dubitatif.

Elle le voyait bien, plus elle fréquentait Ross, plus elle s'attachait à lui.

Avec un peu de chance, elle entrerait bientôt en école de médecine, et dès lors elle aurait d'autres préoccupations. En tout cas, elle n'aurait pas de temps pour une relation. Mais rompre avec lui maintenant... Non, ce serait trop dur, il lui manquerait trop. En attendant qu'elle reprenne ses études, qu'est-ce qui les empêchait de passer du bon temps ensemble ? En toute discrétion, bien entendu.

Les semaines suivantes, Sally et Ross mirent au point une petite routine rien qu'à eux. S'ils étaient tous les deux en congés, elle allait chez lui. Là-bas, ils restaient au ranch ou sortaient ensemble, mais jamais à Austin, pour éviter d'être reconnus par un collègue. En revanche, quand leurs gardes se succédaient, Ross se rendait chez elle.

Dans un cas comme dans l'autre, elle n'avait jamais été aussi heureuse. Ni aussi inquiète de finir le cœur brisé. C'était excitant de savoir qu'elle allait trouver Ross à la maison en train de l'attendre, ou à l'inverse qu'il la rejoindrait chez elle après sa garde. Un jour, cette histoire devrait se terminer... Mais ce jour n'était pas encore arrivé.

— J'ai promis à Jared et Olivia de les emmener samedi faire une balade en bouée pneumatique sur la Guadalupe, lui dit-il un jour alors qu'elle allait partir au travail. Tu serais des nôtres ?

— J'aimerais bien, mais Kody sera de garde, et je dois m'occuper de Lucy. Il m'a questionnée sur la façon dont j'occupe mes journées. Je crois qu'il se doute de quelque chose. Il faut dire que je ne les vois plus beaucoup depuis que je passe l'essentiel de mon temps libre avec toi.

— S'il savait... Quoi qu'il en soit, Lucy serait la bienvenue. Jared et Olivia seraient contents de la revoir.

Elle hocha la tête en souriant.

— Je vais en discuter avec Kody et je te tiens au courant. Si je viens, je peux faire quelque chose ?

— Non, ça ira. Je préparerai des sandwichs. N'oublie pas ton maillot de bain et celui de Lucy, c'est tout...

Il la hissa sur le plan de travail, et elle noua les jambes autour de lui.

— Mais bien sûr, si tu arrives sans ton maillot, je n'irai pas me plaindre.

— Le contraire m'aurait étonnée, dit-elle en l'embrassant.

Quand Sally parla à Kody de l'invitation de Ross, elle fut gratifiée d'un regard soupçonneux.

— Tu as vécu au Texas pendant un an sans jamais fréquenter Ross Lawson de près ou de loin. Et voilà que, en un mois, tu as passé la journée avec lui lors du pique-nique, tu as gardé son neveu et sa nièce, tu as révisé chez lui pour ton examen, et maintenant tu vas faire une balade sur la rivière avec lui. Il se passe quelque chose ?

— Non, on est juste amis, lui et moi. J'ai le droit d'avoir des amis, non ?

— Oui...

Par bonheur, malgré son air dubitatif, Kody lui donna son accord et s'abstint de toute autre question.

Le samedi matin suivant, elle récupéra donc Lucy avant de se rendre chez Ross. Cette fois-ci, elle était la plus impatiente des deux. Elle n'avait pas vu Ross depuis deux jours. Sans lui, ses journées lui semblaient vides, ternes. Pourraient-ils garder cette relation secrète encore longtemps ?

Pour sa part, elle avait de plus en plus de mal à la cacher. Tôt ou tard, Ross et elle devraient travailler ensemble. En fait, elle aurait bientôt l'occasion de tester leurs compétences d'acteur : le planning était sorti la veille, et ils partageraient deux gardes la semaine suivante. N'allait-on pas remarquer des regards de complicité, des paroles équivoques ? Se rendrait-on compte que chacun en savait beaucoup plus qu'il n'était normal sur la vie de l'autre ? Ce serait difficile de ne pas se trahir, et si la rumeur s'ébruitait, Ross risquait de devoir dire adieu à sa promotion alors qu'il la méritait plus que tout autre. Il avait toutes les compétences requises pour diriger une équipe, et surtout il était dévoué corps et âme à son métier.

Au fur et à mesure qu'elle approchait de chez Ross, elle sentait son cœur s'emballer. C'était donc cela, le bonheur ? En tout cas, cela faisait longtemps qu'elle n'avait pas éprouvé une telle joie, une telle impatience. Elle avait pensé que le fait de reprendre ses études suffirait à la combler, mais ça, c'était avant de se lier avec Ross.

À leur arrivée, Ross et les enfants les attendaient à côté du pick-up. Vêtu d'un T-shirt et d'un bermuda avec des baskets, il était muni d'une casquette et de lunettes de soleil.

Elle n'avait pas arrêté la voiture que Lucy agitait déjà la main avec frénésie. Olivia et Jared lui rendirent son salut ainsi que Ross, et ce dernier la rejoignit avant même qu'elle ouvre sa portière.

Mourant d'envie de se jeter à son cou, elle mit pied à terre en souriant pour dissimuler son trouble. Comme il allait l'embrasser, elle posa une main sur son torse avec un petit signe de la tête vers Lucy.

Ils devaient se tenir devant les enfants.

Les épaules de Ross s'affaissèrent, et son sourire s'atténua, mais il hocha la tête et recula.

Nul doute que Lucy serait ravie de rapporter à son père qu'ils s'étaient embrassés. Or, Sally n'était pas prête à affronter les questions de son frère. Et puis, partager une relation secrète avec Ross Lawson, c'était excitant. Cela faisait longtemps qu'elle ne s'était pas autant amusée. Certes, elle aurait aimé crier sur tous les toits que cet homme formidable était à elle, rien qu'à elle. Mais Ross avait-il envie que leur relation s'étale au grand jour ?

En haut des marches du porche, Ross se tourna vers elle.

— Il me reste encore à prendre les sandwichs. Tu viens ?

Elle le suivit dans la maison, et à peine la porte refermée derrière eux, il l'attira pour l'embrasser.

— Je ne sais pas comment je vais résister toute la journée à l'envie de te toucher. Ce n'était peut-être pas une si bonne idée de t'inviter.

— Je peux encore partir, si tu veux.

Il la serra à nouveau contre lui.

— Jamais de la vie !

Dans la cuisine, ils mirent les sandwichs dans un gros sac de toile imperméable.

— Tu veux y ranger autre chose ?

— Oui, mon portable, par exemple.

— Tu crois ? J'emporte le mien. Tu n'as qu'à laisser le tien dans le pick-up.

— OK. On n'aura sans doute pas besoin de deux téléphones.

Ross ferma le sac, et ils rejoignirent les enfants. Les bouées étaient déjà attachées par des sangles à l'arrière du pick-up.

Le trajet dura environ une heure remplie de bavardages animés, puis Ross se gara dans un parking de terre battue.

Quand les enfants furent descendus, il posa la main sur la sienne.

— Ça ne nous laisse pas beaucoup de temps pour nous parler, toi et moi.

— Ce n'est pas grave, répondit-elle en souriant. Je suis contente d'être avec toi.

— Eh, tonton Ross, tu te dépêches ? cria Jared avec impatience.

Ross détacha les bouées et en tendit une à chacun des enfants, ainsi qu'un gilet de sauvetage.

— OK, tout le monde m'écoute. Rappelez-moi les règles.

— On reste groupés, dit Olivia.

— On garde toujours son gilet, ajouta Jared.

— Et après seulement, on s'amuse, conclut Ross. Compris ?

— Compris !

Ross ouvrit la marche jusqu'à la rivière. Une fois sur la berge, Sally aida les enfants à enfiler les gilets et à s'installer dans leurs bouées, puis ils se laissèrent emporter par le courant paisible. Les enfants s'amusaient comme des fous à s'asperger, puis ils joignirent leurs forces contre les adultes. Ross les laissa prendre un peu d'avance avant de s'approcher de Sally. Sans les quitter des yeux, il plongea la main sous l'eau.

Elle sursauta en sentant qu'il lui caressait les fesses.

— Chut ! dit-il d'un air innocent. Inutile de se faire remarquer par les enfants.

Tout en parlant, il glissa un doigt sous son maillot et lui caressa furtivement l'entrejambe.

— Ross Lawson, je t'interdis !

Il lui décocha un sourire espiègle et rejoignit les enfants.

Peu après, ils s'arrêtèrent dans une petite crique pour déjeuner. Elle sortit du sac les sandwichs, des barres chocolatées et une bouteille d'eau. Assis sur un tronc couché, les enfants attaquèrent leur en-cas avec appétit, puis ils demandèrent à se baigner.

— OK, mais ne vous éloignez pas, dit Ross.

Tout en mangeant, Sally regarda les enfants jouer.

— C'est une bonne idée de sortie. Tu as l'habitude de faire du canot, non ?

— Oui, j'en faisais souvent quand j'étais gosse. J'ai emmené Jared et Olivia en balade quelques fois.

Tandis que Ross parlait, son attention restait concentrée sur les enfants.

Une fois de plus, elle se prit à songer qu'il ferait un bon père. Elle aurait aimé être la mère de ses enfants, mais autant ne pas rêver. Avec un soupir, elle évacua cette pensée, ce qui la rendit un peu triste.

— Il n'y a rien de plus rafraîchissant qu'une journée à la rivière lorsqu'il fait chaud.

— N'est-ce pas ?

D'un air suggestif, il posa les mains à plat sur le tronc d'arbre. Elle posa la main sur la sienne, et leurs doigts se mêlèrent. Ross la gratifia d'un sourire avant de se tourner à nouveau vers les enfants.

— Tu vas me manquer, ce soir.

— Tu crois ? dit-elle en affectant un air dégagé qu'elle était loin d'éprouver.

Il lui jeta un coup d'œil brûlant.

— Viens ici. Je veux t'embrasser.

— Les enfants...

— ... ne font pas attention à nous. Allez, viens.

Leurs lèvres s'effleurèrent pour un baiser rapide, puis Ross se redressa avec un soupir.

— Les enfants, on y va ! Venez ramasser vos affaires.

Les reliefs du pique-nique furent bientôt rassemblés, et la balade reprit. Au bout d'une heure, alors qu'ils arrivaient au niveau d'un méandre, ils entendirent des appels à l'aide.

En quelques secondes, Ross plongea et nagea vers la berge.

— Restez avec Sally, ordonna-t-il aux enfants en passant devant eux.

Comme il disparaissait dans la courbe de la rivière, Sally et les enfants se hâtèrent à sa suite. Lorsqu'ils arrivèrent au niveau du méandre, Ross avait atteint la rive.

— Les enfants, on va s'arrêter là, ordonna Sally avec autorité. Rassemblez vos bouées sur la rive et allez vous asseoir sur cet arbre mort, là-bas. N'enlevez pas vos gilets et ne bougez pas. Je vais voir si Ross a besoin d'aide.

Elle le trouva agenouillé auprès d'une femme étendue sur le sol, dans un recoin herbeux. Une autre femme était assise à côté d'elle.

— Qu'est-ce qui s'est passé ?

Ross s'adressa à la blessée.

— Sally est secouriste, elle va vous aider.

Il s'écarta, et elle vit aussitôt le problème : la femme souffrait d'une fracture ouverte au-dessus du genou.

— C'est arrivé comment ?

— On s'est approchées de la berge pour observer l'eau, chuchota celle-ci, les lèvres blanches. Comme une idiote, j'ai mis le pied dans un trou d'eau, et j'ai glissé.

Ross fut soulagé de passer le relais à Sally. En tant que pompier, il possédait des rudiments de secourisme, mais n'était pas apte à s'occuper d'une urgence médicale aussi grave. Cette femme présentait une fracture compliquée, Sally serait mieux à même de l'aider. Il rejoignit donc les enfants et sortit son téléphone du sac étanche.

— J'appelle les urgences, Sally. Je leur dis quoi ?

— Dis-leur que la victime est une femme de trente-quatre ans, elle souffre d'une fracture ouverte du fémur droit avec douleur modérée. Rythme cardiaque régulier, pouls à cent vingt. On va lui faire une attelle sur place avec les moyens du bord.

Ross relaya le message.

— Les services d'évacuation ne peuvent pas arriver jusqu'ici, dit-il. La forêt est trop touffue pour permettre à un hélicoptère d'atterrir. Il va falloir la transporter en aval, à environ un kilomètre. Ne t'inquiète pas, j'ai un plan.

Sally se tourna vers l'amie de la blessée.

— Pouvez-vous me rapporter au moins trois morceaux

de bois ou des bâtons assez robustes qui pourraient servir à confectionner une attelle ?

L'amie obtempéra, et Sally se tourna vers Ross, inquiète.

— Alors, quel est le plan ?

— Je vais attacher les bouées ensemble pour qu'on puisse l'étendre dessus. On est trop loin de la route, et comme je te l'ai dit, l'hélico n'est d'aucun secours ici.

— OK. Demande à l'un des enfants de m'apporter les serviettes. Je vais la mettre en condition pour le déplacement.

Tandis que Jared s'occupait des serviettes, Ross disposa côte à côte deux bouées, puis, sans hésiter, il ôta son T-shirt et sortit du sac un couteau avec lequel il déchira le tissu en lanières afin d'attacher les pneumatiques ensemble. Il entendit bientôt le vrombissement d'un hélicoptère au loin.

— Tu es prête, Sally ?

— Affirmatif.

— OK. Les enfants, vous allez regagner votre bouée, et je vais vous attacher au radeau. On va allonger cette dame dessus. Sally et moi, on va vous accompagner à la nage. Compris ? Parfait. Ne bougez pas tant qu'on n'a pas installé la dame.

À l'aide de branches et des lanières de T-shirt, Sally parvint à confectionner une attelle de fortune qui maintenait suffisamment la jambe. Elle s'adressa alors à la blessée :

— Le trajet ne va pas être une partie de plaisir, mais on n'a pas le choix. Tenez bon, on vous amène à l'hôpital aussi vite que possible.

Puis elle se tourna vers l'amie :

— Tenez, portez les serviettes et les gilets de sauvetage au radeau. Étalez une serviette, les autres feront office de couverture.

L'amie s'exécuta, puis elle revint pour aider Ross et Sally à transporter la blessée jusqu'au radeau. Le terrain était irrégulier, ce qui les obligeait à se déplacer lentement et précautionneusement. Enfin, la victime fut allongée, et Sally lui enfila un gilet de sauvetage avant de la recouvrir de serviettes. Les trois adultes soulevèrent le radeau et s'efforcèrent de le mettre à l'eau en limitant les à-coups susceptibles de faire souffrir la blessée.

— Sally, tu peux tenir un coin du radeau ? Et vous l'autre ? ajouta-t-il à l'intention de l'amie. Moi, j'assure l'arrière. Les enfants, montez dans votre bouée, je vais vous attacher.

Ils obéirent, et le groupe fut bientôt prêt pour descendre la rivière.

— On y va, dit Ross. N'oubliez pas, il faut progresser lentement et régulièrement. Surtout pas de gestes brusques.

Il leur fallut presque une heure pour atteindre l'endroit où les attendait l'hélicoptère. Les secouristes prirent aussitôt la relève. Ross s'occupa des enfants tandis que Sally leur dressait un compte rendu.

Alors que l'hélicoptère s'envolait, Sally serra furtivement sa main dans la sienne.

— Heureusement que tu étais là.

— Je me disais justement la même chose à ton sujet.

— Qu'est-ce que ça te fait de ne pas avoir de T-shirt ? dit-elle en souriant.

Il haussa les épaules.

— Ça me rend un peu nerveux, mais sans plus.

— Je suis fière de toi.

Elle lui pressa les doigts avec affection, et il lui rendit son geste avant de retirer sa main.

— Je n'y serais jamais arrivé sans toi.

— Mais si, voyons ! Tu aurais fait le nécessaire pour mettre cette femme en sécurité, même si je n'avais pas été là. C'est plus fort que toi : tu dois toujours te mettre au service des autres. Tu as ça dans le sang.

— Trêve de compliments, dit-il en riant. On rentre ?

Ils rassemblèrent les enfants et se dirigèrent vers l'arrêt de la navette qui les ramenait au parking. En chemin, d'autres promeneurs les interrogèrent sur l'incident qui venait de se produire et les félicitèrent.

— Je crois qu'on a tous mérité une glace, dit-il lorsqu'ils arrivèrent au pick-up. Pas vrai, les enfants ?

Ces derniers répondirent par un cri de joie, et Sally sourit.

— Je vais passer la commande et j'irai la récupérer. Je suis plus habillée que toi, après tout.

Alors, seulement, il se rendit compte qu'il avait pris la navette sans se soucier d'être torse nu. Les enfants ne lui avaient pas fait la moindre remarque. Comme quoi...

Avait-il accordé trop d'importance à un problème créé de toutes pièces ?

Il n'était plus loin de le penser, désormais, et c'était libérateur.

Les enfants grimpèrent dans le pick-up, et il démarra. Au bout de cinq minutes, ils étaient endormis.

Il jeta un regard vers Sally.

— Eh ! murmura-t-il.

De la tête, il désigna les enfants assoupis.

Sally sourit et se coula contre lui.

— Tu as encore été mon héros, aujourd'hui. Ton idée de radeau était géniale.

— Comme toi, dit-il en lui posant un baiser sur le haut de la tête.

Ces derniers temps, il avait changé, et pour le mieux. Et cette métamorphose, c'était à Sally qu'il la devait.

8

Deux jours plus tard, à son arrivée à la caserne, Sally arborait un large sourire, ravie à la perspective de retrouver Ross.

Dire que, à peine un mois plus tôt, elle s'efforçait de l'éviter ! La dernière fois qu'il l'avait tenue dans ses bras remontait à quatre jours, mais il lui manquait déjà terriblement. Elle comprenait à présent pourquoi son ex-petite amie supportait mal son métier de pompier. En plus du danger omniprésent, il lui imposait des horaires difficilement compatibles avec une vie de couple. Malgré tout, elle ne se voyait pas renoncer à lui pour cela. D'ailleurs, qui parlait de renoncer à Ross ? Ne pouvaient-ils pas continuer à se voir sans que cela se sache ? D'une certaine manière, ils le faisaient déjà. Elle était prête à modifier sa vie afin de fréquenter Ross. Mais à supposer qu'elle saute le pas, pouvait-elle être certaine qu'il ne la laisserait pas tomber ? Une chose était sûre : il ferait toujours passer son métier en premier.

Sur ce dernier point, ils étaient semblables. En toute franchise, aurait-elle du temps pour une relation quand elle serait en école de médecine ? Ou plutôt *si* elle entrait en école de médecine, puisqu'elle n'avait pas encore reçu ses résultats d'examen. Mais ils ne seraient peut-être plus ensemble à ce moment-là. N'était-elle pas en train de tirer des plans sur la comète ? Ne pouvait-elle pas simplement profiter de l'instant présent, vivre cette relation sans arrière-pensée tant qu'elle durait ?

Ces interrogations finissaient par lui donner le tournis. À

un moment elle se disait que cette histoire aurait une fin tôt ou tard, et l'instant d'après elle rêvait d'un avenir avec Ross.

Pourtant, elle pensait de plus en plus que ce qu'elle vivait avec lui était spécial, extraordinaire. Elle n'avait jamais rien éprouvé de tel. Il n'y avait que lui pour provoquer en elle ces vibrations sensuelles ou ce sursaut d'excitation chaque fois qu'elle le voyait. Même à présent, le souvenir de ses caresses augmentait son impatience de le retrouver. Il fallait qu'elle prenne garde à ne pas se laisser guider par son cœur, ou elle s'exposerait à des déconvenues douloureuses. D'autant plus qu'elle en avait assez de veiller à tenir leur relation secrète. À force, c'était fatigant. Pourquoi deux adultes consentants n'auraient-ils pas le droit de se fréquenter ? Elle n'avait pas honte de Ross, ni lui d'elle. Il fallait qu'elle en parle à Kody pour commencer, et advienne que pourra.

Elle prit son sac sur la banquette arrière avant de se diriger vers les quartiers des secouristes.

À l'autre extrémité du parking, Ross, les mains dans les poches, discutait avec un collègue. Leurs regards se croisèrent, et malgré la distance elle capta l'éclair de désir qui traversa ses yeux. Son langage corporel changea, comme s'il désirait abandonner sa conversation pour la retrouver.

Le cœur battant, elle entra dans les vestiaires et ouvrit son casier personnel pour y déposer son sac. Sentant soudain une présence derrière elle, elle se retourna et vit Ross sur le seuil. Il bloquait l'encadrement de la porte de manière que personne ne puisse passer sans avoir à le pousser.

— Viens ici, dit-il d'une voix sourde.

Étonnée, elle plissa les yeux.

— Pardon ?

— S'il te plaît, Sally... Viens.

Il avait dit cela d'un ton solennel, presque implorant, comme s'il souffrait physiquement.

Elle obtempéra.

La saisissant, Ross prit ses fesses en coupe pour la presser contre lui. Leurs lèvres s'unirent en un baiser sensuel. Puis il s'écarta et la tint à bout de bras.

— Il vaut mieux que j'arrête là, autrement tout le monde verra l'effet que tu me fais. Ça te fait plaisir, on dirait ? ajouta-t-il en la voyant rire.

— L'idée n'est pas pour me déplaire, en effet. Sur ce, Casanova, laisse-moi passer.

En s'en allant, elle lui effleura la joue d'un dernier baiser.

Ce jour-là, leur unité avait été sollicitée pour quelques missions, mais en début de soirée ils parvinrent à dîner sans interruption. Assis à côté de Sally, Ross s'efforçait, comme elle, d'agir avec autant de naturel que possible, mais sous la table leurs pieds se touchaient et leurs jambes s'effleuraient.

La nuit se déroula sans incident, mais peu après l'aube l'alarme se déclencha, et une voix dans l'interphone mobilisa les équipes. Ce changement brutal de rythme n'était pas étonnant. Sur les routes, l'heure de pointe avait commencé, et les encombrements entraînaient des accidents.

Apparemment, un automobiliste avait coupé la route d'un autre au niveau d'un croisement et avait causé un carambolage impliquant quatre véhicules.

Ross et son équipe arrivèrent sur les lieux en quelques minutes, et l'ambulance se gara non loin avec l'aide des policiers qui contrôlaient la circulation.

Il descendit du camion et évalua la situation.

Deux voitures avaient subi un choc léger à l'arrière, mais une troisième, celle qui s'était fait rentrer dedans, était plus sérieusement amochée. Plusieurs personnes étaient assises sur le trottoir, et la chaussée était couverte d'essence.

Il se mit à distribuer des consignes par radio.

— Il nous faut des extincteurs, au cas où. Les gars, assurez-vous que la fuite d'essence ne s'étend pas. Les secouristes ne doivent pas s'approcher tant que la scène n'est pas déclarée sans risque, ajouta-t-il en pensant à Sally.

L'un des pompiers amena une femme à l'ambulance, où Sally la prit aussitôt en charge tandis que ses collègues examinaient les personnes sur le trottoir. Ross supervisa les opérations de la dépanneuse, puis se dirigea vers l'ambulance.

Sally s'occupait à présent d'un patient d'une trentaine d'années qui présentait une blessure à la tête. L'homme voulut se lever, mais elle le retint d'une main sur la poitrine. À la vitesse de l'éclair, il lui décocha un coup de poing qui la fit tomber à la renverse.

Ross vit rouge. Sans même s'en rendre compte, il s'élança, saisit l'homme par le collet et le secoua violemment.

— Ross ! Arrête !

Le cri de Sally lui parvint au travers de sa colère. Elle le força à lâcher l'homme. L'instant d'après, celui-ci était interpellé par un policier qui lui passait les menottes dans le dos.

— Tu es fou, bon sang ! Qu'est-ce qui t'a pris ?

— À ton avis ?

— Tu ne m'aides pas, Ross. J'aurais pu m'en sortir toute seule.

Il la regarda avec attention pour vérifier qu'elle n'avait rien de grave.

— Tu parles. En attendant, tu vas avoir un sacré coquard.

— Ross a raison, intervint le collègue de Sally. Ce type ne t'a pas ratée. Tu devrais te faire examiner à l'hôpital.

Sally secoua vigoureusement la tête.

— Pas du tout ! Je vous dis que je vais bien.

— Fais ce qu'on te dit, Sally, ordonna Ross d'une voix sèche.

L'autre secouriste le dévisagea d'un air étonné.

D'ordinaire, Ross était connu pour son sang-froid en situation d'urgence. Jamais il ne se laissait déborder par ses émotions, donc cet écart avait de quoi surprendre.

Il regagna son poste, mais son cœur continuait de battre à grands coups. Petit à petit, il se calma, et sa raison reprit le dessus. Malheureusement, les torts étaient faits. Oui, Sally aurait pu s'en sortir toute seule, sans doute. Après tout, ce n'était certainement pas la première fois qu'elle avait affaire à un patient agressif. La différence, c'était qu'il avait été témoin de la scène, qui avait déclenché en lui une violence primaire.

Un gradé lui tendit sa radio. Dans son émotion, il ne s'était même pas aperçu qu'il l'avait laissée tomber. Lorsqu'il rejoignit son lieutenant, celui-ci le gratifia d'un regard bizarre, qu'il préféra ignorer. Il se remit à diriger l'opération comme si rien ne s'était passé, en s'efforçant de dissimuler les interrogations qui le tenaillaient.

Qui avait remarqué sa réaction ? Allait-on faire le lien avec Sally et deviner qu'ils sortaient ensemble ? Pis, son manque de professionnalisme allait-il remonter aux oreilles de ses supérieurs ?

Sally se rendit aux urgences à contrecœur, parce que le règlement l'y obligeait. Par bonheur, les radios confirmèrent l'absence de fracture, mais son visage l'élançait, et son œil blessé commençait à prendre de vilaines couleurs. Elle avait reçu pour consigne de ne pas retourner à la caserne, et un policier l'avait ramenée chez elle, tandis qu'un collègue était appelé pour la remplacer au pied levé.

Mais, pour contrariants qu'ils soient, ces effets n'étaient rien au regard de la bourde commise par Ross. Elle aurait pu s'en sortir toute seule. Comment pourraient-ils travailler ensemble, à présent ? Il avait dépassé les bornes, façon polie de dire qu'il avait complètement perdu les pédales. Jamais elle ne l'avait vu réagir ainsi. Certes, elle lui était reconnaissante de se soucier d'elle, mais ce genre de comportement pouvait porter préjudice à leurs carrières à tous les deux. C'était la preuve qu'ils avaient tort de se fréquenter. Et si les chefs apprenaient ce qui s'était passé ? La réputation de Ross risquait de s'en ressentir.

Malgré tout, elle aimait l'idée qu'il ait volé à sa rescousse. Une fois de plus, il avait été son chevalier blanc.

La sonnette de l'entrée la tira de ses réflexions.

Ce devait être Kody. Elle l'avait appelé en arrivant pour lui demander s'il pouvait venir passer la nuit chez elle avec Lucy.

Un paquet de petits pois surgelés sur l'œil, elle ouvrit la porte, mais en lieu et place de son frère et de sa nièce elle vit Ross sur le seuil, un sac de courses à la main.

Il entra sans y être invité, sous son regard interloqué.

— Dis, tu sais que je suis en colère contre toi ? cria-t-elle dans son dos.

Il lui jeta un coup d'œil, préoccupé.

— Comment vas-tu ?

— Tu sais bien que je vais mieux, dit-elle en le suivant dans la cuisine. Je t'ai appelé deux fois depuis les urgences. J'ai un coquard, c'est tout, et je dois rester au repos pendant douze heures à cause de cette bosse à l'arrière de la tête. À part ça, tout va bien. En revanche, ton comportement...

D'un geste fluide, il déposa le sac sur la table et se tourna pour lui saisir les épaules et la regarder dans les yeux.

— Écoute-moi bien : si c'était à refaire, je recommencerais.

Il la serra contre lui dans une étreinte à la fois tendre et rassurante, comme s'il avait eu vraiment peur pour elle. Enfin, il la relâcha en soupirant.

— Tu as mangé ?

— Non.

— Parfait. J'ai apporté des plats chinois. Tu devrais garder ce sac de surgelés sur ton œil. D'ailleurs, comment se fait-il qu'une secouriste n'ait pas un bloc de glace à disposition chez elle ?

— Oh ! ça va ! Je ne suis pas secouriste vingt-quatre heures sur vingt-quatre.

Il prit sa main et lui déposa un baiser sur la paume.

— Je sais. Et tant mieux. C'est juste que ça me fait mal de te voir dans cet état.

Elle sourit, touchée.

Ross était un amour d'homme. Elle n'était pas loin de tomber amoureuse pour de bon... Mais justement, c'était ce qu'elle devait éviter, songea-t-elle, le cœur lourd. Était-il encore temps de faire marche arrière, de faire comme si ces sentiments n'existaient pas ?

— Je vais bien, Ross. Ce type était drogué, et comme souvent dans ces cas-là il a agi de manière imprévisible. La prochaine fois qu'une telle situation se présente, je veillerai à ce que le patient soit menotté au préalable.

— La prochaine fois ?

Il s'interrompit avec un soupir.

— Tu passes ta vie à venir en aide aux autres, et tout ça pour quoi ? Un coquard.

— Dit par un homme qui n'hésite pas à foncer dans des bâtiments en feu.

— Touché, dit-il en riant. Allez, mangeons avant que ça refroidisse.

On aurait dit que Ross ne supportait plus ce sujet, qu'il lui mettait les nerfs à vif. Elle s'était trop concentrée sur ses émotions à elle et pas assez sur les siennes. Comment en vouloir à un homme aussi adorable ? Il avait eu sincèrement peur pour elle.

Alors qu'ils terminaient leur repas, ils entendirent frapper à la porte.

— Ce doit être Kody.

Elle esquissa le geste de se lever, mais Ross la devança et ouvrit avant elle, tandis qu'elle s'armait de courage pour ce qui allait suivre.

— Entrez, elle est dans le salon, entendit-elle.

Tout de suite après, Lucy fit irruption dans la pièce, et sa voix couvrit la conversation des deux hommes.

— Tata, tu vas bien ?

— Mais oui, ne t'inquiète pas pour moi. Viens ici, dit-elle en tapotant le canapé.

Peu après, Kody les rejoignit, suivi de Ross.

— Comment ça va, choupette ?

— Bien, mis à part un coquard et une bosse à la tête. Je devrais être complètement remise demain.

Kody laissa tomber son sac avec un bruit sourd.

— Donc...

Son regard se porta vers Ross avant de revenir vers Sally.

— Nous sommes là pour t'aider à passer la nuit.

— Ce ne sera pas nécessaire, intervint Ross. Je suis là.

Kody lui fit face, et Sally sentit son cœur manquer un battement.

— Vraiment ?

— Oui.

Les deux hommes se regardèrent en chien de faïence, puis Kody se tourna brusquement vers elle.

— Tu vois les choses ainsi ?

Le souffle court et la gorge sèche, elle se contenta de hocher la tête.

Kody regarda à nouveau Ross.

— C'est comme ça, dit simplement ce dernier.

Le visage de Kody se durcit.

— Je suis désolée de t'avoir dérangé, Kody. Je ne savais pas que Ross allait venir quand je t'ai appelé, expliqua-t-elle en désespoir de cause.

— Lucy, ma chérie, il y a un changement de plan. On ne passe plus la nuit chez Sally.

— Pourquoi ? J'ai envie de rester !

Sally passa un bras autour des épaules de sa nièce.

— Tu reviendras quand j'irai mieux, c'est-à-dire dans très bientôt.

Ross les raccompagna tous les deux à la porte, et elle tendit l'oreille pour écouter ce qu'ils allaient se dire.

— Lucy, va m'attendre à la voiture, s'il te plaît. J'arrive tout de suite.

La fillette obéit, et Sally retint son souffle.

— Écoute-moi bien, dit Kody lorsqu'il fut seul avec Ross. Si tu lui brises le cœur, je te tue.

Loin de se démonter, Ross lui répondit d'une voix ferme.

— Entendu.

9

Deux jours plus tard, Ross était affairé à vérifier un fourgon d'incendie dans le cadre d'une inspection mensuelle lorsqu'un pick-up se gara à proximité.

L'homme qui en descendit était un gradé, le commandant Marks. Ross le connaissait bien. À ses débuts à la caserne, il avait fait partie de sa brigade. Cet officier avait été son mentor. C'était d'ailleurs lui qui l'avait encouragé à devenir commandant. En revanche, il ne dirigeait pas l'unité dans laquelle Ross officiait désormais. Lui apportait-il des nouvelles concernant le processus de sélection ? De bonnes ou de mauvaises nouvelles ?

L'anxiété le saisit à cette pensée, mais il fit bonne figure et s'approcha du commandant Marks en lui tendant la main.

— Content de te voir. Comment vont Jenna et les gosses ?

— Bien, très bien. Ross, je voulais te voir au sujet d'une chose dont j'ai eu vent.

— Ah ? J'ai des raisons de m'inquiéter ?

— Je ne sais pas. On peut en parler dans ton bureau ?

— OK.

Ross le précéda dans la pièce. Il laissa tomber son carnet sur une table et prit place sur une chaise.

Le commandant s'installa en face de lui.

— Donc, de quoi voulais-tu me parler ?

— Je ne vais pas y aller par quatre chemins. On m'a rapporté un incident durant une intervention qui remonte à quelques jours… Un incident qui implique une secouriste.

Ross ne tenta pas de nier ou de minimiser les faits.

— J'essayais de protéger mes équipes.

— C'est vraiment tout ?

Si c'était tout ? Non, bien sûr. Il n'allait pas mentir. Le commandant était un ami qui avait ses intérêts à cœur.

— On sort ensemble, elle et moi.

Le commandant Marks se renversa sur sa chaise, les lèvres pincées, et Ross lui rendit son regard.

Lorsqu'il avait perdu les pédales durant cette intervention, Sally avait réagi avec colère, à juste titre. Sur le coup, il avait manqué de professionnalisme. Il n'était qu'un homme, après tout, et il avait eu peur pour elle. Si la situation se représentait, il aurait la même réaction. C'était ça, le problème : il ne pouvait plus faire comme s'il n'éprouvait rien pour Sally. Il devait en assumer les conséquences.

— Je vais être franc avec toi, Ross. Cet incident risque de compromettre ta promotion. Je ne crois pas que le chef soit au courant, mais s'il vient à l'apprendre, ce poste risque de te passer sous le nez. Crois-moi, j'en serais le premier désolé. Tu es un excellent élément. Tu l'aimes vraiment, cette fille ?

S'il aimait Sally ? Au fond, il n'en savait rien. Il l'aimait beaucoup, oui. Il se faisait du souci pour elle, mais de là à parler d'amour avec un grand A... À force d'éviter de réfléchir à la question, il ne savait pas comment y répondre.

— Je crois, oui.

— Alors, réfléchis bien, parce que les décisions que tu vas prendre risquent d'avoir un impact sur le reste de ta carrière.

Le commandant Marks se leva.

— J'espère te voir à la prochaine réunion des commandants de compagnie, dit-il en guise d'au revoir.

Ross était pensif. D'une certaine manière, son mentor venait de lui suggérer ce qu'il devait faire, mais de là à mettre ce conseil en pratique...

Il n'avait pas envie de rompre avec Sally. Après avoir commencé comme un flirt le temps d'un week-end, leur histoire s'était développée au fil des semaines en une véritable relation qu'il n'avait pas envie de lâcher comme ça, et Sally non plus, apparemment. Il éprouvait pour elle des sentiments profonds, spéciaux, il ne pouvait pas tout laisser tomber.

Oui, il mourait d'envie de décrocher cette promotion. Depuis des années, il en avait fait l'objectif essentiel de sa vie professionnelle. Il avait pris des cours du soir, suivi des formations supplémentaires, il s'était efforcé d'agir toujours au mieux. Le seul accroc dans cette carrière exemplaire, c'était sa relation avec Sally. Mais justement, pourquoi cette promotion dépendait-elle de sa vie privée ? Si, pour obtenir ce poste, il était obligé de renoncer à Sally, qu'aurait-il gagné au bout du compte ? Sally avait pris de l'importance dans sa vie. C'était comme ça, voilà tout.

Il y avait forcément une manière de s'en sortir. Mais pour cela, il fallait qu'il lui parle. Ces questions ne lui laisseraient pas un instant de répit tant qu'il n'aurait pas mis les choses à plat avec elle. Il verrait Sally le lendemain à la caserne, puisqu'elle était de garde, mais cette discussion ne pouvait pas attendre jusqu'alors.

Il lui téléphona aussitôt, et ils se donnèrent rendez-vous chez lui le soir même.

Ross effectua le trajet jusqu'au ranch dans un état second. Il était incapable de penser à autre chose qu'à la conversation qui s'annonçait. Ils devaient trouver une solution tous les deux s'ils ne voulaient pas laisser les circonstances s'en charger à leur place.

L'appréhension lui serrait le cœur : et si elle ne l'aimait pas autant qu'il l'aimait, lui ? Ils n'avaient jamais vraiment évoqué ce qu'ils ressentaient l'un pour l'autre. Était-il en train de tout miser sur quelque chose qui n'existait pas ? Lui et elle s'étaient mis d'accord sur une aventure sans lendemain. À présent, il voudrait passer à la vitesse supérieure avec elle, mais ils ne s'étaient jamais engagés à rien. Et si elle refusait ? De toute façon, des promesses, il en avait échangé avec Alice, et pour quel résultat ? Et si l'histoire se répétait avec Sally ?

Il sentit la panique monter en lui. À présent, sa promotion était le cadet de ses soucis.

Lorsqu'il arriva, Sally l'attendait sous le porche à sa place de prédilection, sur la balancelle. Elle se leva à son approche et l'attendit en haut des marches.

Quoi qu'il en soit, cette image resterait à jamais gravée dans sa mémoire. Cela, et le plaisir qu'il éprouvait à la trouver chez lui à son retour.

Il la prit dans ses bras pour un baiser débordant de tendresse passionnée, et elle le lui rendit avec ferveur.

— Nous ne sommes pourtant pas sous l'étoile du Texas, remarqua-t-elle en souriant.

— Ce n'est pas grave.

Il l'embrassa à nouveau.

— Laisse-moi te débarrasser de ton sac, dit-elle. Je vais le poser pendant que tu t'occupes des chevaux.

Il fit comme elle disait. Leur discussion viendrait plus tard.

Sally retrouva Ross sous le grand chêne. Posté près de la clôture, il semblait absent, les yeux au loin.

Elle posa la main entre ses omoplates et lui frotta le dos affectueusement.

— Eh ! Quelque chose ne va pas ? Comment ça va, à la caserne ?

Ross ne répondit pas tout de suite. Il paraissait fasciné par la contemplation de quelque chose dans le pré.

— Le commandant Marks est passé me voir tout à l'heure.

Avait-il obtenu le poste ? Ce serait formidable ! Cette promotion lui tenait tellement à cœur.

Elle lui saisit le bras dans un élan de joie.

— C'est vrai ? Il avait de bonnes nouvelles ?

Ross secoua tristement la tête.

— Non, malheureusement. Il m'a dit qu'il était au courant de l'incident de l'autre jour.

Elle sentit son ventre se serrer. La joie s'était évanouie aussi vite qu'elle était venue, remplacée par l'appréhension.

— Il voulait savoir si on sortait ensemble, toi et moi. Où on en était tous les deux.

— Et... Tu lui as dit quoi ?

Ross se tourna vers elle pour lui faire face.

— La vérité.

Il garda le silence quelques instants avant de poursuivre.

— Il pense que cet incident risque de porter préjudice à ma promotion. Le comité recherche tous les détails susceptibles de départager les candidats.

Elle se mordit la lèvre inférieure. Enfin, cette conversation tant redoutée arrivait.

— Je vois.

— Sally, aide-moi à trouver une solution. Ensemble, je suis sûr qu'on peut s'en sortir. Et si tu intégrais une autre unité, au moins le temps que j'obtienne cette promotion ?

Elle le dévisagea longuement, interdite.

Jamais au grand jamais elle ne ferait obstacle à ses rêves. Jamais elle ne lui imposerait de choisir entre elle et ses projets personnels. Ross méritait mieux. Mais changer d'unité ? Non. Et s'il ratait cette promotion ? Ou elle, son examen d'entrée en école de médecine ? Alors, ils ne seraient plus tenus à la même discrétion. En travaillant dans la même unité, ils pourraient mieux agencer leurs emplois du temps respectifs. De plus, elle logeait juste à côté de l'unité. Et puis, c'était une question de principe. Plus jamais elle n'adapterait sa vie aux besoins d'un homme, y compris de Ross. D'autant plus qu'il ne s'était jamais exprimé sur ses sentiments pour elle. Au pied du mur, serait-il prêt à s'engager ? Son échec avec Wade ne lui avait-il pas suffi ? Pouvait-elle consentir à des compromis pour un homme dont elle n'était pas sûre à 100 % ?

— Ross, je ne veux pas t'empêcher de décrocher le poste de tes rêves. Je sais ce que c'est que de devoir renoncer à un projet pour quelqu'un.

Il scruta son regard comme pour y chercher une réponse, puis hocha la tête.

— Ce moment devait arriver, d'une manière ou d'une autre.

— C'est vrai. Si ça n'avait pas été de ton fait, ça aurait été du mien. Enfin... Avec un peu de chance, je vais bientôt reprendre mes études. On a passé de bons moments ensemble.

Ross émit un long soupir.

— Cette promotion, c'est l'aboutissement d'années de travail. Ce genre d'opportunité se présente rarement. Je suis sûr que je peux faire bouger les choses en mieux à la caserne. Ils ont besoin de chefs comme moi.

— Je sais, dit-elle en posant une main sur son bras. Tu prêches une convertie. C'est justement pour cette raison qu'on s'est efforcés de rester discrets sur notre relation.

Elle comprenait qu'il soit focalisé à ce point sur son métier. Elle espérait même sincèrement qu'il décroche cette promotion. Pourtant, au fond d'elle-même, elle était blessée qu'il lui préfère sa carrière. Elle lui avait raconté son mariage avec Wade et les renoncements auxquels elle avait consentis pour lui. Et voilà qu'il avait le culot de lui demander de changer d'unité alors qu'il n'avait même pas eu le cran de lui déclarer ses sentiments.

Cela dit, si elle voulait être franche, Ross ne lui avait jamais laissé croire autre chose sur ce qu'il désirait de la vie. Jamais il n'avait évoqué un possible avenir ou le désir de passer à la vitesse supérieure avec elle. Contrairement à Wade, il ne l'avait pas prise en traître. Elle n'avait donc aucune raison d'être autant affectée. Si c'était le prix pour entrer en fac de médecine, ne l'aurait-elle pas laissé tomber ? Le problème, au fond, c'était qu'elle était trop attachée à lui.

— Il vaut mieux qu'on en reste là... Même si c'est dur.

— On peut rester amis.

Elle secoua la tête.

— On a déjà essayé, ça ne marche pas. Des collègues, oui, mais des amis, non.

— Oui... Tu as sans doute raison, dit-il d'une voix neutre.

Elle regarda d'un air vague le pré verdoyant et noyé de lumière.

À force de séjourner dans le ranch de Ross, elle avait fini par s'y sentir chez elle, mais c'était une illusion.

— Bon, il faut que j'y aille.

Elle se haussa sur la pointe des pieds et déposa un baiser sur sa joue.

Aussitôt, Ross posa les mains sur ses hanches et l'attira contre lui, mais elle se dégagea doucement.

— S'il te plaît, arrête. C'est déjà assez pénible. Je vais rassembler mes affaires. Ne rentre pas avant que j'aie terminé. Prends soin de toi, Ross.

Les larmes aux yeux, elle retourna dans la maison et fourra à la va-vite ses effets personnels dans un sac.

Ainsi qu'elle le lui avait demandé, Ross ne l'avait pas suivie, mais il l'attendait au pied des marches, les lèvres serrées.

Elle inspira un bon coup pour soulager la douleur qui lui serrait le cœur.

Si seulement ils s'étaient connus dans d'autres circonstances ! Peut-être un jour trouverait-il la femme qu'il lui fallait lorsque le bon moment viendrait...

— Je peux t'aider ?

Elle secoua la tête et regagna sa voiture.

Ross demeura immobile tandis qu'elle jetait son sac sur la banquette arrière et s'installait au volant. Il ne bougea pas davantage quand elle s'en alla, mais elle savait qu'il ne la quittait pas des yeux.

Après le départ de Sally, Ross avait rassemblé ses outils, puis il avait sellé Roméo et chevauché à bride abattue comme si le diable était à ses trousses. À l'extrémité du ranch, il avait vérifié une clôture pourtant en parfait état.

Tout était bon pour faire taire la petite voix qui lui disait que Sally avait baissé les bras, qu'elle n'avait rien fait pour l'aider à trouver une solution. Il n'approuvait pas le choix qu'elle avait pris, mais avait-il des arguments valables à lui opposer ? Elle avait sans doute raison : cette relation n'avait été qu'une distraction, et ils devaient l'un et l'autre se recentrer sur leurs projets. S'ils avaient attendu davantage, la rupture n'en aurait été que plus pénible. Donc, oui, aussi difficile soit-elle, cette décision était la plus sage.

Alors, pourquoi avait-il l'impression qu'on lui avait arraché le cœur ? Pis, il ne pouvait pas se débarrasser de l'idée qu'il s'était comporté avec elle encore plus mal que son ex-mari.

Lorsqu'il aurait une réponse concernant sa promotion, peut-être pourraient-ils recommencer de zéro.

Il secoua la tête à cette pensée.

Non, ça ne marcherait jamais tant qu'ils travailleraient l'un et l'autre dans la même unité. Pour que leur relation fonctionne, ils devraient l'un ou l'autre renoncer à quelque chose à quoi ils tenaient énormément.

Il tapa de plus belle sur la clôture.

Mieux valait sans doute se contenter du statu quo.

Il ôta son T-shirt d'un mouvement vif et s'épongea le visage avec, puis jeta un coup d'œil au vêtement et soupira.

Quelques semaines plus tôt, il aurait été incapable d'un tel geste, même seul et sans personne pour le regarder. Ce changement, comme tant d'autres, il le devait à Sally. Elle avait marqué son univers d'une empreinte indélébile.

Il faisait nuit lorsqu'il retourna à la maison. Il avait reculé au maximum le moment de rentrer dans ce lieu où tout lui rappelait Sally. Il avait passé tant de bons moments avec elle entre ces murs. Après une douche et un repas rapide, il alla dormir sur le canapé. La perspective de se retrouver au lit sans elle était au-dessus de ses forces.

Les jours qui suivirent furent à peine moins pénibles. Jamais il ne s'était senti aussi malheureux, même après sa rupture avec Alice. Il devrait pourtant apprendre à faire avec, d'autant plus qu'il n'était pas au bout de ses peines. Le plus dur, ce serait de travailler à son côté sans pouvoir la toucher.

De retour chez elle, Sally s'était jetée sur son lit et avait pleuré toutes les larmes de son corps.

Avec Wade, déjà, tout n'avait été qu'un trompe-l'œil. La différence avec Ross, c'était qu'elle s'était lancée dans cette histoire en connaissance de cause. D'entrée de jeu, elle avait su que leur relation devrait s'arrêter tôt ou tard. Elle s'était pourtant attachée à lui envers et contre tout.

Mais non, Ross ne méritait pas d'être comparé à Wade. Il s'était toujours montré digne de confiance, n'avait jamais rien exigé d'elle. Même son idée qu'elle change d'unité n'avait été que cela : une idée, une suggestion, sans plus. Il n'empêche, ce n'était pas à elle seule de supporter toutes les concessions...

Lorsque ses larmes se tarirent, elle se força à se lever pour prendre une douche et se préparer pour le travail.

Piètre consolation, Ross ne serait pas de garde en même temps qu'elle avant quelque temps.

Elle arriva à la caserne avec un sourire de façade. Par bonheur, ses collègues s'inquiétèrent davantage de son œil au beurre noir que de son cœur ravagé. Ils la taquinèrent gentiment. Certains s'amusaient de la façon dont Ross s'était emporté lors de l'agression d'un membre de son équipe, mais aucun ne chercha à savoir pourquoi il avait réagi de la sorte.

Tant mieux, car elle aurait été incapable de l'évoquer sans pleurer. Plus que tout, elle redoutait le jour où elle devrait partager une garde avec lui. Elle avait toujours su que lorsque leur histoire prendrait fin, leurs relations professionnelles s'en ressentiraient. À présent que c'était le cas, elle devait assumer les conséquences de ses actions. Elle finirait bien par digérer sa déception. En tout cas, elle n'allait certainement pas lâcher son boulot parce qu'elle avait du mal à cohabiter avec Ross.

Ses craintes devinrent réalité une semaine plus tard, quand son nom apparut à côté de celui de Ross sur le tableau de garde. Le jour venu, elle arriva à la caserne bien décidée à rester concentrée sur son travail. La perspective de passer du temps avec Ross sans pouvoir le toucher ni lui parler à titre personnel lui causait pourtant une douleur presque physique. Sa raison lui répétait qu'ils devaient l'un et l'autre rester séparés, mais son cœur peinait à s'en convaincre.

Elle réussit à atteindre les vestiaires sans le croiser et déposa son sac dans son casier. Alors qu'elle se rendait aux bureaux, elle l'aperçut à côté d'un camion, occupé à discuter avec le chef de l'équipe précédente.

Elle s'arrêta net, le cœur battant.

La situation était encore plus pénible qu'elle ne s'y était attendue. Pourtant, au prix d'un courage qu'elle ne pensait pas posséder, elle s'empara d'un carnet et se dirigea vers une ambulance pour vérifier les fournitures comme à chaque prise de poste. Ross regarda dans sa direction, et elle lui adressa un bref signe de tête sans interrompre son travail.

Tout au long de sa garde, elle s'efforça de rester dans les quartiers des secouristes, sans arriver à faire totalement abstraction de la présence de Ross. Elle ne parvenait à l'oublier que lors des appels. Par bonheur, le travail ne manquait pas et lui fournissait une distraction continue.

À la fin de sa garde, elle était épuisée, d'une fatigue émotionnelle plus encore que physique. Au cours des dernières heures, Ross ne lui avait parlé que deux fois, pour lui donner des instructions au cours d'une intervention. Leurs rapports étaient désormais strictement professionnels, comme il se devait. À l'occasion, il faudrait qu'elle lui rende les effets personnels qu'il avait laissés chez elle. Ils se trouvaient dans un sac qui attendait dans le coffre de sa voiture. Ensuite, il n'y aurait vraiment plus rien entre eux que des souvenirs.

Des souvenirs et des regrets.

Lorsqu'ils partagèrent à nouveau une garde, à peine quelques jours plus tard, elle tint mieux le coup qu'elle ne s'y était attendue. Elle évitait autant que possible les interactions avec les pompiers et d'une manière générale s'efforçait de rester seule. Malgré tout, elle avait l'impression d'être vidée de sa substance, réduite à l'état d'automate. Wade l'avait fait souffrir, mais ce qu'elle endurait à présent était sans commune mesure.

Au fil des semaines, Ross était devenu un élément essentiel de sa vie, et son absence la tuait à petit feu.

Par bonheur, les résultats du concours n'allaient pas tarder à tomber, et elle serait enfin fixée sur son sort. Dès lors, elle pourrait bâtir des projets, avancer. Mais, quoi qu'il arrive, elle devrait garder son poste de secouriste au moins à temps partiel pour conserver son accréditation et payer les factures. Autrement dit, il lui faudrait continuer à travailler avec Ross, à moins qu'il décroche sa promotion et intègre une autre unité. D'une manière ou d'une autre, elle finirait bien par tourner la page... Enfin, peut-être.

Les questions de Kody ne tardèrent pas à arriver. Deux semaines après sa rupture avec Ross, alors que Sally assistait à la fête à l'école de Lucy, son frère l'attira à l'écart.

— Qu'est-ce qui t'arrive, choupette ?

Elle leva les yeux au ciel, bien décidée à éluder la question.

— Je t'ai déjà dit de ne pas m'appeler comme ça.

— Ne te défile pas. Je vois bien que ça ne va pas. Même à l'époque où tu divorçais de l'autre idiot, tu n'avais pas l'air aussi malheureuse.

— Je vais bien, je te jure. Je me fais juste du souci pour mes résultats d'examen.

Kody émit un pff suffisamment sonore pour que quelques têtes se tournent vers eux.

— J'ai été de garde avec Ross aujourd'hui.

— Oui, et alors ? demanda-t-elle sans croiser son regard.

— Rien, si ce n'est qu'il a l'air aussi triste que toi.

— On ne sort plus ensemble, si tu veux tout savoir, expliqua-t-elle d'une voix terne.

Un éclair féroce brilla dans le regard de Kody.

— Je l'avais pourtant prévenu qu'il aurait affaire à moi si jamais il te faisait du mal.

Elle posa la main sur le bras de son frère.

— Je t'en prie, laisse-le tranquille. Lui et moi, on est convenus que c'était pour le mieux. Quand il m'a défendue lorsqu'un patient m'a agressée, les chefs ont eu vent de sa réaction. Je ne voulais pas compromettre ses chances de promotion, voilà tout. Et puis si j'entre en école de médecine, j'aurai d'autres préoccupations. Donc, vraiment, c'est pour le mieux. Ross n'est coupable de rien.

— Puisque tu le dis... Mais je déteste te voir malheureuse.

— Ça finira par aller mieux.

Kody la scruta avec inquiétude.

— Tu en es sûre ?

Comme l'intervention de Lucy commençait, elle n'eut pas à répondre. Tant mieux, car si elle avait répondu par l'affirmative, elle se serait menti à elle-même autant qu'à Kody.

10

Ross orienta sa chaise de manière à avoir vue sur la cour de la caserne et, avec un peu de chance, apercevoir Sally.

Chaque fois qu'ils étaient de garde le même jour, il répétait ce geste. C'était plus fort que lui : une véritable manie. Il passait son temps à essayer de cesser de penser à elle, de vivre sans elle. Malgré les semaines écoulées, son absence lui pesait toujours autant. Il ne supportait plus de ne la voir qu'au boulot.

Soudain, il la repéra près de l'ambulance, occupée à discuter avec un collègue, et il sentit son cœur se serrer lorsqu'il la vit sourire. Depuis quand ne lui avait-elle pas souri, à lui ? Il avait mal de ne plus partager avec elle sa joie de vivre, ses plaisanteries.

Pourtant, Sally n'affichait pas une joie de vivre débordante depuis quelque temps. Elle se tenait sur son quant-à-soi et restait autant que possible dans les quartiers des secouristes. Les deux premières semaines, cela n'avait pas dérangé Ross, au contraire, mais à présent il en avait assez. Son quotidien s'était transformé en une succession de moments à la fois mornes et compliqués à vivre. Ce n'était pas une vie, ni pour lui ni pour elle.

Sally aussi avait l'air au bout du rouleau. Pourtant, n'avait-elle pas insisté pour qu'ils se contentent de passer du bon temps ensemble sans chercher à aller plus loin ? Elle avait toujours refusé de s'engager afin de ne pas compromettre leurs projets professionnels. Elle avait toujours su que leur histoire n'était pas appelée à durer. Alors, pourquoi était-elle si triste ? Devait-il en conclure qu'elle s'était attachée à lui plus qu'elle n'avait voulu le montrer ? Plus qu'il ne l'avait cru ?

Ce soir-là, au dîner, ils s'installèrent le plus loin possible l'un de l'autre. Malgré cela, il était conscient de chacun de ses gestes, de chaque inflexion de sa voix. Lorsqu'il l'entendait rire, un frisson désagréable lui parcourait le dos. Il aurait dû être assis à côté d'elle, partager sa bonne humeur ! Ça ne pouvait plus continuer ainsi. Il ne supportait plus cette frustration continuelle.

Le repas se terminait lorsque l'alarme se déclencha.

Tout le monde se leva comme un seul homme et passa à l'action, abandonnant les assiettes sur la table.

Alors qu'il courait se mettre en tenue, il ressentit une vague de soulagement. Il n'y avait pas lieu de se réjouir d'un appel, bien sûr, mais tout ce qui le détournait de Sally était bienvenu.

Dans les haut-parleurs, l'opérateur résumait les détails de l'intervention : un enfant de trois ans était coincé dans les égouts. Pour ne rien arranger, un orage menaçait, et la nuit tombait. Bref, la situation revêtait un caractère d'urgence absolue. Chaque minute comptait.

Il avait toujours redouté ce genre d'intervention. Il avait été formé pour y faire face le cas échéant, mais n'y avait jamais pris part jusqu'à présent, et n'avait guère envie d'avoir à diriger une opération comme celle-ci. Une barre de plomb lui lestait l'estomac.

Arrivé sur les lieux, il bondit à terre à la seconde où le camion s'arrêta et courut vers l'agent de police présent sur la scène. Celui-ci s'entretenait avec une femme en pleurs : la mère du petit garçon, visiblement.

— Vous pouvez me résumer la situation en quelques mots ?

— Le gosse est tombé dans les égouts en voulant rattraper son ballon. L'accident remonte à une dizaine de minutes. On l'a entendu pleurer.

Il posa une main sur le bras de la femme pour attirer son attention.

— Madame, vous devez lui parler, lui dire qu'on va le tirer de là. Il faut le rassurer. Vous pouvez le faire ?

Les yeux rouges, elle hocha la tête.

— J'aurais besoin d'une couverture, dit Ross dans sa radio.

Quelques secondes plus tard, un pompier lui en apportait une.

— OK, étalez-la devant la bouche d'égout et demandez à cette dame de parler à son fils. Ne vous inquiétez pas, ajouta-t-il à l'adresse de celle-ci. On va le sortir de là.

Alors qu'il s'éloignait, il reprit sa radio pour d'autres consignes :

— Il me faut un plan des égouts du quartier, *pronto*. Apportez-nous aussi une corde et le trépied et dites aux équipes médicales de se tenir prêtes.

— On est là, dit Sally dans la radio.

Pendant ce temps, le policier ordonnait aux badauds de se tenir à distance et détournait la circulation, car le sauvetage n'allait pas se faire en cinq minutes.

— OK, les gars, dit encore Ross dans sa radio. Vous pouvez enlever votre barda, on risque de rester là un bout de temps. J'ai besoin de trois hommes pour m'aider à soulever les dalles de béton et voir ce qui se passe là-dedans.

Tout en parlant, il ôta sa lourde combinaison et ne garda que son pantalon et un T-shirt sous un gilet réfléchissant. Il compléta sa tenue par un casque jaune, puis retrouva ses hommes près de la bouche d'égout. L'agent de police éloigna la mère tandis qu'ils dégageaient la bouche de la canalisation.

Un pompier éleva soudain la voix.

— Normalement, ces choses-là sont bloquées par des grilles, non ?

Le policier eut un haussement d'épaules désabusé.

— Oui, mais pas toujours. Certaines sont détériorées ou disparaissent. Ce devait être le cas ici.

— Lampe-torche, demanda Ross.

Sally lui tendit la sienne.

Il braqua le faisceau à l'intérieur du conduit. Celui-ci mesurait environ six mètres sur moins d'un mètre. Tout au fond, là où il rejoignait la canalisation principale, il distinguait le haut de la tête de l'enfant. Il ne pleurait pas mais gémissait par intermittence, preuve qu'il était encore en vie. Comme si la situation n'était pas assez compliquée, la pluie s'était mise à tomber, et la nuit arrivait.

— Capitaine, aucun de nous n'est assez mince pour descendre là-dedans, dit un pompier.

« Merci, Einstein, je ne m'en étais pas aperçu », faillit-il répondre, exaspéré, mais il réprima le sarcasme. Orage, conduit étroit, obscurité, un gosse en état de choc... Les choses pouvaient-elles être pires ?

— J'y vais, moi, dit Sally derrière lui.

Mais oui, le pire était toujours possible. La preuve.

Comme pour ponctuer l'offre de Sally, le tonnerre roula dans le ciel.

Une décision s'imposait, et vite. Il en allait de la vie de ce gosse. La proposition de Sally tombait sous le sens : elle était la plus fluette de l'équipe, après tout.

Il était pourtant tenté de dire non, d'abord parce qu'elle n'était pas pompier, donc pas formée à ce type d'intervention. De plus, en descendant là-dedans, elle allait devoir affronter ses peurs les plus viscérales. Mais s'ils n'agissaient pas vite, un enfant allait se noyer.

— OK, il nous faut de la lumière. Installez la lampe sur le trépied. Vérifiez trois fois la corde et la poulie. Suis-moi, dit-il à Sally. Je vais t'attacher un harnais de sécurité.

Il la conduisit jusqu'au camion puis s'assura que personne ne pouvait les entendre.

— Tu es sûre de toi ?

Elle hocha la tête avec fermeté.

— Tu seras dans un espace confiné et dans le noir, insista-t-il.

— Je sais, mais si je me défile, ce gosse n'a aucune chance d'en réchapper.

— Il y a peut-être une autre solution, dit-il sans grande conviction.

— Tu sais bien que non. Allez, vite, le temps presse.

Il sortit à contrecœur le harnais, qu'il passa par-dessus

le survêtement de Sally et autour de ses jambes avant de le boucler à sa taille.

— Si je dis oui, c'est vraiment parce qu'on n'a pas le choix.

— Je sais.

Il prit un casque muni d'une lampe frontale et le lui attacha.

— Pour ne rien arranger, il va falloir te faire descendre la tête en bas : vu l'étroitesse du conduit, tu n'aurais pas la place pour te retourner. Une fois en bas, tu attacheras le garçon dans le panier, puis on vous remontera, toi d'abord, l'enfant ensuite. Tu auras un micro, comme ça tu resteras en contact avec moi tout du long.

Elle hocha à nouveau la tête.

— Tiens, dit-il en lui tendant des gants. Ils sont un peu grands pour toi, mais c'est toujours mieux que rien.

— Merci.

— OK, on y va.

Sally demanda à son coéquipier d'apporter un panier de la taille d'un enfant.

— Comment s'appelle le petit ? demanda Ross dans sa radio.

— Mikey.

Arrivés devant la bouche d'égout, Ross se tourna vers Sally.

— Surtout, ne prends pas de risques inutiles. Si tu penses que quelque chose ne va pas, on te remonte tout de suite.

— Oui.

Il demanda un kit mains libres à un collègue, attacha le micro autour du cou de Sally et le régla de manière que la communication soit limitée à elle et lui.

— Tu n'as pas besoin d'appuyer sur quoi que ce soit, tu n'as qu'à parler. Je t'entends dans le casque.

Il fixa alors le panier autour de la poitrine de Sally et alluma la frontale du casque.

— Tu es prête ?

Elle fit oui de la tête. Leurs regards se croisèrent une dernière fois, puis elle se mit à quatre pattes devant la bouche d'égout et y engagea la tête. Ross et un pompier lui prirent chacun une jambe et la firent glisser à l'intérieur, aidés par deux collègues qui déroulaient lentement la corde. Enfin, le corps de Sally disparut tout entier.

Ross éprouva une bouffée d'angoisse telle qu'il eut du mal à respirer.

Lentement, Sally s'enfonçait dans le boyau étroit. Elle avait mal à la tête du fait de la pression sanguine, d'autant plus que la peur faisait battre son cœur à toute allure, mais elle ne devait pas penser à cela. Il fallait absolument qu'elle avance. Il en allait de la vie d'un enfant. Un enfant qui pourrait être Lucy, ou Jared, ou Olivia. Elle progressait centimètre par centimètre, se félicitant d'avoir une lampe frontale. Dans le noir complet, elle aurait fait une crise de panique.

La voix de Ross résonna dans son oreillette.

— Sally, parle-moi. Dis quelque chose.

Son ton, posé et rassurant, laissait néanmoins transparaître une anxiété manifeste. Il avait peur. Peur pour elle.

— Je suis à mi-chemin. Je distingue l'enfant. Il ne bouge pas.

Elle poursuivit sa descente avec difficulté. Dehors, la pluie s'était, semblait-il, intensifiée, à en juger par le filet d'eau qui s'écoulait dans la conduite et qui gagnait en ampleur de seconde en seconde. Elle n'était pas encore arrivée en bas que ses vêtements étaient déjà trempés.

— Il pleut fort, on dirait.

— C'est vrai, répondit-il sans même chercher à masquer son inquiétude.

— C'est bon, j'y suis.

Elle se tenait juste au-dessus de l'enfant. Il était assis sur un tapis de déchets constitué d'ordures, de feuilles mortes et d'herbe coupée, et sa tête reposait contre le mur, un peu comme s'il était...

Elle sentit son sang se glacer.

— Mikey ? Je viens t'aider.

L'enfant ne réagit pas.

Non sans angoisse, elle ôta un gant et le tint entre ses dents tandis qu'elle palpait le cou du petit garçon à la recherche d'un pouls.

Elle ferma les yeux avec un soupir de soulagement.

— Il est vivant, mais en état de choc, dit-elle en détachant le panier.

— OK. Installe-le dans le panier. Après, on te remonte.

Autour d'elle, le filet d'eau s'était transformé en un ruisseau qui formait d'ores et déjà une petite mare au fond du conduit, car l'enfant bloquait en partie la canalisation et empêchait l'eau de s'évacuer. Il fallait impérativement le déplacer, faute de quoi il allait se noyer. Le mieux était sans doute de le poser dans le panier et de le pousser dans la canalisation principale. Ainsi, elle aurait la place de descendre complètement. Et cette eau qui n'en finissait pas de monter...

— Sally ? Parle-moi, bon sang !

Elle laissa tomber son gant et ôta le deuxième. À présent, ils l'embarrassaient plus qu'autre chose.

— C'est bon, j'essaye de réfléchir ! L'eau n'arrête pas de monter.

— On écope autant qu'on peut.

— Descends-moi encore de trente centimètres. Stop !

À présent, elle allait poser le panier en veillant à ce qu'il ne soit pas emporté par le ruisseau.

— Envoie-moi une deuxième corde. Merci, je l'ai !

— Qu'est-ce que tu fais ?

— Je dois me repositionner.

— Te repositionner ? répéta Ross d'une voix moins assurée que d'habitude.

Sans répondre, elle noua la deuxième corde à l'anse du panier, qu'elle posa à côté du garçon. Puis, rassemblant toutes ses forces, elle souleva l'enfant sous les aisselles et l'installa à l'intérieur. Il était temps : l'eau lui montait jusqu'à la tête.

— Tu peux donner du mou à la deuxième corde ? Très bien. À la mienne, maintenant.

Elle descendit et posa les mains au fond du conduit.

— C'est bon !

Elle poussa le panier dans la canalisation principale puis le coinça contre le mur, tout en veillant à ce que la tête du garçon dépasse de l'eau.

— Descendez-moi encore un peu.

— Quoi ?

— Ne crie pas, Ross. Fais ce que je te dis.

Quelques secondes plus tard, elle introduisait la tête dans la canalisation principale et en estima la largeur d'un coup d'œil : elle mesurait environ un mètre cinquante. Ses genoux se posèrent alors sur le fond du conduit. L'espace d'une seconde de panique, elle se demanda si elle aurait assez de place pour ses pieds, mais ils finirent de glisser le long de la paroi jusqu'en bas. Une eau glacée lui dégringolait dessus, et le ruisseau continuait de grossir. Elle se mit à claquer des dents. À plat ventre, la tête dressée pour ne pas boire la tasse, elle s'introduisit dans la canalisation principale, puis tourna sur elle-même, saisit le panier chargé du garçonnet et le poussa dans le conduit vertical. Gênée dans ses manœuvres par la pression de l'eau, elle appuya les jambes contre la paroi du tunnel pour assurer sa position.

— OK, vous pouvez le remonter. Allez-y doucement. Je ne le vois pas, et je ne peux pas le guider. Je suis obligée de manœuvrer à l'aveuglette.

Ross répercuta ses instructions et, tout de suite après, le panier remonta lentement, soutenu par Sally. Bientôt, il quitta ses doigts.

— Et toi ? Tu étais censée remonter en premier.

— Je sais, mais il y a eu un changement de plan. C'est une vraie piscine, ici.

Il fallait qu'elle revienne sans encombre dans le conduit vertical, mais comment ?

— Ross... Ça risque d'être un peu délicat pendant un moment. Tu peux me parler ? Ça m'aidera à ne pas paniquer le temps de réfléchir à une solution.

— Du calme, Sally, tout va bien se passer. On a le gosse, les secouristes sont en train de l'examiner. Il va partir à l'hôpital illico.

Elle glissa la tête dans le petit conduit.

OK, jusqu'ici, tout allait bien. Elle continua à ramper.

— Comment vont Roméo et Juliette ?

— Bien. Tu leur manques, je crois. Et à moi aussi, d'ailleurs.

Dans toute autre situation, et si elle n'avait pas été autant concentrée sur sa progression, cet aveu lui aurait fait chaud au cœur.

Peu à peu, elle s'introduisit dans le conduit vertical.

— OK, Ross, sec !

Aussitôt, la corde se tendit.

— C'est bon ! Allez-y doucement, je ne sais pas si je vais arriver à remonter par là.

Ross émit un soupir de frustration et d'inquiétude avant de transmettre la consigne.

Elle se contorsionna et, tiré par la corde, son corps finit de s'extirper tout entier de la canalisation. Son survêtement était déchiré, et son dos lui cuisait. Elle avait dû s'érafler salement au cours de la manœuvre, mais elle était revenue dans le conduit, c'était l'essentiel.

— C'est bon, arrête.

À genoux au fond de la canalisation, elle se releva. L'eau lui arrivait au mollet.

— Ça va ? demanda Ross avec un soupçon d'angoisse.

— Oui. J'avais besoin de me relever. Dis, Ross, tu veux bien me sortir de là ?

— C'est bon, les gars. On la remonte.

— À propos, Ross, dit-elle à mi-hauteur. Tu m'as manqué à moi aussi.

Un long soupir résonna dans les écouteurs.

— Sally, ma jolie... Tu vas me faire mourir.

Elle avait à peine passé la tête hors de la bouche d'égout que Ross la prit sous les aisselles pour la hisser et la serra contre lui dans une étreinte compulsive.

— Un instant, j'ai cru que j'allais te perdre... Je ne sais pas ce que j'aurais fait si tu n'étais pas remontée.

— Arrête, Ross, murmura-t-elle en le repoussant. De quoi avons-nous l'air, tous les deux ?

Derrière lui, le lieutenant les observait avec curiosité. Par bonheur, d'autres confrères, pompiers et secouristes, lui donnèrent à leur tour des accolades chaleureuses qui permirent de faire oublier celle de Ross. Comme elle s'essuyait le visage d'une main sous la pluie battante, elle le vit à sa grande stupeur tomber la veste puis ôter son T-shirt et s'en servir pour la débarbouiller.

Gênée par ce geste, elle lui prit le vêtement des mains et termina de s'essuyer. Le tissu était imprégné d'une odeur de sueur qu'elle inspira à fond.

Cela faisait si longtemps qu'elle n'avait pas savouré le parfum de Ross !

Quelqu'un lui tendit alors une couverture, et Ross remit sa veste. Elle ne put retenir une grimace lorsqu'on lui toucha le dos.

— Tu as mal ? demanda-t-il avec inquiétude.

— Oui, au dos.

— Il faut te faire examiner...

— Mais non. Ce sont des égratignures, trois fois rien.

— Peut-être, mais ça, c'est au médecin de le dire. Allez, va, dit-il en la confiant à un secouriste.

Ross venait de vivre les dix-sept pires minutes de sa vie.

Voir Sally disparaître dans ce conduit obscur, cela avait été passablement angoissant, mais les moments où il avait redouté de ne pas arriver à la remonter avaient été pires que tout. Il avait vraiment eu peur de la perdre.

Il n'était vraiment qu'un minable. Jamais il n'avait essayé d'envisager la situation du point de vue de Sally. Jamais il ne s'était soucié de ce qu'elle pensait, de ce qu'elle ressentait. Tout ce qui comptait pour lui, c'était son boulot, sa petite vie, mais à aucun moment il ne s'était demandé si ses décisions étaient bonnes pour eux deux. Sally ne s'était pas trompée sur lui, d'ailleurs. Elle avait longtemps hésité à sortir avec lui, de peur qu'il la laisse tomber. La suite prouvait qu'elle avait eu raison de se méfier. Il ne valait pas mieux que son ex-mari. Il s'était comporté exactement pareil, sans aucun égard pour elle. Pis, il lui avait demandé de consentir à des concessions, sans même songer à la réciproque. Si elle acceptait de lui accorder une seconde chance, il ferait tout, mais vraiment tout pour mériter sa confiance.

De retour à la caserne, il demanda à ses chefs la permission de rendre visite à Sally aux urgences avec le reste de l'unité.

Sans surprise, à leur arrivée, elle était endormie. Le médecin fut rassurant : mis à part quelques méchantes éraflures au dos, elle s'en tirait essentiellement avec des bosses et des contusions. Elle demeurerait toutefois en observation jusqu'au matin suivant.

— OK, les gars, on s'en va, dit-il à contrecœur.

Mais, peu désireux de partir, il s'attarda dans la chambre après le départ des autres. Il prit la main de Sally qui reposait sur la couverture et effleura ses lèvres d'un baiser.

— Je t'aime, murmura-t-il.

Un discret raclement de gorge interrompit ses pensées : son lieutenant s'était arrêté sur le seuil et le regardait avec un grand sourire.

— Eh bien, quoi ?

— Rien, dit l'autre en riant. Il n'est jamais trop tard pour admettre l'évidence.

— Tu le savais ?

Le lieutenant haussa les épaules.

— Comme tout le monde. Un aveugle s'en serait aperçu.

— Ah bon ? Comment ça ?

— Oh ! à cause de plein de petites choses ! La façon dont tu la regardais ou pas... Mais surtout, c'est la façon dont tu as prononcé son nom, ce soir.

Ross leva les yeux au ciel.

— Je fais un bel imbécile, on dirait.

— Pas faux, déclara l'autre en pivotant sur ses talons pour s'en aller.

Après un dernier regard vers Sally, Ross quitta la chambre à son tour.

Demain, il allait faire profil bas et lui demander pardon. Avec un peu d'espoir, elle accepterait de l'écouter. En tout cas, il n'était pas question de renoncer à elle. Pourvu qu'elle ne l'envoie pas sur les roses...

Tôt le matin, il téléphona à Kody pour le mettre au courant des événements et lui demander de s'occuper de Sally jusqu'à ce qu'il termine sa garde.

— Je croyais que vous ne sortiez plus ensemble, s'étonna Kody.

— Justement, ça va changer.

— Vraiment ?

— Oui.

— Dans ce cas, prépare des fleurs et une boîte de chocolats, parce que tu devras te montrer persuasif. Elle ne se contentera jamais d'un second rôle dans ta vie.

— Je sais. Inutile d'enfoncer le clou, je me sens suffisamment coupable. Il n'est pas question de second rôle. Sally passera toujours en premier.

— J'espère pour toi que tu tiendras ta promesse.

— Ne t'inquiète pas pour ça. D'ici là, n'oublie pas de la récupérer aux urgences et de la ramener chez elle jusqu'à ce que je sois disponible.

— Tu es gentil, Ross, mais je n'ai pas attendu que tu débarques pour m'occuper de ma sœur.

— C'est vrai. Mais après, ce sera à moi de le faire, ajouta-t-il avant de raccrocher.

Le sauvetage du petit Mikey avait fait la une de la presse locale, avec notamment une grande photo de Ross en train de serrer Sally dans ses bras.

Ironie de l'histoire, c'était justement le jour où il avait l'intention d'officialiser sa relation que ses sentiments étaient étalés au grand jour. Ses supérieurs auraient forcément vent de l'affaire. Mais à présent, il s'en fichait pas mal.

Jamais une garde ne lui avait semblé aussi longue. À deux reprises, il téléphona aux urgences pour prendre des nouvelles de Sally, et au deuxième appel on l'informa qu'elle n'était plus à l'hôpital.

Sans doute était-elle partie avec Kody.

Une fois libéré, il se rendit directement chez elle et dut se retenir de courir jusqu'à sa porte. Sur le seuil, toutefois, il hésita : que ferait-il si elle refusait de le voir ?

Il la supplierait. D'une manière ou d'une autre, il fallait qu'elle l'écoute.

Il prit son courage à deux mains et frappa une fois, deux.

Pas de réponse.

De plus en plus anxieux, il essaya de l'appeler sur son portable, mais la sonnerie résonna dans le vide.

Il appela chez son frère, sans plus de succès.

Seraient-ils retournés à la caserne récupérer la voiture de Sally ?

Ni une ni deux, il bondit au volant et rebroussa chemin. Mais la voiture de Sally n'était plus sur le parking. Une fois de plus, il tenta de l'appeler, en vain.

En désespoir de cause, il retourna chez lui.

Après s'être occupé des chevaux, il enfilerait sa plus belle chemise, achèterait un bouquet et recommencerait.

À moins que…

À moins qu'elle ne réponde pas parce qu'elle était en colère contre lui ?

Sally espérait tant que ce qu'elle avait cru entendre à l'hôpital était vrai ! Que Ross l'aimait. Mais peut-être était-ce elle qui prenait ses désirs pour des réalités. Elle voulait tellement être aimée de lui, à la hauteur de ce qu'elle ressentait pour lui ! Car elle aimait Ross de tout son cœur, et elle était venue l'attendre chez lui pour le lui dire.

Elle jeta un coup d'œil à la lettre posée sur la balancelle à côté d'elle.

Ce courrier ne renfermait sans doute pas la solution à tous leurs problèmes, mais c'était un bon début.

Elle aperçut soudain le pick-up de Ross sur le chemin de terre qui montait au ranch. Le cœur battant, elle se leva et descendit les marches du porche à sa rencontre.

Comment allait-il l'accueillir ?

Le pick-up s'arrêta dans une secousse, et Ross en sortit d'un bond pour courir vers elle.

— Je t'ai cherchée partout !

— Kody ne t'a pas prévenu que j'étais là ?

— Non. Il voulait sans doute me punir de m'être comporté comme un imbécile avec toi.

— C'est possible, dit-elle en haussant les épaules.

Ross scruta son visage avec inquiétude.

— Tu vas bien ?

Sa sollicitude lui alla droit au cœur. Mais pourquoi ne la touchait-il pas ?

— Oui, ça va. Vraiment. Simplement, je préférerais ne plus jamais refaire un truc pareil.

— Moi non plus. J'étais plus mort que vif tout ce temps que tu étais en bas. Si tu n'étais pas remontée, je n'aurais pas survécu. Si, c'est vrai ! Je t'aime, Sally. Je t'aime de tout mon cœur. Je ne t'en ai pas donné beaucoup de preuves ces derniers temps, mais c'est pourtant vrai.

Elle éclata d'un rire joyeux.

— J'espérais tellement que ce que j'avais entendu à l'hôpital n'était pas un rêve !

Il fit un pas vers elle, à la toucher presque.

— Non, ce n'était pas un rêve. Et je te demande de m'accorder une deuxième chance. Je veux me racheter, me montrer digne de toi. Cette promotion ne m'intéresse plus si elle m'oblige à renoncer à toi. Je peux travailler n'importe où, mais vivre sans toi ça m'est impossible.

Elle posa une main sur la poitrine de Ross.

— Digne de moi ? Mais tu es un héros, Ross... *Mon* héros. J'ai toujours eu confiance en toi. Si, entre nous, il n'avait été question que d'amitié, je t'aurais fait tout autant confiance. Mais avec ton amour, c'est tellement mieux !

Ross l'embrassa avec une ferveur qu'elle lui rendit au centuple, puis la dévisagea avec intensité.

— Je t'aime, jolie Sally. Je t'aimerai toujours.

— Moi aussi, dit-elle en posant une main sur sa joue.

Il l'embrassa à nouveau, avec une fougue qui lui fit monter des larmes aux yeux, puis lui prit les mains.

— Je peux te montrer à quel point je t'aime ?

Elle sourit, les yeux humides.

— Je pensais que tu ne le demanderais jamais.

Ross somnolait, Sally blottie contre lui.

Dire que, la veille encore, il pensait ne plus jamais revivre un tel bonheur ! Jamais, plus jamais il ne prendrait de tels moments à la légère. Au contraire, il les savourerait, les chérirait comme si chacun était le dernier. Ils étaient trop précieux. La vie était trop précieuse avec Sally à ses côtés.

Elle lui sourit, les yeux mi-clos.

— À quoi penses-tu ?

— À la chance que j'ai.

— Jolie réponse, dit-elle en promenant les doigts sur sa peau. Moi aussi, j'ai beaucoup de chance... Oh ! j'oubliais !

Elle se leva d'un bond. Avec un serrement de cœur, il aperçut les éraflures qui lui zébraient le dos et lui rappelaient ce qu'ils venaient de vivre. Elle sortit de la chambre, et un instant plus tard il l'entendit ouvrir la porte d'entrée.

— Eh ! où vas-tu comme ça ?

— Je reviens. Je veux te montrer quelque chose.

Elle ne tarda pas à revenir avec une lettre à la main.

— Qu'as-tu là ?

— Elle est arrivée hier, dit-elle en s'asseyant à côté de lui. Je l'ai trouvée en arrivant chez moi ce matin. Tu es la première personne à qui j'annonce la bonne nouvelle.

— Qu'est-ce que c'est ?

— Mes résultats d'examen.

Il se redressa dans le lit.

— Ah bon ? Alors ?

Le visage de Sally s'illumina.

— J'ai réussi ! Mes notes me permettent même d'entrer dans l'école de mon choix.

Il lança le poing en l'air avec une exclamation joyeuse, puis la serra contre lui et l'embrassa.

— Félicitations ! Je suis fier de toi, ma chérie. Tu penses aller où, du coup ?

Pourvu qu'elle ne s'en aille pas à l'autre bout du pays. Il ne supporterait pas d'être éloigné d'elle. Si elle partait, il la suivrait. Où qu'elle aille, il y aurait forcément une caserne de pompiers. L'important, c'était de rester avec elle.

— J'envisage de rester ici et d'étudier à la fac d'Austin. Kody a un ami médecin qui pourrait certainement m'aider à trouver du travail par la suite.

— Excellente idée. Viens là que je t'embrasse...

Ils échangèrent un long baiser, puis Sally le fixa.

— Tu sais que ton soutien compte beaucoup pour moi.

Il lui prit la main et pressa les lèvres sur sa paume.

— Je suis ton allié, Sally. Je ne te laisserai jamais tomber.

— Tu ne penses pas que je devrais changer d'unité ?

— Non, ce n'est pas nécessaire, dit-il en secouant la tête. Je ne te demande rien de tel.

— Ce n'est pas la question. Simplement, si ça peut t'aider dans ton travail... Tu comptes plus que mon boulot.

Il sentit son cœur se gonfler d'amour.

— Et toi, tu seras toujours ma priorité.

— Je t'aime, Ross.

Il effleura ses lèvres d'un baiser.

— Moi aussi.

Épilogue

Trois jours plus tard, Ross était sur le point de quitter la caserne lorsqu'il reçut un appel du commandant Marks pour lui dire de passer le voir à son bureau en fin d'après-midi.

Il hésita.

Cette convocation tombait mal. Ce soir, Sally et lui avaient justement prévu un dîner pour fêter sa réussite au concours. Kody et Lucy étaient invités, et Sally allait préparer le repas chez lui. Enfin, chez eux, corrigea-t-il avec un sourire, puisqu'elle avait accepté de venir vivre au ranch avec lui.

— Ça ne t'embête pas si on se parle maintenant ? J'ai des projets pour ce soir.

— Pas de problème. À tout de suite.

Il rebroussa chemin et alla toquer à la porte du commandant.

Celui-ci se leva à son entrée et lui tendit la main.

— Assieds-toi, je t'en prie. À ce qu'il paraît, ta dernière garde a été assez mouvementée.

— Oui, toute la brigade était sur le pont.

— Tu sais que beaucoup de collègues passent toute leur carrière sans jamais participer à un sauvetage d'enfant comme celui-ci.

— Oui, je sais, répondit-il, de plus en plus perplexe.

À quoi voulait-il en venir, au juste ? Il aurait pu lui dire ça au téléphone. Mais le commandant prit alors un air sérieux.

— Il paraît aussi que la secouriste de l'équipe a fait un boulot remarquable.

— Oui, Sally était formidable.

— Il n'y en a pas deux comme elle, n'est-ce pas ?

Ross se redressa sur son siège.

— Non. Et j'ai bien l'intention de l'épouser si elle veut de moi. Je te suis reconnaissant de tout ce que tu as fait pour moi, mais si je dois choisir entre ma promotion et Sally, c'est elle qui passera en premier.

— Qui te demande de choisir ? dit le commandant en souriant. Le chef a été très impressionné par les rapports qui lui sont parvenus. Certes, vous vous êtes affranchis des règles, mais le résultat est là. Le garçon ne gardera aucune séquelle de sa mésaventure. De toute façon, le choix entre les différents candidats était déjà plus ou moins arrêté. Les capacités dont tu as fait preuve pour encadrer cette opération n'ont fait que confirmer une décision déjà prise. Félicitations, commandant Lawson ! Tu es le plus jeune officier à ce grade.

Le commandant Marks se leva et lui tendit la main.

Ross la serra en souriant jusqu'aux oreilles.

— Merci.

— Je t'en prie. Tu l'as amplement mérité. Le chef va faire une annonce formelle dans une quinzaine de jours, au moment de vous accorder une décoration, à toi, à la secouriste... Euh, à Sally, ainsi qu'à l'ensemble de la brigade. Mais il tenait à ce que tu sois au courant dès maintenant.

Ross quitta le bureau du commandant avec l'impression de flotter sur un petit nuage.

Il préférait attendre un peu avant de tout raconter à Sally. Ce soir, c'était sa fête à elle, rien qu'à elle. Il lui annoncerait la nouvelle plus tard, lorsqu'ils seraient au lit, pour qu'ils la célèbrent d'une autre manière.

Instinctivement, il toucha les cicatrices de son épaule.

En quelques mois, il avait parcouru tellement de chemin. Sa vie avait changé du tout au tout à présent que Sally en faisait partie.

Quelques jours plus tard, Sally terminait d'empaqueter de menus objets. Ross et Kody devaient passer le lendemain pour charger les meubles qu'elle souhaitait emporter au ranch.

Ross n'avait pas eu besoin d'insister beaucoup pour la convaincre d'emménager chez lui. Elle avait toujours rêvé de vivre dans un endroit comme celui-ci. Ces dernières semaines avaient passé comme un tourbillon. Entre sa réussite à l'examen d'entrée et la promotion de Ross, sans compter la décoration décernée par la ville pour le rôle qu'ils avaient joué dans le sauvetage du petit Mikey, sa vie était bien remplie, comme son cœur.

— Tiens, tata, dit Lucy en lui tendant un carton vide.

— Merci, ça devrait à peu près faire l'affaire.

Elles commençaient à remplir la boîte de livres, lorsqu'un ronflement de moteur familier attira son attention. Presque aussitôt, des lumières rouges balayèrent la pièce.

Que se passait-il ? Un incendie s'était déclaré quelque part ? Elle n'avait pourtant pas entendu de sirène.

Le grondement s'intensifia, et les vitres se mirent à vibrer comme si le camion s'était arrêté juste devant son bâtiment.

Elle courut à la fenêtre.

En effet, le gros camion était garé tout près. Dans le crépuscule, les gyrophares créaient des jeux de lumières spectaculaires. Ross descendit du siège du passager vêtu de son uniforme de pompier. Cette garde était sa dernière. Bientôt, il allait changer de poste et devrait s'habituer à venir au travail en chemise blanche et pantalon noir.

Elle se rua dehors, Lucy sur ses talons

— Que se passe-t-il ? Que faites-vous tous ici ?

La voiture de Kody était garée derrière le camion. Les autres pompiers en étaient descendus et se tenaient immobiles autour de Ross, souriants.

— Vas-tu me dire ce qui se passe, à la fin ?

Ross se détacha du groupe et s'avança vers elle.

— Ce soir, pour ma dernière sortie en tant que chef de l'unité 12, j'ai demandé à mes collègues de m'amener ici pour te dire quelque chose de spécial.

Elle considéra Ross, les hommes autour de lui, puis Lucy et les voisins qui étaient sortis pour voir ce qui se passait.

— Tu n'aurais pas pu le faire par téléphone ?

— Non, pas pour la question que je veux te poser.

Elle se mit à trembler lorsque Ross lui prit la main et posa un genou à terre.

— Sally Davis, veux-tu m'épouser ?

Elle sentit des larmes jaillir de ses yeux, et le beau visage de Ross se brouilla.

Elle cligna les paupières et hocha la tête.

— Oui, de tout mon cœur.

Avec un cri de joie, Ross bondit et la fit virevolter entre ses bras. Des applaudissements et des sifflets résonnèrent autour d'eux. Enfin, Ross la reposa à terre et l'embrassa avec une tendresse qui faillit la faire pleurer plus encore.

Elle lui adressa un sourire débordant d'amour.

— Vous savez, commandant Lawson, je me dis que « Dr Sally Lawson », ça ne sonne pas mal du tout.

Il éclata d'un rire joyeux.

— C'est bien mon avis. De toute façon, du moment que nous sommes ensemble, tout est parfait pour moi.

Elle se haussa sur la pointe des pieds pour l'embrasser.

— Pour moi aussi, mon chéri.

AMY RUTTAN

La chirurgienne et le play-boy

INTÉGRALE
SECOURISTES DE CHARME

Traduction française de
CÉCILE LOMBARD

SAGAS
HARLEQUIN

Titre original :
PREGNANT WITH THE PARAMEDIC'S BABY

Ce roman a déjà été publié en 2020.

1

Évidemment, c'était encore lui !

De l'entrée des ambulances du Rolling Creek General Hospital, le Dr Sandra Fraser regarda Kody Davis sortir par l'arrière de l'ambulance et aider son équipier à descendre le brancard.

Un sacré bon secouriste, que tout le monde aimait…

Sauf elle. C'était le type le plus pénible qu'elle ait jamais rencontré de toute sa carrière de chirurgienne urgentiste – mais aussi le plus sexy. Elle le détestait.

Détester, c'est un mot fort. Tu ne le détestes pas.

Non, en vérité. Il lui tapait sur les nerfs, et ce qu'elle détestait, c'était qu'il l'attire autant. Sa séduction agissait sur toutes les femmes, il avait tout d'un play-boy.

Bien entendu, elle n'avait pas de preuve formelle qu'il se comportait comme tel, elle n'était là que depuis quatre mois, mais tous les types à l'air nonchalant, insouciant et espiègle qu'elle avait connus à la fac l'étaient. Même si elle se sentait attirée, elle se tenait loin de ce genre de charmeurs.

Elle préférait les hommes calmes et sérieux.

Tu as vu comme ça t'a réussi ? Tu as divorcé et tu as le cœur brisé.

Kody était beau, grand, et visiblement en excellente condition physique. Naturellement, il le fallait pour être secouriste… Cheveux noirs toujours bien coupés, sourire éblouissant, et une étincelle dans les yeux qui, chaque fois que Sandra croisait son regard, lui faisait battre le cœur plus vite.

Il y avait aussi son accent traînant. Un soupçon d'accent du

Sud qu'elle ne pouvait pas situer avec précision. Pas Texan, en tout cas. D'où pouvait-il être ? Que faisait-il de son temps libre ? Quel était son plat préféré ? Et... Était-il célibataire ?

C'était ce genre de questions qu'elle se posait...

Elle grogna. Inutile d'épiloguer, elle n'avait de toute façon pas envie d'une histoire. Elle était à Austin pour mettre des kilomètres entre son ex-mari et elle, et oublier son chagrin. Inutile de s'embarquer pour une aventure d'un soir avec un secouriste au prétexte qu'il était sexy.

Tu crois ? C'est peut-être exactement ce qu'il te faut, au contraire.

Elle chassa cette pensée. La priorité du moment, c'était son patient, et elle était contrariée qu'il lui ait une nouvelle fois été amené par ce bellâtre qui la distrayait de sa tâche.

N'avait-il jamais de congés ? Depuis qu'elle avait pris son poste à l'hôpital d'Austin, elle ne cessait de tomber sur lui.

Elle avait assez de problèmes sans y ajouter celui-là...

— Qui amenez-vous, monsieur Davis ? demanda-t-elle.

Elle savait que ce ton froid et professionnel lui déplaisait, mais c'était un bon moyen pour tenir les gens à distance, à l'extérieur des remparts de protection qu'elle érigeait autour d'elle.

La dernière fois qu'elle avait laissé quelqu'un approcher, cela l'avait détruite, et elle ne referait pas cette erreur, même si cela la privait de vrais amis dans sa ville d'adoption.

Le secouriste se tourna vers elle.

— Luke McIver, quarante ans. Passager dans une collision frontale avec une... vache. Ne portait pas sa ceinture, a été éjecté par le pare-brise.

Elle ouvrit de grands yeux.

— Avec une vache ?

Perplexe, elle se pencha pour examiner le blessé.

Davis parut hésiter et haussa les épaules.

— Eh bien, je ne suis pas sûr que ce soit véritablement une vache, avec ces longues cornes.

Elle leva les yeux au ciel.

— Si, de la race texane, les longhorn.

— Content de l'apprendre, je me demandais... Bon, la voiture a heurté l'animal, et M. McIver a été éjecté sous le choc. Le conducteur est presque indemne, mais lui est dans un état grave. Tension 8/6.

En effet, c'était peu. Éjecté par le pare-brise avant... Il y avait donc une suspicion de trauma crânien. Elle poursuivit ses efforts de stabilisation et constata que Davis avait déjà bien travaillé.

Il était excellent dans son métier et faisait le nécessaire en cas d'urgence, force était de le reconnaître. Il était doué pour évaluer les situations et, mieux encore, sauver des vies. Elle n'aurait pas dû se plaindre d'avoir souvent à faire à lui, c'était plutôt une chance... Il lui facilitait le travail.

— Emmenons-le en salle 3.

— D'accord, patronne.

Elle détestait qu'il l'appelle ainsi, vraiment. En fait, cela lui rappelait l'hôpital de San Diego, sa vie d'avant, les promesses non tenues et son cœur brisé.

Et elle savait qu'il le faisait exprès parce qu'elle l'appelait « monsieur Davis ».

« Patronne » ! Il accompagnait toujours ce titre d'un sourire.

C'est parce qu'il ignore que tu n'aimes pas ça.

Et elle se gardait bien de le lui signaler, pour ne pas devenir trop familière avec lui. Elle tenait à rester professionnelle.

En es-tu si sûre ?

Bon, d'accord... Si elle avait envie de le connaître mieux, c'était peut-être par curiosité, mais elle avait été échaudée et resterait ferme sur ses positions : pas question de se laisser tenter.

Concentre-toi.

Une fois le patient arrivé dans la salle, elle fut rejointe par son équipe, et Megan Coombs le remplaça aussitôt pour surveiller la tension.

— On est à 7/5 !

— Nous sommes en train de le perdre.

Heureusement, ses internes connaissaient leur métier... Elle entra en scène, c'était dans ces occasions qu'elle se montrait vraiment brillante, l'un des moments pour lesquels elle vivait : sauver une vie.

Elle ne laisserait pas mourir Luke McIver. Même s'il avait commis l'erreur de ne pas boucler sa ceinture de sécurité, elle le sauverait.

— Je veux cinq cents cc de solution saline ! dit-elle à la cantonade d'une voix forte.

Elle devait faire remonter la tension avant de stabiliser le blessé pour découvrir la cause de sa faiblesse. Tandis que l'un des médecins stagiaires accrochait la poche à perfusion, elle poursuivit son examen et constata que les pupilles réagissaient.

C'était bon signe. Ils avaient une chance.

— La tension se stabilise, annonça le Dr Coombs.

— Parfait. Prenez la direction, docteur. Emmenez-le au scanner, cherchez un trauma crânien et des hémorragies internes. Prévenez-moi quand vous aurez des résultats.

— Bien, professeur.

Elle retira ses gants et remarqua que Davis était toujours là, en train de regarder fixement le patient de ses yeux bleus. D'un bleu étonnant.

Avait-elle rougi ? Son pouls battait plus vite, le sang bouillonna dans ses veines.

Ressaisis-toi, Sandra.

— Vous êtes encore là, monsieur Davis ?

Il sourit, et une fossette se creusa dans sa joue.

— Vous ne m'avez pas donné congé, patronne.

Jetant sa blouse et ses gants à la poubelle, elle leva les yeux au ciel.

— Merci, vous pouvez y aller.

Elle sortit de la salle en espérant qu'il ne la suivrait pas, mais le sentit aussitôt derrière elle.

— Qu'ai-je fait pour que vous me détestiez comme ça ?

Elle s'arrêta net et se tourna vers lui.

— De quoi parlez-vous ?

Son sourire avait cédé la place à un air grave.

— Je crois exercer mon métier correctement et j'ai de bons rapports avec le personnel, mais depuis votre arrivée j'ai l'impression que vous ne m'aimez pas.

Elle soupira.

— Vous vous faites des idées, monsieur Davis. Je préfère rester professionnelle dans le cadre de mon travail, c'est tout.

Et c'était sincère. Si elle gardait ses distances, c'était pour protéger son cœur.

— Ah ! je me disais aussi... Vous ne semblez pas avoir beaucoup d'amis à l'hôpital.

Elle sentit le sang affluer à ses joues.

— Je ne suis pas ici pour me faire des amis, monsieur Davis, mais pour sauver des vies.

Elle vit l'étincelle se rallumer dans son regard.

— Comme nous tous, non ? Je ne vois pas en quoi ça vous empêche de sourire un peu de temps en temps. Vous avez l'air pincé en permanence, patronne.

Il tenta de poursuivre sa route, mais elle lui bloqua le passage.

— Ne m'appelez plus « patronne ». Je... J'ai horreur de ça.

Elle s'efforçait d'empêcher sa voix de trembler. Ce mot la hérissait : après l'annonce qu'elle était stérile, alors qu'elle avait obtenu une promotion, son ex-mari s'était mis à l'appeler ainsi pour se moquer d'elle...

Comme si elle ne souffrait pas déjà assez de son infertilité, pour Alex, tout était sa faute à elle...

C'était pour échapper à ces mauvais souvenirs qu'elle avait quitté San Diego. Après son divorce, elle avait mis encore deux ans à comprendre qu'elle devait partir très loin. Et puisque ses parents adoptifs l'avaient trouvée à Austin, qui était donc sa ville natale, elle avait eu envie de retourner à ses racines.

En prenant bien garde de ne plus faire confiance à personne.

Comme tous ceux à qui elle faisait part de sa réticence à s'entendre appeler « patronne », Kody Davis allait sans doute rire de sa remarque...

— Je vous demande pardon, docteur. Si j'avais su à quel point ça vous déplaisait, je me serais abstenu.

Elle ouvrit de grands yeux.

— Vraiment ?

— Hum ! vraiment. Je suis navré.

Que répondre à cela ? Il semblait si sincère... Elle le laissa poursuivre.

— Vous n'êtes pas la seule à ne pas aimer ce genre de surnom.

Une fois de plus, elle se sentit rougir.

— Je sais que cela vous déplaît, que je vous donne du « monsieur Davis » ; je vous présente mes excuses.

Il secoua la tête.

— Je m'en moque, aucune importance. Mais je comprends que « patronne » ait pu vous agacer. Je vous renouvelle donc mes excuses en espérant que notre relation professionnelle n'en pâtira pas.

— Non, je vous l'assure. Merci.

Il se remit en marche pour regagner son ambulance et, perplexe, elle le suivit du regard.

Que s'était-il passé ?

Quelque chose avait soudain changé : elle l'avait laissé franchir sa première ligne de défense. Et, au contraire de ce qu'elle s'était imaginé, elle en était heureuse.

Malgré son équipier qui l'attendait, Kody marqua une pause à l'entrée des ambulances, se retourna, et vit Sandra se diriger vers les ascenseurs.

Ainsi, il l'avait blessée sans le vouloir, elle dont la beauté l'avait époustouflé dès le départ. Tout en elle le séduisait : ses cheveux noirs tirés en une queue-de-cheval stricte, ses yeux bruns attentifs, ses pommettes hautes dont le rose fonçait sous l'effet de la colère ou de la contrariété...

C'était vrai qu'elle ne souriait jamais : il ne lui avait jamais vu de vrai sourire et tentait chaque fois d'en provoquer un. Elle avait dû souffrir beaucoup, et c'était une chose qu'il pouvait comprendre, lui qui avait perdu Jenny alors que leur petite Lucy avait à peine deux ans...

Sandra devait monter en radiologie consulter les scanners de Luke McIver. Kody espérait vraiment que ce pauvre type s'en sortirait.

Il adorait son métier, mais trouvait frustrant de ne pas savoir ce qu'il advenait des patients qu'il amenait.

« Dans ce cas, tu aurais dû faire médecine ! » C'était ce que lui disait sa sœur, Sally.

C'était ce qu'il aurait voulu faire, mais Jenny était tombée enceinte pendant qu'ils étaient étudiants... Ils s'étaient alors mariés et, tout en s'occupant de leur petite fille, avaient suivi une formation de secouristes. Et comme les places étaient rares en Caroline du Nord, il avait trouvé ce poste à Austin.

En fait, tout en espérant éventuellement reprendre un jour ses études de médecine, il voulait à l'époque passer son brevet de pilote de secours en hélicoptère, avec l'idée d'aller vivre en Alaska.

Mais alors que Jenny se croyait enceinte une seconde fois, les médecins avaient diagnostiqué chez elle un cancer des ovaires. La bataille avait été brève et, en même temps que la femme qu'il adorait, tous ses espoirs avaient été anéantis...

Il était resté seul avec sa fille, puis Sally, qui venait de divorcer, avait demandé un poste de secouriste à Austin pour pouvoir le seconder et s'occuper de Lucy. Mais elle aussi voulait poursuivre ses études de médecine et en outre sortait avec son meilleur ami. Ross était un type bien, Sally méritait d'être heureuse, et Kody ne voulait pas gâcher leur bonheur.

Bien sûr, il les enviait un peu... Mais pas question d'installer une autre femme dans sa vie, de risquer un échec dont Lucy souffrirait. Il avait récemment eu quelques aventures, mais aucune n'était jamais allée très loin.

Tout ce qui comptait, c'était son rôle de père et son métier. Il regrettait simplement de ne pouvoir faire davantage pour les victimes qu'il amenait au Dr Fraser.

Le Dr Fraser... Sandra. Il sentit son pouls accélérer. Dès qu'il avait posé les yeux sur elle, quelque chose en lui s'était réveillé... Et il avait désiré faire plus ample connaissance avec elle.

Dommage qu'elle ne semble pas dans le même état d'esprit... De toute façon, depuis la mort de Jenny, il n'avait pas vraiment envie de rencontrer une femme avec qui construire une relation...

N'y pense pas.

Il se passa la main dans les cheveux en soupirant et franchit le seuil.

— Tu en as mis du temps ! fit Robbie. La patronne t'a retenu ?

Autour d'eux, des secouristes rirent, et il se sentit aussitôt mal à l'aise. Il n'avait pas menti en affirmant comprendre qu'on puisse être blessé par un surnom...

Lui, on l'appelait parfois « Sang-mêlé » ou « L'Indio », à cause de son ascendance à demi cherokee. Comme s'il devait en avoir honte, alors qu'il en était fier !

— Tais-toi, Robbie. Ne l'appelle plus « la patronne ».

Son équipier haussa les épaules.

— Ah ? c'est nouveau ? Jusqu'à maintenant ça t'amusait plutôt. Tu sais bien qu'on plaisante !

— D'accord, on a quel âge, douze ans ? Et si j'ai mis si longtemps à revenir, c'est qu'elle avait oublié de m'autoriser à partir.

— Désolé, mec, loin de moi l'idée de te vexer !

Sans répondre, il aida Robbie à nettoyer l'ambulance pour le prochain transport.

Il était soulagé que son service soit bientôt fini : il voulait profiter un peu de la présence de Lucy et d'un moment de repos avant qu'éclate la tempête qui se préparait.

Car s'il se passait quoi que ce soit de grave, il était de garde et serait le premier appelé...

— Tu es crevé, mec, dit Robbie. Rentrons vite à la caserne. Le service a été long et, pour finir, cette collision avec une vache était un peu... bizarre.

Kody acquiesça de la tête et eut un sourire en coin.

— Hum ! tu as raison, bizarre.

Mais agréable, puisqu'elle lui avait permis de voir Sandra Fraser. Et même s'il refusait de s'en approcher, il était content d'avoir pu l'admirer de loin.

C'était tout ce qu'il pouvait se permettre.

2

— Papa !

Quand Kody rentra chez lui, Lucy se jeta sur lui et faillit le renverser. Bien qu'elle ait à présent sept ans, il la soulevait toujours dans ses bras pour l'embrasser. Elle ressemblait de plus en plus à sa mère, avec ses cheveux blonds bouclés et ses yeux bleus.

— Tu t'es mis du vernis !

Il venait de remarquer ses petits ongles aux couleurs vives.

— Tante Sally m'a aidée.

— Pas trop tôt ! fit l'intéressée, qui arrivait de la cuisine.

— Pardon, choupette. J'ai été retenu à l'hôpital.

— Tu sais bien que Ross m'attend pour me conduire à la caserne !

Il reposa sa fille à terre.

— Oui. J'ai emmené un type qui avait eu un accident avec une longhorn.

Sally leva les sourcils.

— Tu veux dire une vache ?

— Oh ! elle a été blessée ? demanda Lucy.

Kody se plaqua un sourire forcé sur le visage.

— Penses-tu ! Elle va très bien.

Puis il regarda discrètement Sally en secouant la tête. Sa sœur esquissa une grimace avant d'adresser un sourire à Lucy qui, visiblement rassurée, prit son livre et se vautra sur le canapé du salon.

— Bon, j'ai nourri ta fille de spaghettis bolognaise. Il y a une assiette pour toi.

— Ah ! merci !

— Tu n'as pas l'air très enthousiaste.

— Si, si ! C'est juste qu'après ce sauvetage la sauce au bœuf et à la tomate...

Sa sœur fit la moue.

— Comment voulais-tu que je devine qu'une vache allait se faire hacher menu par une voiture ?

Il soupira. Il y eut un grondement de tonnerre au loin, puis presque aussitôt le claquement sec et rapide de la pluie sur le toit de métal.

Super.

Sally ramassa son sac.

— Bon, je ferais mieux d'y aller. Je déteste être de service de nuit, même si ça fait partie du travail...

Elle se pencha vers Lucy pour l'embrasser sur le front.

— À plus tard, ma chérie.

— Au revoir, tante Sally.

Kody la raccompagna à la porte et la regarda se précipiter dans sa voiture. Il laissa échapper un long soupir et rentra à la cuisine. Il allait réchauffer ces fameux spaghettis et s'assurer que Ted et Myrtle, ses beaux-parents qui les avaient suivis à Austin, étaient là pour le cas où on aurait besoin de lui en pleine nuit.

Il était l'un des seuls secouristes du coin à avoir fait une formation de réanimation et de sauvetage d'urgence en milieu sauvage et éloigné.

S'il y avait une crue éclair, on le solliciterait.

Autant que tu emmènes tout de suite Lucy chez ses grands-parents...

Il était sûr d'être appelé à un moment ou à un autre. Heureusement que ses beaux-parents étaient proches...

Au début, il n'avait pas sauté de joie en apprenant qu'ils les suivaient à Austin, mais il était à présent content qu'ils soient venus, et restés... Ainsi, ils avaient pu être aux côtés de leur fille mourante et avaient beaucoup épaulé Kody avant que Sally divorce et le rejoigne ; ses propres parents étant très loin, Myrtle et Ted lui étaient toujours d'un grand secours. Cette épreuve les avait rapprochés, et il les considérait désormais comme sa famille.

Il composa le numéro en soupirant et reconnut la voix de Myrtle.

— Bonsoir, c'est Kody.

— Contente de vous entendre. Je suppose que vous êtes de garde cette nuit.

— Oui, et il pleut fort. Je crains une crue subite...

— Amenez-nous Lucy, ça fait longtemps qu'elle n'a pas dormi chez nous.

— Merci, Myrtle. Je vais manger et bavarder un peu avec elle avant.

— À bientôt, alors.

Il raccrocha, mit à réchauffer l'assiette que sa sœur lui avait préparée et s'affala sur une chaise. Un grondement de tonnerre suivit d'un éclair... Lucy entra dans la cuisine, probablement pour ne pas rester seule au salon.

— Ma chérie, tu pourrais me passer le parmesan qui est au réfrigérateur ?

— Bien sûr, papa.

Elle lui tendit le fromage et s'assit près de lui. Il lui sourit. Elle ressemblait tant à sa mère !

Les mots de Jenny lui revinrent.

« — Promets-moi que tu ouvriras ton cœur à une autre femme.

— Ne dis pas ça. Comment pourrais-tu me laisser ?

— Kody, je ne veux pas que tu restes seul, ni que Lucy grandisse sans mère. »

Il sentit une grosse boule se former dans sa gorge et chassa ce souvenir. Il ne tenait pas sa promesse de chercher à être heureux avec une autre. Jenny avait souhaité une mère pour sa fille, mais il avait désormais peur d'aimer...

Bien sûr, Lucy avait besoin d'une figure maternelle, mais si celle-ci disparaissait à son tour ? Et il avait déjà tant souffert qu'il refusait de s'exposer à nouveau à ce genre de souffrance.

Mais tu es si seul !

— Tout va bien, papa ?

Il se força à sourire.

— Très bien, ma chérie.

Il était seul depuis cinq ans... Mais comment pourrait-il tourner la page ? Impossible.

— Lucy, tu entends le tonnerre ? Une tempête se prépare...

Sa fille fit la moue et poussa un long soupir.

— Je sais, tu dois partir sauver des gens. Ça veut dire que je vais dormir chez grand-maman ?

Il sourit.

— Tu as compris. Prépare tes affaires pendant que je termine mon dîner, et ensuite nous y allons, d'accord ?

— OK !

Il la regarda monter l'escalier quatre à quatre ; il avait de la chance d'avoir une fille si raisonnable... Elle avait hérité la gentillesse de sa mère.

Il termina ses pâtes et eut à peine le temps de rincer son assiette qu'une sonnerie lui annonça un message : un appel pour une urgence. Il y avait bien une crue éclair. Il mit la machine à café en route. La nuit serait longue.

Lucy revint, son sac à la main.

— Je suis prête, dit-elle d'un ton morne.

Il sourit.

— Bien. Je verse mon café dans la thermos, et nous y allons. Mets tes bottes en caoutchouc et prends le parapluie.

Il étouffa un bâillement. Oui, la nuit risquait d'être très longue...

Malgré les essuie-glaces à la vitesse maximum, Sandra avait du mal à voir la route.

Tu aurais mieux fait de rester à l'hôpital.

Mais ce soir elle avait perdu M. McIver, ce qui avait été le coup de grâce après sa journée éreintante. La plupart du temps elle traînait après la fin de son service, parce qu'elle appréhendait de rentrer dans une maison vide et isolée.

Personne ne t'a forcée à acheter un ancien ranch en pleine cambrousse...

En fait, elle avait un net penchant pour la campagne. À San Diego déjà, elle espérait acheter un morceau de terrain où ses enfants pourraient grandir et courir…

Et à présent son cœur saignait quand elle y repensait.

Des enfants.

Elle désirait tant en avoir ! Mais après de nombreux traitements de FIV sans résultat et deux bébés perdus au bout de six semaines, elle avait dû se résigner. Alors elle s'était décidée à adopter. Au moment où elle allait enclencher le processus, Alex avait soudain déclaré qu'il était contre, et elle avait compris qu'elle s'était trompée sur son compte.

S'il était incapable de donner de l'amour à un enfant qui ne soit pas de lui et puisqu'elle ne pouvait pas lui en donner, elle n'avait plus qu'à divorcer…

Cela paraissait rationnel, mais il avait réussi à lui faire croire qu'elle n'était pas une vraie femme, et elle avait mis longtemps à se débarrasser de cette impression. Ce n'était qu'ensuite qu'elle avait réalisé qu'elle ne s'en sortirait pas en continuant à travailler avec lui à San Diego. Ses parents adoptifs n'étant plus de ce monde, plus rien ne la retenait. Alors elle s'était souvenue de son lieu de naissance, Austin, et acheté cette ancienne ferme d'élevage : la campagne n'était-elle pas le meilleur endroit où planter des racines ?

Pour être tout à fait honnête, en ce moment, sous cette pluie diluvienne, elle regrettait son choix…

Elle se pencha au-dessus du volant pour distinguer son chemin. Il ne faisait pas entièrement nuit malgré les gros nuages qui plombaient le ciel, mais elle devait se hâter avant que l'obscurité totale l'empêche d'avancer. En contrebas de la route, la rivière, la Bull, grossissait à vue d'œil…

Enfin, elle atteignit le pont à une voie tout proche de chez elle et, avisant un 4x4 qui s'engageait dans l'autre sens, se rangea pour lui laisser le passage.

À ce moment-là, un éclair illumina le ciel sombre, il y eut un autre coup de tonnerre, puis elle perçut un fort grondement. Par la vitre côté passager elle eut le temps de voir une coulée de boue qui dévalait la colline et arrivait droit sur elle. Son sang se glaça.

Oh ! mon Dieu !

Elle ne pouvait rien faire. Elle ferma les yeux quand la coulée heurta la voiture, la poussant vers les rochers de la berge et la rivière au-dessous qui enflait à vue d'œil et menaçait de déborder.

Sa vie, sa vie solitaire, défila devant ses yeux, et elle sut qu'elle allait mourir.

— Bon sang !

Kody pila. Il venait de croiser cette voiture qui attendait qu'il traverse le pont quand il avait entendu le grondement derrière lui et vu ce qui se passait dans son rétroviseur.

Il appela aussitôt les secours.

— Roger ? Je suis au croisement ouest de Tarry, une voiture vient d'être poussée vers la Bull par une coulée de boue.

— OK, Kody ! Nous allons faire le maximum pour te rejoindre, mais il y a eu des routes emportées dans ce secteur…

— En vous attendant, je vais voir si je peux me rendre utile.

Il descendit, passa à l'arrière et prit un démonte-pneu qui pouvait servir à casser une vitre, puis s'avança dans la boue avec prudence : la coulée était pour l'instant à l'arrêt, mais cela pouvait reprendre à tout moment, il le savait.

Sous la pluie un peu moins forte, il aperçut la voiture renversée sur le flanc, en équilibre instable sur la berge. Il s'en était fallu de peu qu'elle bascule et soit précipitée dans le courant… Il s'approcha de la portière avec précaution et regarda à l'intérieur : une femme seule, attachée par sa ceinture et couchée sur le côté, immobile.

Il tapota la vitre.

— Hé ! Rien de cassé ?

Elle se redressa pour le regarder, et son cœur s'emballa quand il la reconnut.

— Sandra, c'est vous ? Vous allez bien ?

Elle hocha la tête et lui fit signe qu'elle était coincée. Il brandit le démonte-pneu.

— Attention, protégez-vous !

Elle se couvrit le visage et les bras de son blouson. Une fois certain qu'elle ne risquait rien, il brisa la vitre qui céda aisément. Une chance que la voiture ne soit pas plus récente… Sans provoquer d'à-coups, il balaya de la manche les morceaux de verre.

— Voilà. Comment vous sentez-vous ?

— J'ai mal à la tête… Et on dirait que ma ceinture est bloquée.

Il lui tendit un couteau.

— Si je fais bouger la voiture en montant vous aider, je risque de l'envoyer dans l'eau.

Elle scia sa ceinture en évitant les gestes brusques, puis, en glissant légèrement, saisit son sac à main et le mit en bandoulière.

— Attrapez ma main, Sandra.

Il l'aida à s'extraire doucement, sans secousses, et la reçut dans ses bras où il la tint serrée. Puis ils se dégagèrent de la boue en levant haut les pieds, Sandra agrippée à son blouson. Juste comme ils atteignaient le bitume, un grincement leur fit tourner la tête : déséquilibrée, la voiture glissait vers la rivière…

Sandra enfouit la tête dans le cou de Kody et laissa échapper un gémissement.

— C'est bon, je suis là !

Son cœur cognait contre ses côtes, et il avait du mal à respirer. Il ne pouvait que rester là, à la tenir contre lui… Il ne voulait même pas penser à ce qui se serait produit s'il n'était pas passé par là.

— Nous devrions nous éloigner d'ici, murmura-t-elle sans s'écarter ni lâcher son blouson.

— Vous avez raison.

— J'habite juste de l'autre côté, Denham Road.

Sa voix tremblait, et il le comprenait.

— Il n'y a plus de pont, mais je connais un autre chemin.

Il la porta jusqu'au 4x4 et l'aida à s'installer à l'arrière, puis rangea le démonte-pneu dans le coffre et en rapporta une couverture, qu'il lui tendit.

— Merci, dit-elle d'une voix chevrotante.

À présent, elle pressait des mouchoirs en papier sur ce qui lui parut être une blessure superficielle à la tête.

— Allons chez vous, j'appellerai l'équipe pour les prévenir que vous êtes en sécurité et je m'assurerai que vous n'avez rien de grave. Désolé pour votre voiture.

— Ce n'était que du matériel, fit-elle, c'est peu cher payé en échange de ma vie.

Il hocha la tête d'un air nonchalant, mais son cœur cognait toujours contre ses côtes. Elle n'était vraiment pas passée loin de la mort, et lorsqu'il y songeait, cela le terrifiait à un point…

Sans doute parce que tu la connais et que tu as été témoin de l'accident.

Il démarra et descendit la route avec prudence, s'apprêtant à s'engager sur l'autre voie qui conduisait chez elle, mais celle-ci n'existait plus non plus. Elle avait été emportée… Et la Bull était à présent un torrent furieux.

— Eh bien, nous pourrions…

Encore un grondement, et il vit avec horreur la voie s'effondrer derrière eux. Ils étaient piégés sur un petit bout de route, et la rivière ne cessait de monter…

— Il va falloir marcher, dit-elle d'une voix décidée. Il y a une cabane au coin de ma propriété. Ce n'est pas très loin et c'est en hauteur, la crue ne l'atteindra pas.

Il acquiesça de la tête. Elle l'aida tant bien que mal à prendre le nécessaire dans le 4x4 tout en maintenant les mouchoirs sur sa plaie qui saignait.

— Allez-y, Sandra, je vous suis.

Elle commença à gravir un sentier. La montée était glissante, mais elle semblait bien connaître le chemin… Sous la pluie qui redoublait de violence, ils passèrent sous de grands arbres et atteignirent enfin une prairie. *Sans doute un ancien pâturage*, se dit-il, *un élevage…*

— La maison est par là, mais la rivière nous en sépare !

Il hocha la tête. Impossible de passer… Toutefois il y avait bien une cabane à environ trois cents mètres ; ils allaient pouvoir s'y abriter et, avec un peu de chance, y allumer un feu. Il trouverait un moyen de contacter les secours.

— Allons-y.

Il balança son ballot sur son épaule et, sur une impulsion, prit la main de Sandra pour l'entraîner vers le refuge sous le vent violent et la pluie battante. Une fois devant la porte, elle sortit son trousseau de clés et ouvrit.

Il la suivit à l'intérieur. C'était noir, mais sec, il n'y pleuvait pas.

— Il n'y a pas encore l'électricité, dit-elle entre ses dents qui claquaient. Je projetais de la faire restaurer pour la louer à des vacanciers...

— Super ! Il y a une cheminée, je peux faire une flambée.

Tandis qu'elle s'asseyait sur une chaise recouverte d'un drap et s'enveloppait dans une couverture mouillée, il posa son balluchon, en sortit des allume-feu et jeta un regard circulaire : sa vue s'était adaptée à la pénombre, et il constata avec soulagement qu'il restait du bois à l'intérieur. Il s'agenouilla, disposa les bûches dans l'âtre, gratta une allumette, et bientôt des flammes éclairèrent la petite pièce en diffusant une chaleur réconfortante.

Il ôta son blouson et fouilla dans son sac pour en sortir une corde.

— Je vais l'accrocher, nous pourrons étendre nos vêtements dessus pour les faire sécher.

— Vous pensez à tout !

Il l'observa : elle tremblait toujours, et le paquet de mouchoirs qu'elle maintenait sur sa tête était trempé de sang.

— Venez près du feu, je vais examiner cette plaie.

— Elle est superficielle.

— Docteur Fraser, faites ce que je vous dis, et tout de suite.

Sans discuter davantage, elle s'assit près de lui.

— J'ignorais que vous étiez si autoritaire, dit-elle, une étincelle espiègle dans les yeux.

Elle souriait, avec un sourire adorable.

— À mon avis, vous avez un trauma crânien !

— Qu'est-ce qui vous fait dire ça ?

— Je ne vous avais jamais entendue plaisanter.

Elle rit doucement.

— C'est plutôt l'adrénaline qui reflue.

— Vous pensez que c'est nerveux ?

Elle pouffa.

— Je ne sais pas. En tout cas, merci de m'avoir sauvé la vie.

— C'est mon métier.

— Peut-être, mais si vous n'aviez pas été là...

Il savait ce qu'elle pensait, la même chose que lui : elle serait morte.

— Tenez-vous tranquille.

Il ôta doucement le pansement improvisé et examina la plaie : Sandra avait raison, ce n'était rien de grave, le sang avait presque cessé de couler.

— C'est superficiel, n'est-ce pas ?

Il étouffa un grognement.

— Les médecins font les pires patients, dit-il.

Il enduisit la blessure d'une pommade antibiotique et la recouvrit d'une gaze.

— C'est sans doute vrai, répondit-elle en riant franchement.

Il termina son bandage sans répondre.

— Merci encore.

Elle resserra la couverture autour d'elle.

— C'est très agréable, ce feu. Vous avez des trésors, dans votre sac à malices.

— J'ai suivi un entraînement de survie et de secourisme tactique.

— Waouh ! Dans mon milieu urbain, je ne rencontre pas souvent de secouristes aussi expérimentés.

— Eh bien, quand j'ai fait toutes ces formations, je me préparais à une tout autre vie. Mais le destin vous joue des tours...

Il referma le couvercle de son kit de premiers secours.

— Je sais. Je n'aurais jamais pensé travailler ici, au Texas, et vivre dans un ancien ranch.

— Qu'espériez-vous, alors ?

Elle leva un sourcil.

— C'est donnant-donnant. Je ne vais pas vous raconter mon histoire sans rien en retour ! Vous me direz à quelle tout autre vie vous vous prépariez, mais sachez que ça restera entre nous.

— Marché conclu.

Après tout, la pluie recommençait à tomber dru, et ils allaient devoir tuer le temps. Lucy était bien au chaud chez ses grands-parents, et il n'avait rien contre le fait d'en savoir un peu plus sur le Dr Fraser.

Il croisa son regard.

— Alors, qu'attendiez-vous de votre vie, et comment a-t-elle dévié de son but premier ?

— J'ai divorcé. Et comme je travaillais avec mon mari à San Diego et que je ne supportais plus de le voir sans arrêt, je suis venue ici.

— Je sens que vous ne me dites pas tout.

— Comment ça ?

— San Diego est immense, il suffisait de vous faire muter dans un autre hôpital plutôt que de vous éloigner autant.

Elle soupira.

— D'accord. Bon… Quand j'ai été certaine de ne pas pouvoir avoir d'enfants, il a refusé d'en adopter. J'ai passé une période très dure avant de comprendre qu'il fallait que je parte très loin pour remonter la pente.

— Je vois… Et pourquoi Austin ?

— J'y suis née. Les gens qui m'ont adoptée et emmenée vivre à San Diego étaient adorables, mais ils ne sont plus là, rien ne m'empêchait de rentrer chez moi, d'essayer de me fabriquer des racines.

Elle poussa un soupir.

— En outre, mon ex s'est remarié, et il a fondé la famille dont il rêvait…

— Et vous vouliez des enfants, dit-il doucement.

Elle hocha la tête et se détourna, mais il vit les larmes dans ses yeux.

— Oui, mais ce n'était pas mon destin. Ce n'est pas faute d'avoir essayé, j'ai subi pas mal de procédures…

— Tout s'explique.

— Quoi ?

— Pourquoi vous vouliez vivre dans un ancien ranch au milieu de nulle part.

Il se pencha vers son sac, en sortit deux barres de céréales et lui en tendit une.

— Ah ? vous comprenez ça ?

Elle ôta le papier et croqua dans la friandise. Il s'adossa au mur.

— Oui, je crois. Moi non plus je n'avais pas prévu de vivre en ville. Je voulais être secouriste volant en Alaska.

Elle ouvrit de grands yeux.

— Quelle aventure ! D'où votre formation spéciale !

Il sourit.

— Oui. Mais ma petite amie est tombée enceinte quand nous étions à l'université. Nous avions vingt et un ans, nous nous sommes mariés et nous sommes devenus secouristes. Avec un bébé, impossible de poursuivre tout de suite notre rêve, et c'était dur de trouver du travail en Caroline du Nord. J'ai déniché ce poste à Austin...

La gorge nouée, il s'interrompit. Même à présent c'était difficile d'évoquer Jenny.

Il en parlait parfois avec ses beaux-parents, sa sœur et sa fille... Mais ses projets avec elle, il les gardait secrets, parce que c'était moins dur à supporter.

— Et... Qu'est-il arrivé ?

— Ma femme est morte d'un cancer, il y a cinq ans.

Il lutta contre les larmes qui menaçaient. Même après tout ce temps...

— Je suis vraiment navrée.

— Au moins j'ai ma fille, Lucy, c'est une partie qui me reste d'elle.

— L'Alaska est donc en attente ?

Il soupira.

— Même si je ne leur avais rien demandé, les parents de Jenny nous ont suivis à Austin pour nous aider. À présent ils me sont d'un grand secours, et il est hors de question que je leur enlève leur petite-fille.

— J'ignorais que vous aviez un enfant.

— Vous n'avez jamais posé la question.

— Non, évidemment… Mais je n'ai pas beaucoup d'amis ici.

— Ça viendra.

Elle prit soudain un air étrange.

— Nous verrons.

— Eh bien déjà, moi je suis votre ami.

— Vraiment ?

— Bien sûr. Je ne raconte pas ma vie à n'importe qui.

Il ne précisa pas qu'en principe il n'en parlait à personne. En fait, pourquoi était-il en train de lui confier tout cela ? Peut-être parce qu'elle avait elle aussi baissé la garde et que c'était bon, de s'épancher. Il gardait tout en lui depuis si longtemps…

— Il y a des secouristes volants, au Texas. Peut-être pourriez-vous obtenir votre brevet ?

Il se passa une main sur le visage.

— Ça coûte cher, et il faut beaucoup de temps pour apprendre à piloter. Un jour, peut-être. Pour l'instant, Lucy a besoin de moi.

— Vous êtes un bon père.

Elle lui souriait, et ses yeux bruns pétillaient à la lumière du feu.

— Je vous avais mal jugé.

— Ah ?

— Je vous voyais superficiel, charmeur, une sorte de play-boy…

Il s'efforça de ne pas montrer qu'il était choqué.

— Je n'ai jamais été comme ça. Je n'ai eu que Jenny, et depuis environ un an quelques passades qui ne m'ont pas mené loin. Je n'ai rien d'un don Juan.

— Je m'en rends compte maintenant, et j'en suis heureuse. Les types de ce genre ne sont pas bons pour le cœur.

Il vit ses joues s'empourprer.

— Je veux dire…

Il éclata de rire.

— Je vois. Malgré tout, je suis content que vous m'ayez trouvé assez charmant pour être en être un.

Il était sincère. À l'idée qu'elle ait pu le prendre pour un mauvais garçon, son sang bouillonnait dans ses veines. Au moins, il était autre chose pour elle qu'un secouriste ennuyeux...

Elle lui souriait, une fossette creusait sa joue, et ses yeux bruns brillaient d'une lueur nouvelle qui le réchauffa. Il chassa les restes du chagrin qui menaçait de le submerger, ce chagrin qu'il avait appris à dissimuler depuis la disparition de Jenny.

— Vous avez un beau sourire, Sandra. Vraiment beau.

— Merci.

— Vous devriez sourire plus souvent.

— Pourquoi ? Vous me trouvez plus jolie ainsi ?

— Non ! Vous êtes belle tout le temps, je l'ai toujours pensé. Mais j'aime quand vous me souriez.

Et sans réfléchir, il lui caressa le visage. Elle eut un léger soupir et se pencha vers lui pour l'embrasser sur les lèvres, envoyant dans son corps entier un choc électrique qu'il n'avait plus éprouvé depuis très longtemps.

Sandra sentit son cœur accélérer : il ne lui serait pas venu à l'idée d'embrasser Kody, mais il lui avait dit qu'il la trouvait belle, il l'avait touchée, et elle avait perdu la tête. Cela n'était pas dans ses projets.

Menteuse. Bien sûr que si.

Bon, elle y avait songé une ou deux fois depuis qu'ils se connaissaient, mais elle n'aurait jamais cru passer à l'acte.

Menteuse. Bien sûr que si.

— Désolée, dit-elle, le souffle court, lorsqu'ils se séparèrent.

Elle était tellement émue par son histoire et par les sensations qu'il remuait en elle... Il y avait si longtemps qu'elle avait ressenti cela pour quelqu'un !

Après Alex et son mariage raté, elle avait même cru que cela ne lui arriverait plus jamais. Mais elle était si épuisée, si seule !

Kody s'était confié à elle... Elle avait montré sa vulnérabilité, et il avait montré la sienne en retour.

C'était important.

— Ne sois pas désolée.

Il prit son visage en coupe pour l'embrasser encore. Elle se redressa sur les genoux, il se leva à sa rencontre et pressa son corps contre le sien. Son baiser, tendre au début, se fit plus exigeant... Et elle sentit son corps réagir à ce désir qu'elle s'était tant efforcée d'ignorer depuis deux ans.

Peut-être que si elle parvenait à partager ce moment d'extase des sens, elle pourrait tourner la page. Kody serait le premier avec qui elle coucherait depuis Alex, et c'était exactement celui qui pouvait l'aider à surmonter le chagrin qui la bloquait. Elle avait besoin de cette intimité, même si quelque part elle en avait peur. Il était temps qu'elle aille de l'avant, et elle était heureuse que ce soit avec lui.

Elle glissa les mains dans son dos et les passa sous son T-shirt.

— Sandra, tu es sûre ? demanda-t-il d'une voix rauque.

— Oui. Je sais que tu ne peux rien me promettre, et je ne peux rien te promettre non plus, mais à mon avis ça nous fera du bien à tous les deux.

Pour toute réponse, il reposa la bouche sur la sienne, et elle sentit son désir s'exacerber. Après lui avoir caressé les cheveux et le dos, il la fit s'allonger sur la couverture devant le feu.

Tandis que son corps s'éveillait sous les caresses, elle n'entendait que le craquement des bûches, le rugissement de la pluie et son pouls qui battait dans ses oreilles. Elle fondait sous ses baisers... C'était si bon d'être peau contre peau !

Enfin, de la chaleur, des mains qui la touchaient... Un contact humain.

Il grogna lorsqu'elle toucha la ceinture de son jean. Elle défit le bouton et la fermeture, et il lui ôta son sweat-shirt. Inutile de se parler, ils savaient tous les deux ce qu'ils cherchaient.

Elle voulait sentir chaque pouce de sa peau sous ses doigts, le sentir s'enfoncer en elle... Il quitta ses lèvres pour tracer un chemin de feu le long de son cou, sur sa clavicule et ses seins.

Elle arqua le dos. Elle était prête, si prête pour ce qui allait se passer... Pour qu'il la prenne, et que ce soit lui le premier depuis Alex, depuis que son cœur avait été brisé.

Elle lui entoura la taille avec les jambes, lui transmettant son désir de lui, qu'elle savait réciproque.

— Tu es sûre, Sandra ? demanda-t-il de nouveau.

— Oui.

Elle lui tendit ses lèvres en caressant ses cheveux soyeux.

— Tout à fait sûre.

Il ne l'embrassa pas, se bornant à la garder prisonnière de son regard, et tandis qu'il la pénétrait, elle se perdit dans ses yeux. Elle cria. Pas de douleur, non, du soulagement qu'elle éprouvait à livrer de nouveau son intimité à un homme, à lui communiquer sa vulnérabilité.

C'était exactement ce qui lui fallait : une libération. Depuis trop longtemps elle se retenait, tentait de reconquérir les facettes d'elle-même qu'Alex lui avait volées. Elle s'était sentie trahie, surtout quand il avait déclaré qu'elle l'avait déçue parce qu'elle ne pouvait pas être mère.

Au contraire, Kody n'attendait rien d'elle, elle ne ressentait aucune contrainte, et cette liberté lui faisait perdre la tête. Elle ne sentait que ses mains solides sur son corps, sur ses hanches, qui la guidaient pour maintenir un rythme qui leur convenait à tous les deux. Elle agrippa à ses épaules, refusant qu'il s'éloigne, refusant que ce moment d'intense plaisir finisse.

Il ne fallut pourtant pas longtemps pour qu'elle atteigne l'orgasme... Elle hurla, et il la rejoignit peu après. Il posa un instant la tête sur son épaule puis roula sur le dos, essayant de reprendre son souffle, le bras autour de son épaule.

— Nous devrions nous rhabiller pour ne pas geler, dit-elle.

Elle ne se sentait pas la force de se lever. Elle avait les jambes en coton et la tête qui tournait. Elle se redressa sur un coude, tira ses vêtements jusqu'à elle, puis s'empara de la couverture.

Kody, torse nu, attisa le feu et rajouta du bois. Elle leva un sourcil interrogateur.

— Tu n'as pas froid ?

— Au contraire, le corps se réchauffe mieux ainsi.

Il sourit et lui embrassa le front.

— Merci.

Elle se sentit rougir.

— Merci à toi. J'espère... que ça ne posera pas de problème dans le travail. Bien entendu, pas question que ça se reproduise.

— Je te le promets, et ça ne posera pas de problème.

Il se rallongea à côté d'elle sur le sol dur et l'enlaça en souriant. Comme elle avait toujours la tête qui tournait, elle se fit un oreiller de fortune de son sweat-shirt et laissa Kody arranger la couverture autour d'eux et passer un bras derrière sa tête.

— On est vraiment bien, fit-elle dans un murmure.

— Tant mieux. Essaye de te reposer. Avec un peu de chance on va nous découvrir demain matin, sinon nous devrions pouvoir aller jusque chez toi et annoncer que nous sommes toujours vivants.

— Et ta fille ?

— Elle dort chez ses grands-parents, en sécurité.

— Parfait.

Ils n'avaient plus besoin de se parler... Elle glissa doucement dans un sommeil réparateur, le plus paisible qu'elle ait eu depuis très longtemps.

3

— Kody !

Il s'éveilla en sursaut. Quelqu'un l'appelait...

— Kody !

Il cligna des yeux sous le soleil aveuglant qui pénétrait par la fenêtre.

Ou suis-je, bon sang ?

Il lui fallut un instant pour réaliser que le Dr Fraser était blottie à côté de lui. Tout lui revint en bloc : il avait fait l'amour avec elle. Quand elle avait commencé à lui parler de sa vie, il avait perdu la tête, et toute pensée cohérente avait disparu.

Elle n'était pas comme les autres.

Il n'avait plus désiré de femme depuis longtemps... Mais à présent qu'il savait pourquoi elle tenait les gens à distance, il ne l'admirait que davantage.

Il l'observa : elle semblait si paisible, avec ses joues un peu rosies, ses lèvres entrouvertes et son souffle régulier...

Il se rappela la chaleur de leurs baisers, de leur étreinte, son cri, ses ongles qui s'étaient enfoncés dans son dos au moment où elle avait joui...

Il avait encore envie d'elle.

Impossible, pas question que ça se reproduise.

Il ne devait pas l'oublier. C'était juste un moment de réconfort mutuel, il n'y en aurait pas d'autres, ils en étaient convenus.

Pourtant, s'il avait estimé qu'une fois suffirait, il la désirait encore tant qu'il en était effrayé.

— Kody ! Où es-tu ?

Il sursauta de nouveau. La voix de Sally ! Il se leva avec précaution pour ne pas déranger Sandra, et son dos protesta après une nuit sur ce plancher dur. Il franchit le seuil, sortit et frissonna.

La température avait chuté. La tempête avait manifestement mis fin à la vague de chaleur des derniers jours. Le vent frais sentait la terre mouillée, mais le ciel était sans nuages, ce dont il réjouit : le risque d'inondation était passé.

Il baissa la tête, avisa un camion de pompiers en bas de la colline et une équipe de sauveteurs éparpillée autour. Parmi eux, Sally hurlait son nom sur un ton frénétique.

Il agita le bras.

— Je suis là, choupette !

Elle leva la tête et grimpa la colline en courant pour se précipiter dans ses bras.

— Oh ! bon sang ! Quand j'ai vu ton 4x4 vide, j'ai eu peur que tu aies été emporté, comme la voiture que nous avons récupérée un peu plus bas. Nous n'avons trouvé personne à l'intérieur, au fait. Ross et ses gars cherchent encore en aval de la rivière.

— C'est celle du Dr Fraser, elle a été heurtée par une coulée de boue, mais je l'ai aidée à en sortir. Tu peux dire à Ross de cesser les recherches.

Il se tourna vers la cabane et vit Sandra, l'air aussi égaré que lui au moment de son réveil.

— Kody ? Que se passe-t-il ?

— On vient nous sauver !

Il se retourna vers sa sœur.

— Tu vois, choupette ? Le Dr Fraser est là.

Sally plissa les yeux pour mieux voir Sandra et dut remarquer son bandage à la tête.

— Elle est blessée ?

— Rien de grave !

— Il faudrait quand même l'examiner, et toi aussi d'ailleurs. Si vous avez la moindre égratignure, vous devrez prendre des antibiotiques. Tu sais que les coulées de boue charrient des bactéries mangeuses de chair.

— Hum !

Il se sentait épuisé, tout à coup. Il se passa une main dans les cheveux et fit la grimace.

— Tu vas bien, Kody ?

— Juste un peu courbatu. Occupe-toi du Dr Fraser, s'il te plaît.

Sally se dirigea vers la cabane. Il n'entendait pas ce que les deux femmes se disaient, mais trouva la voix de Sandra un peu sèche. Elle avait dû retrouver sa personnalité habituelle... Pourtant il ne pouvait chasser l'image de celle qu'il avait connue dans la nuit, pendant qu'ils faisaient l'amour.

Il sentit son sang s'échauffer tandis qu'il se la rappelait dans ses bras ; qu'il se remémorait le contact de ses lèvres sur les siennes, la tendresse dont elle avait fait preuve...

Soudain il s'aperçut qu'il était mal à l'aise : en fait, même si Jenny lui avait demandé de continuer à vivre et de retrouver le bonheur, il ne pouvait s'empêcher de se sentir coupable vis-à-vis d'elle, comme s'il l'avait trompée...

C'est ridicule, elle n'est plus là depuis cinq ans.

Mais pas question que cela se reproduise, il fallait qu'il s'en souvienne. Comme il avait été naïf de croire qu'une seule fois lui suffirait !

Bon, mais c'est ainsi et pas autrement.

Il l'avait promis cette nuit à Sandra.

Il tourna la tête et vit sa sœur aider Sandra à franchir le pas de la porte.

— Allons à l'hôpital pour vérifier tout ça, docteur Fraser.

Sandra acquiesça de la tête et lui jeta un bref regard au passage.

— Je vous accompagne, dit-il, moi aussi je dois être examiné.

Elle répondit à peine, comme si elle était fâchée... Il lui avait promis qu'il n'y aurait pas de malaise entre eux, mais il y en avait apparemment un...

Et il n'aimait pas du tout cela.

Une fois à l'hôpital, Sandra fut emmenée en radiologie malgré ses protestations : c'était le protocole, déclara le médecin de garde, et comme elle présentait quelques symptômes de traumatisme crânien, il fallait vérifier.

Kody attendit d'être examiné et ne refusa pas lorsque Sally proposa d'aller rassurer Myrtle et Ted.

On les installa ensuite, Sandra et lui, dans la même salle de trauma, séparés par un simple rideau.

Il sortit de son lit et souleva le tissu : les yeux au plafond, les mains croisées sur l'estomac, Sandra attendait visiblement les résultats de ses tests.

— Hé ! dit-il.

Elle tourna la tête vers lui et fit la moue.

— Je leur ai dit que je n'avais rien de grave, mais ils ne m'ont pas écoutée.

Il rit.

— Je ne me suis pas trompé, les médecins sont bien les pires patients...

Elle eut un bref sourire qui disparut aussitôt.

— Et toi ?

— J'avais une écorchure à la jambe que je ne sentais même pas, mais comme elle était couverte de boue... Ils m'ont fait une analyse de sang.

Il lui adressa un clin d'œil.

— Je pense que je vais avoir droit à une perfusion d'antibiotiques.

Elle leva la main pour lui montrer le cathéter relié à son bras.

— Comme moi. J'attends qu'ils me donnent les résultats du scan, et je prendrai un taxi pour rentrer, puisque je n'ai plus de voiture...

— À propos, ils l'ont trouvée et sortie de l'eau. En principe, ton assurance devrait te rembourser.

Elle soupira.

— Cette secouriste, Sally, c'est ton équipière ?

— Non.

Elle fronça les sourcils.

— Elle se faisait tellement de souci pour toi... Un peu trop pour une simple collègue.

Il sourit.

— Serais-tu jalouse de ma frangine ?

Il vit ses yeux s'agrandir.

— Quoi ? Mais tu l'appelles « choupette » !

Il rit.

— C'est son surnom dans la famille. C'est justement parce que c'est ma sœur que nous ne travaillons jamais ensemble, que nous nous arrangeons pour alterner nos services. Elle garde souvent ma fille. Elle en a profité pour me piquer Ross, mon meilleur ami.

— Ah !

Dans cette simple interjection, il crut déceler du soulagement.

— Tu étais vraiment jalouse ?

Elle lui jeta un regard indigné.

— Pas du tout ! Mais j'étais ennuyée à l'idée que...

— Que quoi ?

— Que j'avais couché avec le petit ami d'une autre. Ce n'est pas mon genre.

— Eh bien, inutile de t'en faire pour ça.

Elle avait touché une corde sensible, et il comprenait qu'elle se soit sentie gênée. Lui-même éprouvait la sensation d'avoir trahi Jenny, et en même temps, au plus profond de lui, il n'établissait aucune comparaison : Sandra était une autre femme... Jamais il n'avait rien ressenti de tel depuis le début de son veuvage. Comme s'il l'avait dans la peau... Et c'était inquiétant.

— Que se passe-t-il ? demanda-t-elle d'un air inquiet. Tu as quelqu'un dans ta vie ? Nous n'en avons pas parlé hier soir...

Il secoua la tête.

— Non, je me consacre à ma fille, c'est ma priorité. Je n'ai pas trop de temps pour une relation.

Et il était sincère. En outre, pas question de faire entrer dans la vie de Lucy quelqu'un qui pourrait lui être enlevé à son tour. Risquer son cœur suffisait, il ne ferait pas souffrir sa fille.

— Moi non plus je n'ai pas le temps. J'étais sérieuse en disant que je ne promettais rien. C'était une aventure d'une nuit, c'est tout.

Il hocha la tête, confus, ne sachant expliquer les émotions qui le traversaient.

— Hum ! Bon, je ferais mieux de regagner mon lit, Sally m'a envoyé un texto, mes beaux-parents arrivent avec ma fille.

Elle sourit.

— Retournes-y vite. Et merci encore de m'avoir sauvé la vie. C'est important.

Que répondre ?

— Repose-toi bien, Sandra, à plus tard.

Il recula et referma le rideau, mais pas complètement : il la voyait encore par une mince fente. Puisqu'il lui avait sauvé la vie, autant garder un œil sur elle... Bien entendu il la reverrait, mais il allait s'arranger pour ne pas la rencontrer trop souvent. Il n'était pas certain de pouvoir tenir sa promesse...

Et en même temps, il se rongeait de culpabilité à l'idée d'avoir trompé Jenny.

Sandra somnola en attendant les résultats du scan. Les antibiotiques la fatiguaient... ajoutés à cet... épisode imprévu et à la nuit qu'elle avait passée sur ce sol dur.

Pourtant elle ne regrettait pas d'avoir fait l'amour avec Kody ; cela avait été la meilleure expérience qu'elle ait jamais faite. Ce qu'elle avait vécu avec Alex n'était en rien comparable.

Elle se remémora les mains de Kody sur elle, ses baisers, et sa façon de lui faire sentir qu'elle comptait pour lui.

Une seule nuit ? Impensable, elle en voulait davantage !

Elle s'efforça de chasser cette idée saugrenue.

Plus jamais elle ne s'engagerait, elle n'avait plus rien à offrir. Un jour, quand elle aurait des économies, elle adopterait un enfant...

Bien entendu, c'était plus difficile pour une femme seule que pour un couple, mais elle se promettait d'essayer.

Elle avait bien été adoptée, elle !

Un profond soupir lui échappa : ses parents, qui l'avaient

adorée, l'avaient quittée à présent, et elle se sentait vraiment seule au monde.

Elle regarda en direction de Kody. Le rideau n'était pas complètement tiré, elle l'apercevait par une fente. Il était relié à une perfusion, sans doute d'antibiotiques, et avait l'air sur le point de s'endormir. Elle sentit la chaleur monter dans son ventre.

Si elle pouvait lui faire confiance, ouvrir à nouveau son cœur... Mais y était-elle vraiment prête ? Elle n'aurait jamais imaginé qu'il était veuf, une donnée qui avait modifié toute sa perspective... Elle l'avait mal jugé.

De toute façon il n'est pas pour toi.

Il était père d'une petite fille et ne souhaitait pas de relation. Il n'était sans doute pas aussi solitaire qu'elle... Apparemment, il était bien entouré.

Elle n'avait plus de famille, et c'était en fait mieux ainsi.

— Docteur Fraser ?

Elle ouvrit un œil : c'était le Dr Coombs qui murmurait près d'elle.

— Ah ! bonjour !

— Comment vous sentez-vous ?

Son interne vérifia la perfusion.

— C'est bientôt terminé et votre scan est normal, mais le directeur aimerait que vous preniez quelques jours de repos pour vous remettre de cette épreuve.

— Ce n'était pas une épreuve !

— Peut-être, docteur, mais ce sont les ordres.

Elle observa le visage du Dr Coombs et crut déceler un peu de nervosité derrière son sourire.

Kody avait raison de dire que les médecins étaient les pires patients ! Elle sourit pour elle-même. Dommage que rien ne puisse se passer entre eux...

— Parfait. Alors je vais pouvoir partir ?

— Dès que je vous aurai libérée de cette perfusion.

— Merci beaucoup, Megan.

Elle vit les yeux du médecin s'agrandir.

— De rien, docteur Fraser.

Sandra s'éclaircit la voix. Naturellement, c'était pour se protéger qu'elle tenait tout le monde à distance… Mais si elle était un peu plus aimable avec le personnel, elle se sentirait peut-être moins seule…

Elle attendit que Megan lui ait ôté sa perfusion, regarda à travers la fente du rideau et vit un couple âgé entrer accompagné d'une fillette. L'enfant poussa un cri, et Kody se redressa tandis qu'elle grimpait sur son lit et lui passait les bras autour du cou.

— Papa ! J'étais tellement inquiète !

Sandra en eut la gorge serrée : les grands-parents, sa fille et lui formaient vraiment une famille… et même si cette tendresse lui faisait chaud au cœur, elle ne put s'empêcher de les envier.

— Voilà, docteur Fraser, vous êtes libre.

Elle sourit et cligna des paupières pour refouler les larmes qu'elle sentait monter. Pas question que son interne la voie pleurer.

— Merci encore, Megan. À dans quelques jours, donc.

Elle signa la décharge et jeta un dernier regard vers le lit de Kody. Sa belle-mère lui bloquait la vue. C'était comme un avertissement lancé par sa femme disparue : « N'approche pas de lui ! »

Et Sandra obéirait, elle se le promit. Elle sortit de l'hôpital, héla un taxi en maraude, et donna son adresse en espérant que les véhicules pouvaient à présent circuler normalement.

Elle n'avait qu'une envie, rentrer chez elle et dormir. Oublier ce qui s'était passé la nuit précédente pendant la tempête, cette sensation de bien-être, de sécurité, et cette envie que cela dure.

Elle savait que c'était impossible : elle n'aurait plus de relation, et elle n'avait pas l'intention de détruire la famille de cette fillette.

Pour rien au monde.

4

Deux mois plus tard

— Docteur Coombs, pourriez-vous venir deux minutes, je vous prie ?

Sandra avait l'estomac retourné en permanence. Elle ne se dépêtrait plus de cette grippe intestinale, même après une semaine de repos. Comme elle était surtout incommodée le matin, elle avait cru le pire passé et s'était sentie capable d'assurer son service de nuit.

Elle s'était trompée : son premier patient lui parut dégager une odeur insupportable pour son estomac.

— Oui, docteur Fraser ?

— Pourriez-vous faire une prise de sang au patient du box 2 à ma place ? Il sent un peu… fort.

Depuis la nuit de l'inondation, Megan ne rechignait pas à l'aider, et elle lui en était reconnaissante.

— Vous êtes sûre que vous allez bien, docteur Fraser ? Vous n'êtes plus vous-même depuis une quinzaine de jours.

— Je suis en pleine forme.

— Vous devriez boire un peu d'eau, vous avez mauvaise mine.

— C'est cette grippe qui traîne encore, c'est tout. Je pensais aller mieux, mais je m'aperçois que j'ai du mal à supporter les odeurs. Une chose est sûre, je ne suis plus contagieuse.

C'était vrai qu'elle n'avait plus de fièvre, et plus aucun autre symptôme que cette sensation de nausée…

— Vous avez raison, Megan, je vais m'asseoir une minute et boire un verre d'eau, ça va passer.

Son interne lui adressa un sourire dubitatif.

Elle devait absolument se ressaisir. Elle s'appuya au comptoir central.

Une infirmière l'appela.

— Docteur Fraser ? On nous amène une probable appendicite.

— Arrivée prévue dans combien de temps ?

— Cinq minutes.

— Bien, j'y vais.

Une intervention de ce genre était tout de même dans ses cordes. Non que ce soit une procédure simple, mais la salle d'opération était propre et fraîche, et l'odeur des désinfectants ne la gênait pas.

Elle qui voulait se reposer... Elle prit une profonde inspiration pour calmer sa nausée, changea sa blouse blanche pour une jaune, passa des gants et alla attendre l'ambulance. L'air frais de la nuit lui fit du bien, après la chaleur étouffante des urgences. Elle ferma les yeux et se recueillit dans le silence.

Non qu'Austin soit une ville silencieuse. Les gratte-ciel étaient encore éclairés et elle repéra le splendide Capitole. En fait, elle adorait sa ville de naissance. Cela faisait maintenant six mois qu'elle y était, et San Diego ne lui manquait pas le moins du monde.

Elle aimait beaucoup la Californie et l'océan, mais Austin avait quelque chose de plus, et elle commençait à s'y sentir vraiment chez elle.

Elle eut un soudain frisson de nervosité. À cause de Kody ? Elle ne l'avait plus revu depuis le jour où on les avait emmenés ensemble à l'hôpital après la crue et où elle l'avait vu en compagnie de sa famille. Ils avaient beau s'être promis que l'épisode ne changerait rien à leur relation de travail, ce n'était visiblement pas le cas.

En fait, elle était anxieuse à l'idée de le revoir, tout en ne pouvant s'empêcher de penser à lui. Depuis qu'elle l'avait vu avec sa fille, elle avait envie de ce genre de lien, de ce genre d'amour.

D'une famille.

Les sirènes de l'ambulance trouèrent la nuit.

Concentre-toi !

Elle se secoua et se raidit pour se préparer à l'arrivée du patient. L'ambulance s'arrêta juste devant elle, les portes s'ouvrirent en grand, et son cœur manqua un battement : c'était Kody ! Son estomac fit un tour, et elle prit une profonde inspiration pour le calmer.

L'anxiété ne faisait pas bon ménage avec la nausée.

— Homme de trente ans, se plaint de douleur au ventre, au point de Murphy. Plus de 40 °C de température, nausée et...

Il se tut en la reconnaissant.

— Merci.

Avec un peu de chance, la chaleur qu'elle sentait monter à ses joues ne se remarquerait pas trop. Inutile de se montrer gênée, même si elle s'y attendait. Elle avait tant redouté ce moment...

— J'ai très mal ! dit le patient en gémissant.

Elle appuya sur le point sensible.

— Ici ?

L'homme hurla de douleur.

— Nous allons faire une échographie tout de suite.

Elle se mit à pousser le chariot, et Kody l'aida à emmener le patient dans une salle, où un infirmier vint leur prêter main-forte.

— Posez une perfusion d'antibiotiques pour une ablation de l'appendice en urgence et préparez une salle d'op.

Elle tira à elle l'échographe portable rangé dans un coin, mais sa tête se mit à tourner.

Bon sang ! Pas maintenant !

Son estomac semblait pourtant à sa place, mais ce vertige...

— Docteur Fraser, ça ne va pas ?

C'était Kody, qui l'attrapait par le bras pour l'empêcher de tomber, envoyant des frissons dans tout son corps...

— Si, si, dit-elle en se dégageant de son étreinte.

Mais la pièce tournait autour d'elle, et elle ne pouvait que limiter les dégâts en renvoyant Kody.

— Vous pouvez aller, monsieur Davis, nous le prenons en charge.

Il hocha la tête et sortit de la salle. Elle était soulagée d'avoir pensé à l'autoriser à partir, aujourd'hui. La fois précédente elle avait oublié, et cela les avait menés très loin…

Concentre-toi !

Elle jeta un coup d'œil à la fiche d'entrée.

— Monsieur… Smythe ? Le gel va être un peu froid, mais je dois vérifier.

Le patient se borna à grogner. Elle examina soigneusement le bas de son ventre du côté droit : l'appendice était très enflé.

— Nous allons devoir vous opérer d'urgence. Y a-t-il quelqu'un à prévenir ?

— Ma femme, Janet, dit-il dans un murmure. Son numéro est dans les contacts de mon téléphone, dans ma veste.

Une infirmière se chargea de recopier les coordonnées.

— Vous allez bientôt entrer au bloc.

Elle examina ses pupilles.

— Docteur McKay, préparez-le pour l'intervention, je vous prie. Je vous retrouve en salle d'op.

— D'accord, docteur Fraser.

La pièce se mit à tourner de nouveau. Il fallait qu'elle sorte de là.

Elle se retourna et s'aperçut que Kody était toujours dans le couloir.

Que fait-il ici ?

Mais c'était trop tard : avant qu'elle puisse le rejoindre pour lui poser la question, elle sentit ses genoux se dérober sous elle et tout devint noir.

Kody était vraiment heureux de voir Sandra.

Il allait pouvoir lui expliquer qu'il n'essayait pas de l'éviter, que son horaire de service avait changé et qu'il n'avait rien pu faire…

Mais qu'avait-elle ? Elle avait l'air pâle et malade.

Elle avait beau lui avoir permis de partir, comme son service était terminé il s'était dit que c'était l'occasion de l'attendre pour lui parler... De toute façon, Robbie faisait le joli cœur auprès d'une infirmière de l'hôpital et n'était pas pressé.

Sandra s'évanouit sous les yeux de Kody...

Si soudainement qu'il n'avait pu que se précipiter pour la rattraper avant que sa tête heurte le sol.

— Sandra ? Parle-moi, Sandra !

Elle ne bougeait pas mais ses paupières frémissaient.

— Trouvez-moi un brancard ! cria-t-il à deux aides-soignants qui passaient. Et contactez l'autre médecin, vite !

Une infirmière obéit et lui passa le téléphone.

— Docteur McKay, vous vous débrouillez avec le patient, n'est-ce pas ? Le Dr Fraser a perdu connaissance.

— Pas de problème. Occupez-vous d'elle, j'appelle le chirurgien de garde.

Lorsque les aides-soignants revinrent, Kody souleva Sandra pour l'allonger sur le brancard. Sa tension était basse et sa peau moite. Elle n'aurait pas dû travailler dans cet état, pourquoi les médecins étaient-ils si têtus ?

Le Dr Murdoch arriva en courant.

— Kody, savez-vous ce qui s'est passé ?

— Elle s'est évanouie. On aurait dit qu'elle avait des vertiges pendant qu'elle examinait le patient.

Il avait remarqué ses gestes ralentis et l'avait vue fermer les yeux et tenter de se ressaisir.

Le Dr Coombs sortit d'un box. Elle eut un bref sourire en le voyant, et il sentit son cœur se serrer : avant que Megan commence ses études de médecine, elle avait été l'infirmière de soins palliatifs de Jenny et s'était liée d'amitié avec elle...

— Bonsoir, Kody ! J'ignorais que tu étais à nouveau de nuit. Qu'est-il arrivé au Dr Fraser ?

— Je l'ignore, elle est tombée dans les pommes.

— Elle souffre de nausées depuis au moins quinze jours. Elle était en congé la semaine dernière, mais apparemment ce n'est pas un virus, puisque ce n'est pas passé...

— On dirait que non.

Tandis que Burt Murdoch l'auscultait, Sandra ouvrit les paupières.

— Que s'est-il passé ? demanda-t-elle.

Ses yeux s'agrandirent quand elle vit Kody penché sur elle avec Burt et Megan.

— Où est mon patient ?

Le Dr Murdoch la regarda.

— Vous vous êtes évanouie. Le Dr McKay se charge de lui, on a appelé le chirurgien de garde.

Voyant qu'elle tentait de s'asseoir, Kody la repoussa gentiment.

Burt fronça les sourcils.

— Docteur Fraser... Pourriez-vous être enceinte ?

Le sang de Kody se figea. Lorsque Jenny attendait Lucy, elle avait aussi eu de terribles nausées, des vertiges, des étourdissements... Et d'après Megan, Sandra était ainsi depuis quinze jours...

Sandra eut un rire amer.

— Non ! Aucun risque !

Burt leva ses épais sourcils gris.

— Eh bien, nous allons tout de même faire un bilan sanguin et mesurer le taux de bêta-HCG. Jusqu'aux résultats, vous êtes au repos. Docteur Coombs, voulez-vous l'emmener dans un box, je vous prie ?

Megan obéit, et Kody la suivit. Sandra semblait fâchée... Dès qu'elle fut dans le lit, elle se redressa.

— C'est ridicule, je ne peux pas être enceinte, puisque je suis stérile !

Kody la regarda dans les yeux.

— Fais donc cette analyse pour tranquilliser le Dr Murdoch. Même si tu n'es pas enceinte, ça lui permettra peut-être de trouver de quoi tu souffres.

Elle se rallongea et ferma les yeux sans répondre tandis que Megan lui posait un garrot.

Kody avait l'étrange pressentiment que le test allait se révéler positif... Qu'en penser ? Vu les dates et les circonstances, elle ne pouvait être enceinte que de lui. Bien entendu, il aimerait cet enfant et s'en occuperait, mais il ne pourrait pas épouser sa mère.

Et comment parviendrait-il à l'élever avec elle ? Tous ses plans en seraient bouleversés. Une fois de plus.

C'est ton enfant.

Oui, et il ferait n'importe quoi pour lui. Ce qui le contrariait surtout, c'était qu'il ne le verrait pas aussi souvent que Lucy...

Il attendit que Megan soit sortie du box avec ses échantillons.

Sandra leva les yeux vers lui.

— Incroyable ! Il a fallu que je m'évanouisse ici ! Maintenant, la moitié de l'hôpital va raconter dans mon dos que j'attends un enfant.

— Les médecins ne diront rien, Sandra. Et le secret professionnel ?

— Mais les aides-soignants...

— Et alors, tu n'as pas le droit d'être enceinte ? Je reconnais que nous ne nous sommes pas protégés, mais puisque tu m'avais dit être stérile...

Elle soupira.

— Oui, je n'ai jamais pu tomber enceinte par des moyens naturels. Avec mon ex-mari, nous avons tout essayé. Et selon mon gynécologue, ma stérilité était inexplicable. Il ne comprenait pas pourquoi je ne pouvais même pas porter un bébé fécondé *in vitro* jusqu'au bout.

Il eut un coup au cœur en se remémorant les circonstances dans lesquelles le cancer de Jenny avait été diagnostiqué : ils allaient chez le gynécologue parce qu'elle croyait attendre un deuxième enfant...

Toute l'horreur qu'il avait vécue lui revenait. Et si Sandra souffrait du même mal ?

— Il y a eu des cancers dans ta famille ?

Elle poussa un soupir.

— Comment le saurais-je ? J'ai été adoptée et je n'ai pas eu le courage de chercher mes parents biologiques, ni de demander un test ADN pour connaître mon patrimoine génétique.

— Je croyais que tous les médecins le faisaient ?

— Eh bien, je n'y ai jamais songé. J'aurais peut-être dû, j'aurais sans doute eu l'explication de ma stérilité, mais franchement ça ne m'est pas venu à l'idée.

Elle lui jeta un regard scrutateur.

— Mais pourquoi cette question sur le cancer ?

— Eh bien… Quand Jenny a cru être à nouveau enceinte, son gynécologue a diagnostiqué un cancer des ovaires.

— Très positif, comme pensée !

Elle soupira.

— Pardon. Je comprends ton inquiétude.

— C'est moi qui suis navré d'avoir projeté mon angoisse sur toi. Je me trompe certainement.

Elle se prit la tête dans les mains.

— J'espère simplement qu'ils vont découvrir ce que j'ai, pour pouvoir continuer à travailler. Depuis cette crue subite, tout a changé.

— Justement, je voulais t'en parler.

— Ah bon ?

— Pour te dire que je n'ai rien fait pour t'éviter, j'ai simplement changé d'horaire. Je suis de nuit maintenant, comme tu peux le voir. Je le savais déjà avant… notre nuit dans la cabane.

— Merci. Je n'ai rien fait pour t'éviter non plus, mais j'ai été tellement malade que je me suis arrêtée une semaine. Et juste aujourd'hui où je croyais aller mieux, l'odeur de mon premier patient m'a donné la nausée. Puis il y a eu cette appendicite aiguë, et…

Elle déglutit.

— Ne te rends pas malade en y repensant.

Elle rit.

— Tu as raison. Mais que je me sois évanouie…

— Tu m'as fait très peur.

Elle lui prit la main.

— Je suis contente que tu aies été là, mais tu n'es pas obligé de rester.

— Eh bien, si. Tu es mon amie, n'est-ce pas ?

Même si ça ne te suffit pas…

Il aurait voulu lui dire qu'il n'avait cessé de penser à elle depuis, qu'il mourait d'envie de recommencer...

Mais pouvait-il lui offrir ce qu'elle méritait ? Était-il capable de lui donner assez d'amour ? Il ne pouvait lui céder qu'une moitié de cœur...

— Oui, je suis ton amie.

Il s'assit près d'elle, et elle s'appuya contre lui.

— Tu ne vas pas retomber dans les pommes, j'espère ?

Elle éclata de rire.

— Tu as vraiment un rire adorable. J'aime te voir ainsi.

— Comment ? En train de m'évanouir ?

Comme elle était dans la cabane, lorsqu'elle ne dissimulait pas sa véritable personnalité pour le tenir à distance...

— Décontractée, toi-même.

Elle eut un faible sourire.

— Il y a longtemps que je ne suis plus moi-même.

Ils se tournèrent vers l'entrée du box ; Burt Murdoch arrivait, l'air sombre.

— J'ai vos résultats.

« Navré, mais c'est un cancer des ovaires qui provoque ces perturbations. Désolé de vous l'annoncer, vraiment. »

Kody frissonna et chassa cette pensée. De toute façon, il était là, elle n'était pas seule.

— Oui, alors ?

— Félicitations ! docteur Fraser. Vous êtes bien enceinte. Je dirais d'environ huit semaines, mais nous allons faire une échographie pour vérifier.

Kody eut l'impression que, cette fois, c'était lui qui allait s'évanouir.

5

Je suis enceinte ?

Sandra serra plus fort la main de Kody. Elle n'était pas sûre d'avoir bien entendu. Elle cligna deux fois des yeux, certaine d'être passée dans une réalité alternative. On lui avait si souvent affirmé qu'elle ne pourrait jamais l'être de façon naturelle !

Et les deux fois où la FIV avait réussi, elle avait perdu le bébé avant même d'être certaine d'en attendre un.

Ses grossesses n'avaient jamais duré plus de six semaines. Comment pouvait-elle en être à huit ?

— Pardon ? Vous pourriez répéter ?

Burt la regarda d'un air grave.

— Vous êtes enceinte. Le test sanguin révèle un taux de bêta-HCG élevé qui correspond au stade de huit semaines. Je vais tout préparer pour l'échographie, et nous allons vérifier ça.

Kody lâcha la main de Sandra.

— Tu as entendu, Sandra ?

— Je crois que je vais être malade.

Son estomac tournait à nouveau, et elle sentit la panique monter en elle. Comment était-ce possible ? Elle ne parvenait pas à assimiler la nouvelle. C'était comme un rêve qui se réalisait, mais en la prenant par surprise.

Kody lui caressa les cheveux, et son estomac se calma. Elle poussa un soupir et se rallongea.

— Je ne parviens pas à y croire, murmura-t-elle, des larmes plein les yeux. Comment est-ce possible ?

— Il n'y a pas trente-six moyens pour que ça arrive, tu sais, dit-il pour plaisanter.

Elle se redressa et lui donna une tape sur le bras.

— Ce n'est pas le moment de blaguer.

— Moi, je blague ?

— Qu'est-ce que je vais faire ?

Elle qui avait fait tout son possible pour tomber enceinte, subi des procédures pénibles, été si souvent déçue et malheureuse, qui s'était résignée à ne jamais avoir d'enfants... Après une nuit passée avec Kody, elle était enceinte !

Incroyable ! Il devait s'agir d'une grossesse nerveuse, c'était tellement invraisemblable !

Le Dr Murdoch revint avec l'échographe portable et éteignit la lumière du plafonnier pour ne garder que celle de la lampe de chevet.

— Relevez votre chemise et attendez-vous que ce soit froid.

— Je sais, Burt.

Elle obéit et, dubitative, scruta l'écran.

— Ah ! le voici ! dit Burt en souriant. Ce petit point qui frémit. Vous le voyez ?

Elle plissa les yeux et distingua ce qui semblait être un minuscule haricot, dans lequel on percevait pourtant le subtil battement d'un cœur. Un fœtus miniature, déjà bien formé... Elle se couvrit la bouche d'une main et se mit à pleurer. C'était donc vrai, il y avait bien un bébé dans son ventre...

Le Dr Murdoch s'éclaircit la voix.

— Je ne me suis pas trompé, vous en êtes à huit semaines. Félicitations !

Il repoussa la machine dans un coin et essuya le ventre de Sandra.

— Si je devine bien, c'est M. Davis le père ? Il me paraît un peu en état de choc, lui aussi.

Kody hocha la tête.

— Oui, c'est ça.

— Alors félicitations à tous les deux ! Je vais vous laisser, mais Sandra, prenez rendez-vous en gynéco-obstétrique le plus vite possible. Avec votre passé gynécologique, il s'agit d'une grossesse à haut risque. Si vous voulez garder ce bébé, je vous déconseille fortement de travailler de longues heures aux urgences.

Après le départ de Burt, Sandra tenta de digérer ses paroles. Il avait raison, elle devait se reposer, mais comment allait-elle se débrouiller ? Elle n'attendait rien de Kody et allait devoir prendre soin d'elle-même comme elle le faisait depuis la mort de ses parents.

Elle devrait demander un temps partiel, peut-être donner des consultations...

Si ça dure.

En fait, inutile de trop s'attacher... Mais l'idée de perdre ce bébé la terrifiait.

— Tu attends un enfant ! dit enfin Kody, apparemment choqué lui aussi.

— Oui, bien qu'on m'ait certifié que j'étais stérile, répondit-elle d'un ton sec. À mon avis ça risque de ne pas durer.

— Pourquoi dis-tu ça ?

Il fronça les sourcils.

— J'ai toujours perdu mes bébés très tôt.

— Sandra, tu dois rester positive.

— Facile à dire, pour toi. Tu n'as jamais vécu ça !

— Je te demande pardon, mais c'est un réflexe chez moi, de rester positif.

Aussitôt, Kody fut atterré. Pourquoi avait-il fait cette réflexion ? Sandra avait raison : il avait perdu Jenny, mais Lucy, sa fille, était là. Le seul point de comparaison qu'il avait, c'était le moment du diagnostic du cancer de sa femme qui se croyait enceinte...

Ils avaient espéré agrandir leur famille, avoir un deuxième enfant... Il comprenait ce que c'était, de devoir renoncer à cet espoir.

Il aida Sandra à se lever.

— Tu devrais rentrer chez toi. Les confrères peuvent s'occuper de tes patients, et tant que tu n'auras pas vu ton gynécologue, tu dois bouger le moins possible. Je demande à Robbie de rentrer à la base avec l'ambulance et je te raccompagne.

Ce n'était pas une proposition, mais un ordre. Peut-être aurait-elle pu se débrouiller seule, mais après tout il s'agissait de son bébé à lui aussi...

— Et ta fille ?

— Elle dort chez ses grands-parents pour le week-end et tant que je suis de nuit, parce que Sally n'était pas libre pour la garder. Aucun souci. Je te ramène.

Et il avait tellement de choses à lui dire...

Il n'avait pas surmonté le choc, pour l'instant.

Il avait espéré la revoir et, comme il n'avait cessé de penser à elle depuis leur nuit ensemble, il avait compris qu'elle lui manquait. Mais la situation était totalement nouvelle...

Il avait eu l'intention de l'inviter au restaurant pour avoir le temps de lui parler de tout cela, mais à présent il ne savait plus ce qu'il devait lui dire... Jamais il n'aurait imaginé une chose pareille.

Elle se leva en vacillant, et il l'aida à reprendre son équilibre. Elle était encore étourdie, il le voyait bien.

— Si j'allais te chercher un fauteuil roulant ?

Elle lui jeta un regard noir.

— Je suis tout à fait capable de marcher jusqu'à la salle d'attente, de prendre mes affaires dans mon casier et de sortir d'ici.

— Tu es sûre ? On dirait que tu as toujours un peu le vertige.

— Je l'admets.

— Je vais prévenir mon équipier que je te raccompagne. Je te retrouve à l'entrée.

Elle acquiesça d'un signe de tête, et il sortit du box.

Il se jeta un regard dans le miroir et tenta de discipliner ses cheveux. Comment expliquer à Robbie qu'il ramenait Sandra chez elle ? Il n'avait pas révélé ce qui s'était passé entre eux parce que cela ne regardait personne, mais les gens l'apprendraient tôt ou tard...

Accoudé au comptoir central, Robbie bavardait avec sa petite amie. Il se redressa en voyant Kody.

— Alors, que s'est-il passé ? Le patient est mort ?

— Pas du tout. C'est le Dr Fraser qui ne va pas bien.

— Encore ? Que lui est-il arrivé, cette fois ?

— Je la raccompagne chez elle, elle n'a personne pour venir la chercher, et j'ignore si elle est capable de conduire. Tu veux bien ramener l'ambulance à la caserne ?

— Pas de problème !

— Merci, Robbie.

Kody repartit vers la salle d'attente. Quel soulagement, que son équipier n'ait pas protesté ni posé de questions... Lui qui se doutait depuis longtemps que Kody avait un faible pour Sandra.

Ce n'était pas faux, et leur nuit volée n'avait fait qu'accroître les sentiments qu'il éprouvait pour elle... Mais bien sûr, ils avaient décidé ensemble qu'il n'y en aurait jamais d'autres...

Cette grossesse ne faisait que compliquer les choses.

Kody trouva Sandra assise devant l'entrée. Elle paraissait ennuyée.

— Prête ?

— Tu es sûr que tu me ramènes ?

— Absolument. Tu n'es pas en état de conduire et tu as besoin de te reposer.

— D'accord. Ça ne me plaît pas trop, mais d'accord.

Il éclata de rire et la suivit dans le parking jusqu'à sa voiture neuve, rouge cerise et bien plus moderne que celle qui était tombée à l'eau.

Elle lui tendit les clés.

— C'est un progrès par rapport à l'ancienne ! dit-il.

— Hum ! j'en suis contente mais la vieille me manque. Elle était venue de Californie avec moi... Elle avait une valeur sentimentale.

Il lui ouvrit la portière côté passager, s'assura qu'elle était bien installée et prit le volant. Comme il était plus grand qu'elle, il recula le siège, régla les rétroviseurs et démarra.

— Il va falloir que tu me rappelles la direction. Je n'en ai plus qu'une vague idée...

— Attends, j'ai un GPS !

Elle pressa sur un bouton, et une carte s'afficha sur le tableau de bord.

— Super !

— Oui, n'est-ce pas ?

Elle soupira.

— Kody, tu dois savoir que si j'avais pu me douter que je risquais de tomber enceinte, je t'aurais demandé de te protéger.

— Je te crois, et j'y aurai pensé aussi. Désolé.

— Je ne regrette pas d'être enceinte. J'ai même peur de perdre le bébé alors que j'en veux un depuis si longtemps... Mais la situation n'est pas du tout celle que j'imaginais.

— Même chose pour moi. Je pensais ne plus avoir d'autre enfant, je n'ai pas voulu me remarier après avoir perdu Jenny. Je vivais pour Lucy et moi, je n'ai pas prévu de me remettre avec quelqu'un... mais je suis content de ce bébé.

— Je ne te demande pas de m'épouser.

Il fut gêné d'avoir sans le vouloir laissé entendre qu'elle l'espérait. Il savait qu'elle n'y tenait pas plus que lui...

— Désolé si j'ai pu laisser entendre cela, ce n'était pas mon intention. Ce que je voulais dire, c'est que ce bébé est aussi le mien et que je t'aiderai dans la mesure du possible.

— Merci, mais tu sais... Je ne crois pas qu'il arrivera à terme.

— Prenons les choses comme elles viennent, d'accord ? En arrivant, envoie un message à ton gynécologue et essaye de le voir demain après-midi. Je t'emmènerai, et nous vérifierons tout ça. Ne pense pas à l'avenir, concentre-toi sur le présent.

— Difficile... En tant que chirurgienne d'urgence, je dois toujours prévoir la suite et affronter l'inévitable.

— Je comprends, comme les secouristes. Mais pour l'instant, avançons à petits pas. À pas de bébé.

— C'est le cas de le dire !

Elle avait parlé d'un ton sec, mais elle rit.

— Le jeu de mots n'était pas voulu, dit-il, mais oui, je suppose que c'est approprié.

Elle rit à nouveau.

— Bien. Jusqu'à ce que j'aie passé la période critique, je veux que personne ne sache. Je sais que tu finiras par devoir en parler à ta fille, mais... je ne voudrais pas la décevoir, ni la contrarier sans nécessité si...

Il hocha la tête.

— D'accord. Nous gardons le secret pour l'instant.

Comment annoncerait-il la nouvelle à sa famille ? Lucy ne se rappelait pas vraiment sa mère, et il savait qu'elle serait heureuse à l'idée d'avoir un petit frère ou une petite sœur. Mais Ted et Myrtle, qui portaient toujours le deuil de leur fille, ne pouvaient sans doute pas l'imaginer fondant une seconde famille avec une autre que Jenny.

Cela leur briserait le cœur... Il ne voyait pas ce qu'il allait leur dire.

Même si Jenny lui avait fait promettre de retrouver le bonheur, il n'était pas sûr d'en être capable. Il regrettait d'avoir cédé à la tentation, mais Sandra l'attirait beaucoup, et en d'autres circonstances elle l'aurait vraiment intéressé...

Par certains côtés elle lui rappelait Jenny et par d'autres pas du tout, et c'était ce qui le séduisait en elle. Elle avait d'admirables qualités.

Elle n'est pas pour toi.

Il devait aussi se souvenir qu'il y avait un bébé à présent, et qu'il devait s'occuper d'elle et de son enfant à naître, quel que soit le dilemme auquel il était confronté.

Son enfant passait d'abord.

Heureusement, la femme de ménage était venue ! Sandra était vraiment contente que sa maison ne soit pas trop en désordre pour la première visite de Kody.

Elle n'avait pourtant pas grand-chose chez elle, mais n'était pas d'un naturel très organisé.

Elle se détendit. Elle sentait le sommeil la gagner, mais devait d'abord laisser Kody appeler sa sœur ou un taxi et attendre qu'on vienne le chercher...

Elle pourrait lui proposer d'emprunter sa voiture et de revenir la chercher le lendemain pour son rendez-vous... Mais elle avait envie qu'il lui tienne compagnie encore un moment.

Ils avaient pas mal de choses à se dire.

Elle avait été gênée qu'il précise ne pas vouloir se remarier. Il ne manquerait plus qu'il croie qu'elle espérait qu'il lui demande sa main ! C'était loin d'être le cas. Aucune chance qu'elle fasse de nouveau confiance à un homme et que cela finisse mal.

Pourquoi est-ce que ça finirait mal ?

Kody n'était pas Alex. Au départ elle l'avait pris pour un play-boy, et rien n'était plus éloigné de la vérité. Il était sincère et généreux alors qu'Alex était un égoïste.

Pourtant, inutile d'envisager un avenir avec Kody : elle s'était juré de ne jamais se remarier, de rester seule... Elle avait été si souvent déçue !

Il la suivit à l'intérieur.

— Alors c'est ta maison ?

— Eh oui. Je ne l'ai pas payée trop cher, elle était totalement abandonnée. J'ai pris deux mois de congé pour déménager et m'installer... et j'ai effectué quelques travaux moi-même avant de m'apercevoir que la rénovation était une affaire de professionnels.

Il rit.

— Qu'as-tu fait toi-même, ici ?

— J'ai posé le plancher en vinyle, ce qui n'était pas très compliqué, dit-elle en refermant la porte d'entrée.

Il s'accroupit pour toucher le sol.

— Je n'avais jamais entendu parler de ça. On dirait vraiment du bois !

— C'est étanche et ça résiste aux inondations, justement.

Note bien que je n'en ai pas encore fait l'expérience, même si ça n'est pas passé loin…

Ils éclatèrent tous les deux de rire, puis un étrange silence s'installa.

— Veux-tu quelque chose à boire ?

— Non, merci.

— Tu dois avoir faim, quand même. Tu viens de finir ton service…

— Oui, un peu. Et toi ? Il faut que tu prennes des forces.

Elle allait refuser, mais son estomac la trahit.

— Je l'admets, j'ai un petit creux.

— Tu as des œufs ? Je peux préparer une omelette ou une brouillade sur des toasts.

Elle le guida vers la cuisine et ouvrit le réfrigérateur d'un geste déterminé, mais sa tête se mit à tourner. Aussitôt, des bras solides l'entourèrent pour la stabiliser. Elle fut immédiatement rassurée, elle se sentait en sécurité.

Autant ne pas en prendre l'habitude…

Elle devait éviter de s'attacher : si elle perdait le bébé, Kody cesserait d'être aussi attentionné, et elle serait à nouveau seule…

— Tu vas bien ? Tu as vacillé…

— Oui, c'était l'odeur de la nourriture je crois.

— Assieds-toi, je me débrouillerai. Je vais préparer du thé au gingembre. C'était le remède de ma grand-mère quand nous étions petits, Sally et moi, et que nous avions l'estomac barbouillé.

— Hum ! je veux bien.

Elle s'installa sur le banc de la table, près d'une grande baie vitrée qui donnait sur une prairie. Bien qu'il fasse encore nuit, une lueur rose dans le ciel indiquait que le soleil se lèverait juste en face d'elle.

Il fouilla dans les placards et bientôt s'activa devant la cuisinière. L'odeur du beurre qui fondait dans la poêle ne la dérangea pas, et le thé qui infusait dégageait un arôme divin.

Elle était impatiente de partager son petit déjeuner avec lui.

Lorsque les toasts jaillirent du grille-pain, il en mit un sur une assiette, y déposa deux œufs mollets et la posa devant elle avec un couteau et une fourchette.

Puis il versa le thé aromatisé dans un mug et le plaça devant elle.

— Hum ! ça sent bon !

Il eut un sourire heureux et vint s'asseoir près d'elle avec son assiette.

— J'en préparais pour ma...

Sa voix s'étrangla.

— Tu peux me parler de Jenny, je t'assure que ça ne me dérange pas. Je sais que tu l'aimais et j'aimerais que tu sois à l'aise pour en parler.

C'était vrai, et elle était curieuse.

— Donc, tu préparais ce petit déjeuner pour ta femme quand elle avait des nausées matinales ?

— Oui, en général ça les calmait.

Elle but une gorgée de thé.

— C'est délicieux.

— Une recette que ma grand-mère tenait de sa mère, qui elle-même la tenait de sa mère, et ainsi de suite. J'en ai appris pas mal sur les plantes médicinales, avec elle. Elle était cherokee, et bien qu'à son époque elle ait dû apprendre en cachette, elle s'est débrouillée quand même. Elle refusait de laisser ces savoirs se perdre et m'a transmis tout ce qu'elle pouvait avant sa mort.

— Par exemple ?

— Les feuilles de sauge broyées sont un remède contre l'anémie, des trucs comme ça. J'ignore si c'est prouvé scientifiquement, mais c'était ainsi qu'elle se soignait.

— C'est bon à savoir. J'aurais bien aimé qu'on m'enseigne des choses comme ça. J'ignore tout de mes parents...

— Et tes parents adoptifs ?

Elle sourit.

— Ils avaient déjà cinquante ans quand ils m'ont adoptée, mais ils ont été les meilleurs parents dont une fillette puisse rêver. Ils m'ont encouragée à étudier la médecine... et aussi à me défendre pour être reconnue, même si j'étais une femme.

Ce souvenir l'attrista ; avant de se marier elle se sentait forte, savait se faire entendre et penser par elle-même. Puis lentement, avec le temps, elle avait laissé Alex parler pour elle... Ensuite, quand elle se battait pour faire un enfant, il avait remis en question sa nature même de femme...

À quel moment avait-elle laissé son destin lui échapper ? Elle tenta de refouler ses larmes, en vain, et finit par craquer.

Sans rien dire, Kody lui entoura les épaules du bras, et elle lui en fut reconnaissante. Elle avait bien fait de ne pas le renvoyer tout de suite...

Même s'ils n'habitaient pas ensemble, ils vivaient une aventure commune. Elle appréciait son soutien, malgré sa difficulté à lui faire entièrement confiance, à croire qu'il ne la laisserait pas tomber.

— Je savais que mes œufs étaient bons, mais je n'aurais pas cru qu'ils t'émeuvent à ce point !

Elle rit et essuya ses larmes.

Il lui sourit, regarda par la fenêtre et eut un sifflement admiratif pour le soleil qui se levait sur la prairie tandis que le bas de la plaine était encore dans l'ombre. L'aube était son moment préféré de la journée.

— Tu as une vue splendide ! Je suis jaloux de ta propriété. Tu l'as bien choisie.

Elle soupira et réprima un bâillement.

— Merci. Il faudrait que je dorme, maintenant. Veux-tu prendre ma voiture pour rentrer chez toi ?

Il secoua la tête.

— Je n'ai rien à faire chez moi, personne ne m'attend, Lucy est chez ses grands-parents. Si ça ne te gêne pas, je peux dormir sur le canapé. J'aimerais mieux rester, je préfère te surveiller.

Elle aurait dû protester, lui assurer que tout irait bien, mais elle était si heureuse qu'il reste ! C'était appréciable, d'avoir un ami à la maison, même si quelque part au fond d'elle-même elle savait que c'était risqué...

Qu'elle aurait dû le chasser...

Mais pas question de rester seule aujourd'hui. C'était si agréable d'avoir quelqu'un qui se souciait d'elle, pour une fois...

— Oh ! si tu veux ! C'est une bonne idée je trouve.

6

La sonnerie du téléphone tira Sandra d'un profond sommeil.

— Oui, allô !

— Sandra ? C'est Jocelyn Ohe, votre obstétricienne.

— Oh ! merci de me rappeler !

Sandra étouffa un bâillement et tenta de reprendre ses esprits. Elle avait dormi d'un sommeil de plomb. Après avoir installé Kody le plus confortablement possible sur le canapé, elle s'était couchée et ne se souvenait même plus avoir posé la tête sur l'oreiller.

— Pas de quoi. Burt Murdoch m'a mise au courant ce matin des événements d'hier soir. Pensez-vous pouvoir être là dans une heure ? J'aimerais vous examiner moi-même et procéder à quelques analyses.

— Bien sûr. Je dormais, mais j'ai le temps de me préparer.

— Bon. Le père est au courant ?

Elle soupira.

— Oui. C'est un secouriste, Kody Davis.

— Ah ? Il vous accompagne ?

Sandra perçut la surprise dans la voix de l'obstétricienne. Pas mal de gens connaissaient Kody à l'hôpital, et tout le monde l'appréciait. Sans être véritablement une amie, Jocelyn avait accueilli Sandra avec chaleur quand elle était arrivée de San Diego.

— Oui, il dort sur mon canapé en ce moment.

Il y eut un petit rire.

— D'accord, je vous attends donc dans une heure.

— Merci encore, Jocelyn.

Sandra raccrocha et se leva, avec précaution parce qu'elle se sentait encore un peu faible. Des bruits lui parvenaient de la cuisine, signe que Kody était levé. Elle passa à la salle de bains, et pour une fois ne fut pas malade. Tant mieux. Elle s'habilla et alla dans la cuisine où Kody semblait être en train de refaire du thé au gingembre.

— Bonjour, Sandra !

— Bonjour ! Tu as bien dormi ?

Il se frotta la nuque et fit la grimace.

— Pas vraiment, mais j'ai connu pire.

— Navrée. J'aurais dû te proposer mon lit… Si la chambre d'amis avait été terminée, tu aurais pu t'y installer, mais il n'y a pas encore de lit.

— Ce n'est pas grave. Au fait, j'ai entendu le téléphone, c'était ton gynécologue ?

— Oui. Elle veut nous voir dans une heure, j'espère que ça te convient.

— Parfait. Tu veux prendre un petit déjeuner en route ?

— Non, mais j'aimerais emporter une thermos de ce thé, si je peux.

La boisson lui avait vraiment calmé l'estomac. Outre qu'elle était délicieuse, elle combattait la nausée de façon efficace.

— Bien sûr ! Je le sucre ?

— Non, inutile.

— Comme tu voudras.

Il trouva une bouteille thermos dans un placard et la remplit de ce thé qui semblait faire des miracles.

Puis ils rassemblèrent leurs affaires et retournèrent en ville.

Une fois à l'hôpital, ils ne prirent pas le chemin habituel des urgences, mais l'entrée principale.

C'était bizarre, d'être là en tant que patiente et d'entrer dans le service de gynécologie obstétrique…

La salle d'attente était pleine de femmes enceintes accompagnées de jeunes enfants, et Sandra eut un mouvement de recul.

Elle se sentait si peu à sa place… Kody la poussa doucement dans le dos, et cela la réconforta.

Attention à ne pas t'habituer.

L'idée que les événements de la veille au soir n'aient été qu'un rêve et qu'on lui apprenne qu'elle n'était pas enceinte la terrifiait.

Comme s'il l'avait compris, il se pencha vers elle pour lui murmurer à l'oreille :

— Ne t'en fais pas, tout va bien se passer.

Elle s'assit avec l'impression que tous les regards étaient braqués sur elle, et il prit place sur la chaise d'à côté.

— Docteur Fraser ? appela l'infirmière.

Elle la suivit dans la salle d'examen. Kody s'arrêta à la porte, et l'infirmière le regarda.

— On va commencer par une échographie vaginale. Si vous restiez en salle d'attente ? Je vous ferai signe quand ce sera terminé.

Il eut l'air soulagé et rebroussa chemin.

Elle aussi était soulagée, ils n'avaient pas atteint ce degré d'intimité.

Pas encore…

Lorsque la porte fut refermée, elle profita de ce léger répit pour rassembler ses esprits, se préparer au pire et réfléchir à ce qu'elle dirait à Kody.

Bon sang, pourquoi c'est si long ?

Kody résista à l'envie de se lever pour arpenter la pièce. Il se doutait que l'examen ne se ferait pas en deux minutes, mais l'attente lui semblait durer une éternité.

Il consulta la pendule murale. Le temps n'avançait pas… Pourvu que Sandra aille bien, et le bébé aussi.

Le bébé.

Il avait toujours du mal à y croire, mais même sans y être préparé, il était heureux et aimerait cet enfant autant que Lucy.

Il se sentait un peu perdu : l'existence se déroulait rarement comme prévu, mais là ils étaient brusquement passés d'une seule nuit à… toute la vie.

Même s'ils ne vivaient pas ensemble, ils étaient les parents de cet enfant et seraient liés à lui pour toujours.

Si elle accepte que tu t'en occupes.

Cette perspective l'affola. Et si Sandra épousait un autre homme qui élèverait son enfant ? Et si elle s'en allait vivre ailleurs ?

Il jeta un nouveau coup d'œil à la pendule.

Ma parole, elle recule !

— Monsieur Davis, vous pouvez venir, maintenant.

— Merci.

Il suivit l'infirmière. Lorsqu'il entra dans la salle, Sandra était allongée, des larmes dans les yeux. Il sentit son cœur chavirer.

Elle se tourna vers lui.

— Tout va bien, il est toujours là.

Il poussa un soupir de soulagement.

— Ouf ! J'ai cru...

Elle sourit.

— Désolée... C'est juste que... la bonne nouvelle m'a émue.

Il rit, et la gynécologue entra.

— Contente de vous revoir, Kody.

Sandra les regarda à tour de rôle.

— Vous vous connaissez, tous les deux ?

La gynécologue éclata de rire.

— Vous pensez ! Il m'a accouchée à l'arrière d'un taxi.

— Alors ce bébé, Jocelyn ? Comment l'avez-vous appelé, déjà ?

— Ce n'est plus un bébé, il a cinq ans. Et vous savez bien qu'il s'appelle Kody ! Il est en pleine forme.

Sandra s'éclaircit la voix, et Jocelyn s'assit aussitôt face à elle.

— Vous avez raison, revenons à nos moutons. Burt ne s'était pas trompé, c'est bien huit semaines.

— Et tout se passe normalement ? demanda Kody.

Il regardait fixement sur l'écran le petit être qu'ils avaient fabriqué, Sandra et lui.

— Jusqu'ici, oui. Mais vu vos antécédents, Sandra, je vais annoncer officiellement à l'administration que vous êtes en congé de maternité. Vous ne pouvez pas travailler, il faut vous reposer.

— Allongée ?

— Non, mais n'en faites pas trop, ne soulevez pas de poids... Jusqu'à ce que nous ayons passé les trois premiers mois, vous êtes à risque. Et je veux vraiment que vous meniez cette grossesse à terme, du moins jusqu'à trente-cinq semaines, après quoi le bébé sera viable. Je vous l'avoue, je crains un accouchement prématuré.

Kody se passa une main sur le visage.

— Que puis-je faire, docteur Ohe ?

— Assurez-vous qu'elle se repose. Vous vivez ensemble ?

Sandra répondit pour lui.

— Non. Ce n'était qu'une aventure d'une nuit. Du moins, c'est ce que nous pensions...

Jocelyn fronça les sourcils, et Kody la regarda.

— Je peux m'occuper d'elle, passer chez elle de temps en temps...

— Je suis assez grande pour m'occuper de moi, dit Sandra.

— Tu t'es évanouie, tu as été malade et tu as des vertiges. Tu as raconté tout ça au Dr Ohe ?

— Bien sûr, répondit Jocelyn à sa place. Sandra, je veux vous revoir dans deux semaines. Si vous avez un problème, appelez-moi, appelez Kody ou une ambulance, et venez, d'accord ?

— D'accord.

La gynécologue partie, Kody laissa échapper l'air qu'il retenait dans ses poumons et s'assit sur le tabouret tournant qu'elle venait de libérer.

— Je pense que tu ferais mieux de venir t'installer chez moi.

Sandra haussa un sourcil.

— Pardon ?

— C'est la seule solution pour bien te surveiller.

— Kody, c'est idiot ! Nous ne sommes pas ensemble... Veux-tu vraiment que ta fille n'y comprenne plus rien ? Que lui expliquerais-tu ?

— Je pensais au bébé. Je veux m'occuper de toi, Sandra. C'est ma faute si on en est là.

Elle eut un sourire plein de chaleur.

— Il faut être deux pour faire un enfant. Je suis heureuse que tu veuilles me soutenir et j'accepterais volontiers toute aide, mais je peux m'occuper de moi, comme je le fais depuis pas mal de temps.

— Soit. Il ne me faut que vingt minutes pour aller chez toi. Je te donne mon numéro de portable, tu peux m'appeler n'importe quand.

— D'accord, je te laisse aussi le mien.

— Permets-moi de te raccompagner, je prendrai un taxi pour rentrer.

— Je suis tout à fait capable de conduire, tu sais. Et si nous allions déjeuner quelque part et discuter de ce que nous comptons annoncer aux gens et surtout… à Lucy ? Et, plus important encore, quand nous allons le dire. Je n'aimerais pas lui briser le cœur en lui apprenant la nouvelle trop tôt.

— Tu voulais attendre la fin du premier trimestre, non ? C'est dans quelques semaines, nous pourrons le faire à ce moment-là.

Elle se mordilla la lèvre.

— Je n'ai jamais atteint trois mois de grossesse.

— Rappelle-toi, Sandra, prenons les choses un jour après l'autre. À pas de bébé.

Elle sourit.

— D'accord.

Il feignait une assurance qu'il n'éprouvait pas : si Lucy était trop jeune pour comprendre, comment annoncer la nouvelle à Ted et Myrtle ? Il se sentait tellement coupable…

Tu n'as aucune raison de te sentir coupable.

Et pourtant si, parce qu'il avait vraiment l'impression de trahir Jenny en aimant ce bébé… et sa mère. Il voulait à tout prix soutenir Sandra, être là pour elle, mais comment concilier cela avec son sentiment de culpabilité ?

— Tu pourrais me rendre un service tout de suite, Kody.

— Lequel ?

— J'en suis la première étonnée parce que je n'ai pas eu beaucoup d'appétit ces derniers temps, mais je meurs de faim. Ce doit être le thé de ta grand-mère.

Elle vit son visage s'éclairer.

— C'est sûr !

— Tu connais des restaurants sympas à Austin ? Je ne suis pas trop sortie depuis mon arrivée...

— Que dirais-tu d'un grill ? Les odeurs ne seraient pas trop dures à supporter ?

Elle pencha la tête de côté.

— On peut toujours essayer.

Le restaurant en question, situé près du lac Lady Bird, offrait un splendide point de vue. Comme c'était une belle journée, Sandra et Kody décidèrent de s'installer en terrasse pour profiter des évolutions des nombreux adeptes de paddle qui profitaient de ce samedi ensoleillé.

Elle but une gorgée de son thé glacé.

— J'ignorais l'existence de ce lac !

— C'est un endroit très agréable. Ce qui m'étonne, c'est que tu puisses avaler cette boisson sans sucre.

— Je préfère. Tu sais qu'au Canada le thé glacé est toujours sucré ?

— Je pourrais y partir en vacances, alors. Mais pourquoi parles-tu du Canada ?

— Euh... J'essayais juste de changer de sujet.

— Personne n'a jamais tenté de détourner la conversation en me parlant du Canada.

Elle rit.

— C'est juste que je préfère mon thé ainsi. Je n'aime pas les trucs trop doux.

— Pourtant, tu m'aimes bien.

Elle leva les yeux au ciel.

— Tu sais que tu es un peu ringard ?

— Il n'y a que ma sœur qui me l'ait déjà dit.

Elle prit l'air songeur.

— J'aurais bien aimé avoir un frère ou une sœur. J'en ai peut-être, mais je ne le sais pas...

— Pourquoi ne demandes-tu pas ton dossier ?

— Euh… Vu que je suis enceinte, je devrais peut-être m'y intéresser, ne serait-ce que pour connaître les antécédents médicaux de ma famille…

— Ce serait le moment, en effet.

— J'aimais tellement mes parents adoptifs, j'aurais eu l'impression de les trahir en me renseignant, j'imagine.

Il comprenait ce sentiment, c'était ce qu'il ressentait en ce moment même : il avait l'impression de trahir Jenny et ses beaux-parents.

Tu sais bien que c'est faux…

— Fais au moins faire un test ADN pour voir ce dont tu risques d'avoir hérité, ou ce dont ton bébé risque d'hériter.

— Tu as raison. Je vais aller chez mon généraliste pour une prise de sang.

— Pourquoi ne pas la faire toi-même ?

Elle soupira.

— Il n'y a que dans les séries télé qu'on voit ça ! Je n'y arriverais jamais, je préfère demander à mon médecin.

Elle but un peu de thé tout en observant les sportifs sur le lac. Avec ce beau temps, c'était fascinant de les regarder pagayer au milieu de l'eau.

Elle releva la tête.

— Tu as déjà essayé, toi ?

— Non, ça ne me dit rien. Ça paraît un peu répétitif.

— C'est très amusant, au contraire.

— Toi, tu connais ?

— Je viens de Californie, qu'est-ce que tu crois ? J'en ai fait sur le lac Tahoe, mais l'eau y est très froide. Mieux vaut ne pas tomber dedans.

— C'est vrai ? Elle paraît pourtant chaude.

— Si on trouve une baie peu profonde, ça va. Mais sinon, le lac est haut en altitude et il ne se réchauffe jamais. Est-ce que tu te baignerais dans un des lacs de l'Alaska ?

— Sans doute que non. Et pourtant, je rêvais d'y aller…

Il soupira.

— Nous avons tous des rêves qui ne se sont pas réalisés.

Elle prit l'air contrit.

— Lucy et tes beaux-parents t'en ont empêché, et maintenant moi...

Il perçut la tristesse de sa voix.

— Ne te culpabilise pas. J'ai fait la paix avec ma décision depuis des années. C'est un rêve que j'avais avec Jenny, et j'ai abandonné le projet quand elle est tombée malade.

— Mais tu as toujours envie de piloter, je suppose.

— Oui. Un jour, je passerai mon brevet, j'achèterai un terrain et j'aurai mon propre avion. Ce sera super.

— En effet.

— Je dois avouer que je t'envie ta propriété. Elle serait parfaite pour construire une piste d'atterrissage.

Il s'éclaircit la voix, pourvu qu'elle n'aille pas croire qu'il sous-entendait quoi que ce soit.

Elle rougit.

— La maison est petite, elle n'est prévue que pour une personne seule...

— Pourtant, bientôt vous serez deux...

Elle sourit, et ses yeux pétillèrent.

— Oui, je suppose.

Il lui prit la main.

— J'en suis sûr.

On leur apporta leurs plats. Elle avait commandé des épis de maïs accompagnés de macaronis. Lorsqu'ils étaient entrés dans le restaurant pour faire leur choix, elle avait déclaré qu'elle n'avait pas envie d'autres protéines animales que le fromage qui accompagnait ses pâtes.

— Tu es certaine que ça ne te rendra pas malade si je mange un steak devant toi ?

— Pas du tout, puisque nous sommes en plein air. Ce sont surtout les odeurs qui me gênent.

Ils se mirent à manger en silence, en observant les activités sur le lac. Il ne percevait aucune tension entre eux, c'était agréable et paisible d'être attablé ici avec elle pour apprécier un bon repas.

Pourtant, il se décida à rompre le silence.

— Tu sais, même si je ne parle pas du bébé à Lucy, j'aimerais que tu fasses sa connaissance.

— C'est vrai ?

— Oui. De toute façon elle va se demander pourquoi nous nous voyons si souvent. Si elle te connaît déjà, ce sera plus facile de tout lui dire le moment venu. Je suis sûr qu'elle sera contente, elle adore les bébés.

— Hum ! Peut-être, mais c'est une chose d'aimer les bébés des autres et une autre que ce bébé soit celui de son père, et qui lui vole son attention. Surtout en l'ayant eu si longtemps pour elle toute seule.

— Je n'avais pas vu ça sous cet angle. Mais j'aimerais quand même que tu la rencontres.

— D'accord. Nous pouvons déjeuner ensemble, ou dîner demain soir. Chez toi ?

— Oui. Plutôt dîner, j'ai besoin de dormir dans la journée. À 17 heures ? Je sais que c'est tôt mais Lucy va à l'école lundi matin. Je te rappelle que je suis toujours de nuit, même si tu es en congé…

Elle fit la grimace.

— Ne m'en parle pas. Je déteste ne rien faire et j'adore mon travail aux urgences.

— Tu aimes les rythmes endiablés ?

— Oui. Je l'ai compris quand j'ai fait mon internat en chirurgie. C'est excitant de penser vite, et… ça va me manquer.

— Eh bien, après la naissance du bébé, nous nous organiserons pour établir nos plannings, et tu pourras reprendre ton poste.

— Je suis sûre que nous nous débrouillerons, et il y a une excellente crèche à l'hôpital. Ce qui m'inquiète plutôt, c'est ce que je vais faire de moi-même pendant les trente-deux prochaines semaines.

Il lui adressa un clin d'œil.

— Ou plus.

— Que veux-tu dire ?

— Les premiers-nés sont souvent en retard.

Elle poussa un grognement.

— C'est un coup bas, monsieur Davis. Ce n'est pas gentil du tout.

7

Sandra se retournait dans son lit.

Kody était rentré retrouver sa fille, et elle prit conscience qu'elle se sentait mal à l'aise toute seule chez elle : sa grossesse l'inquiétait beaucoup.

Elle jeta un coup d'œil à son téléphone. Si elle l'appelait ? Il lui avait assuré qu'elle pouvait le faire n'importe quand, et elle s'efforçait de ne pas craquer.

Pas question de le harceler pendant qu'il était avec sa fille. C'était elle l'intruse. En outre, autant ne pas s'habituer à compter sur lui...

Bouleversée comme elle l'était, elle ne pouvait pas courir vers lui chaque fois que quelque chose la perturbait.

À qui téléphoner pour bavarder ? Elle n'avait pas d'amis...

À qui la faute ?

À elle, bien entendu. Quand elle avait emménagé ici six mois plus tôt, elle avait fermé sa porte à tout le monde. Elle ne voulait faire la connaissance de personne, elle ne voulait personne dans sa vie.

Elle refusait de souffrir à nouveau.

Alex avait tourné la page, il s'était remarié, sa nouvelle femme était enceinte... Elle avait lu la pitié dans le regard de ses confrères, de l'équipe. Des gens qu'elle avait crus ses amis... Elle était stérile et n'était pas assez femme pour son ex, quoi que cela signifie...

En venant à Austin, elle s'était juré de ne plus accorder sa confiance à un homme et avait érigé autour d'elle toutes sortes de remparts... qui avaient tenu jusqu'à sa rencontre avec Kody.

Elle se leva en grognant. Il n'était que 8 heures du soir, trop tôt pour dormir. Son métabolisme s'était adapté au service de nuit qu'elle aurait dû effectuer cette prochaine quinzaine, et son corps était un peu perturbé.

Elle alla au salon allumer la télévision et chercha une émission qui puisse faire office de fond sonore. Peut-être un reportage sur ces fous qui prévoyaient la fin du monde, ou la rénovation en direct d'un appartement...

Un coup frappé à la porte la fit sursauter. Elle alla jusqu'au judas sur la pointe des pieds et réprima un petit cri de surprise : c'était Megan Coombs, avec un sac de provisions. Elle ouvrit.

— Docteur Coombs ? Que faites-vous ici ?

Le médecin haussa les épaules.

— Kody m'a envoyé un message pour me demander de veiller sur vous. À part le Dr Murdoch et le Dr Ohe, je suis la seule à être au courant de la situation.

Sandra lui fit signe d'entrer et referma la porte.

— Asseyez-vous, Megan, j'essayais de trouver une émission intéressante à la télé, mais en réalité ça fait longtemps que je ne l'avais pas allumée, et je ne vois pas quoi regarder.

— J'ai apporté un repas chinois. Je sais que c'est un cliché, mais quand j'étais enceinte je ne supportais que cette cuisine-là.

— Vous avez un enfant, Megan ?

Megan rougit.

— J'ai eu une petite fille quand j'étais jeune, adolescente en fait, et pas vraiment prête à être mère. J'ai demandé qu'elle soit adoptée. Elle est en bonnes mains, et j'ai des nouvelles régulièrement, c'était une adoption ouverte.

— Quoi ? Je... n'aurais jamais imaginé...

Sandra reprit son souffle.

— Moi aussi j'ai été adoptée, mais ce n'était pas une adoption ouverte. Je pourrais obtenir des renseignements maintenant, mais...

Megan hocha la tête.

— Je comprends. Ce doit être si difficile...

— Oui.

— Docteur Fraser, est-ce que ça peut rester entre nous ? Je n'aimerais pas qu'on le sache à l'hôpital...

Sandra répondit d'un sourire rassurant.

— J'ai très faim. Je vais chercher des assiettes.

Elle revint avec le nécessaire. Elle ne s'attendait pas à la visite de Megan mais s'en réjouissait. Heureusement, ses airs sévères n'avaient pas fait fuir tout le monde.

Elle dressa le couvert sur la table basse.

— J'aimerais vous présenter mes excuses pour mon attitude, qui a pu vous paraître désagréable, dit-elle.

Megan ouvrit de grands yeux.

— Docteur Fraser, vous êtes l'une des meilleures chirurgiennes urgentistes de l'établissement. C'est un honneur d'apprendre de vous.

Sandra se sentit rougir.

— Je ne sais que dire... Déjà, appelez-moi Sandra. Et je suis très honorée de vous avoir comme élève. Vous avez une brillante carrière de chirurgienne urgentiste devant vous, si c'est ce que vous choisissez.

— Oh oui ! C'est bien mon intention.

— Et si vous me racontiez cette opération de l'appendicite ?

Elles parlèrent de ce patient, puis d'autres, tout en dégustant leur plat chinois, et pendant deux heures Sandra oublia son anxiété, ses inquiétudes.

Elle aimait déjà travailler avec Megan, qu'elle voyait comme l'une de ses meilleures élèves, mais elle venait de trouver en elle une amie, ce dont elle était fort heureuse.

— Je ne voudrais pas être indiscrète, Sandra, mais quand avez-vous... euh... flirté avec Kody Davis ?

— Je savais que quelqu'un finirait par poser la question !

— Eh bien, c'est d'autant plus curieux que vous aviez l'air comme chien et chat quand il amenait un patient aux urgences ! On aurait dit qu'il vous rendait folle.

Sandra rit.

— C'était le cas, et ça l'est encore ! Je l'ai toujours trouvé séduisant, et bien que je déteste l'admettre, il l'est.

— Je suis d'accord.

— Et vous, comment le connaissez-vous, Megan ?

— Je vous raconterai ça, mais seulement lorsque vous m'aurez expliqué comment c'est arrivé. Bon, peut-être pas tous les détails, mais quand ?

— La nuit de la crue subite. Je suppose que c'était un moyen de se réchauffer...

Elle rit, et Megan se joignit à elle.

— Et vous, Megan, vous le connaissez donc en dehors du travail ?

— J'étais une amie de sa femme, Jenny.

Le cœur de Sandra chavira.

— Mais... Je croyais qu'ils venaient de Caroline du Nord.

— J'en suis originaire aussi. J'ai vécu un an dans la même ville que Kody, et nous avons fréquenté le même collège quand j'avais quatorze ans. Puis ma famille a déménagé, et je l'ai retrouvé ici, alors qu'il était déjà marié à Jenny. Elle était secouriste, et moi encore infirmière, en train d'économiser pour pouvoir étudier la médecine. À ce moment-là, j'ai fait un stage en soins palliatifs, et malheureusement c'est moi qui ai soigné Jenny quand elle était mourante.

— Je suis désolée qu'elle soit morte. Elle semblait si gentille...

— Elle l'était. J'ignore ce qu'elle a trouvé à Kody, qui était plutôt un mauvais garçon quand je l'ai connu. Comme la plupart des ados de cet âge, évidemment.

Sandra leva un sourcil.

— Ah oui ? Intéressant.

— Je n'aurais peut-être pas dû dire ça...

Mais l'étincelle de malice que Sandra voyait dans ses yeux démentait ses propos, Megan ne se ferait pas trop prier pour continuer.

— Maintenant que vous avez commencé... Racontez-moi donc les bêtises que faisait le père de mon enfant dans son adolescence.

Megan pouffa.

— Eh bien, une fois, il s'était peint tout le corps en bleu et, en sortant du collège, il s'est mis en tenue d'Adam et a fait plusieurs tours du stade en courant.

Malgré elle, Sandra éclata de rire.

— Il s'est déshabillé ?

— Entièrement. Quand je dis que je le connais, c'est vrai !

Elles rirent de concert.

— Je vais garder cette anecdote en mémoire, ça peut servir !

— Si vous voulez, mais il me tuerait s'il savait que je vous l'ai racontée !

Megan consulta sa montre.

— Il est temps que je parte.

— Oui, il se fait tard. Merci d'être passée, ce serait gentil si vous reveniez me voir. Je pourrais peut-être vous aider pour préparer vos examens.

Voilà une chose qu'elle pouvait faire sans bouger de chez elle : aider Megan dans ses révisions pour qu'elle ait toutes les chances de réussir.

— J'en serais ravie. Je m'arrêterai peut-être jeudi après-midi après mon service, j'apporterai quelques cours. Ensuite, nous pourrions aller faire les boutiques, ou prendre un café quelque part ?

— Avec grand plaisir.

Sandra raccompagna Megan jusqu'à sa voiture et attendit, songeuse, qu'elle ait pris la route pour refermer la porte.

Elle avait décidé de ne fréquenter personne, et voilà qu'elle avait déjà rendez-vous avec Megan.

Elle n'était pas douée pour se tenir ses résolutions...

— Que se passe-t-il ? Tu as l'air tout remué.

Sally regardait Kody comme s'il était devenu fou.

— Je te l'ai dit, je ne sais pas quoi faire pour le dîner, choupette !

— Mais... Ce n'est pas la première fois que tu fais la cuisine !

Elle le suivait, bras croisés, le regardant comme s'il avait perdu la tête. Et c'était peut-être vrai... Cela lui semblait très important de présenter Sandra à Lucy, et en même temps il n'était pas sûr que ce soit une bonne idée.

C'était peut-être trop tôt.

De toute façon tu ne diras pas à ta fille qu'elle va avoir un petit frère ou une petite sœur...

Il s'assit à la table sans remarquer qu'elle était couverte de livres de coloriage et de paillettes, et posa la main dessus. Quand il la releva, il avait récolté un gros amas rose et argent.

— Bon sang, impossible de se débarrasser de ce truc ! Je vais en mettre partout !

Sally leva un sourcil et lui tendit un torchon humide.

— Qu'est-ce qui t'arrive pour que tu sois si distrait ?

— J'ai invité une femme à dîner pour lui présenter Lucy.

Sally eut un large sourire.

— Tu as une petite amie ?

— Non !

Il secoua la main pour se débarrasser des paillettes.

— Je n'ai aucune idée de ce que je vais préparer. Quelque chose de simple, de très neutre, pas de sushis ni de trucs crus ou mal cuits. Pas de saumon non plus...

Sally fronça le nez.

— Tu veux dire qu'elle est enceinte ?

Il sentit le sang se retirer de son visage et détourna les yeux. Sa sœur s'assit en face de lui.

— Kody, regarde-moi. Cette femme qui n'est pas ta petite amie est enceinte de toi ?

— Chut ! Lucy n'est pas au courant, et nous ne voulons rien lui dire pour l'instant. Nous devons aller doucement. Comme cette... dame a déjà eu des problèmes de fausse couche, nous attendons qu'elle ait passé les trois premiers mois.

Sally parut réfléchir et fronça les sourcils.

— Oh ! mon Dieu ! C'est le Dr Fraser !

Il sursauta.

— Qu'est-ce qui te fait dire ça ?

— Je ne suis pas aveugle ! Elle t'intéresse depuis que tu as posé les yeux sur elle. Et en plus, le matin après l'inondation...

Il se dévissa le cou pour voir si Lucy était dans les parages.

— Ne parle pas si fort ! Tu n'es pas censée le savoir, mais en fin de compte je suis content que tu aies deviné.

— Et ça s'est passé quand ?

— Elle en est à huit semaines.

— Alors je ne me suis pas trompée ! La nuit de la crue, cet air coupable que tu avais en rentrant... Mais pourquoi n'avez-vous pas pris de précautions ?

— Selon elle, elle ne pouvait pas avoir d'enfants.

— Eh bien, elle a menti.

— Elle ne l'a pas fait exprès, elle croyait vraiment être stérile.

— Waouh ! Quelle histoire... Et jusqu'à quel point comptes-tu t'engager ?

— Nous ne vivrons pas ensemble, mais nous serons deux pour élever le bébé, si c'est ce que tu veux savoir.

— Mais pourquoi ne pas avoir une relation ? Vous vous appréciez, visiblement.

Il soupira.

— C'est compliqué.

Et c'était vrai, mais sa sœur le comprenait sûrement, elle qui avait eu sa part de tracas avant de divorcer... Par chance, elle avait rencontré Ross, qui avait l'air de lui correspondre.

Elle avait la part belle, n'ayant pas eu d'enfants avec son mari... Ni de beaux-parents qui intervenaient dans sa vie au quotidien.

Lui, il avait Lucy, qui passait en priorité, et des beaux-parents très proches... Ce n'était pas l'envie qui lui manquait d'essayer de vivre en couple, mais il avait trop peur pour franchir le pas.

— Je ne sais pas quoi faire. Si tu as un conseil à me donner...

Elle rit.

— Eh bien, commençons par préparer ce diner, un plat neutre et inodore pour une femme enceinte. Et si tu prenais une douche avant ?

— C'est déjà fait.

— Tu as des paillettes roses jusque dans les cheveux.

Bon sang !

Il se leva et constata que Sally disait vrai.

— D'accord. Tu te charges du repas, et je vais essayer de m'ôter ça. Et si Sandra arrive, pas un mot sur le bébé. Nous avons juré de n'en parler à personne pour l'instant.

— Promis.

Elle fit le geste de se fermer les lèvres avec les doigts, comme lorsqu'ils étaient enfants.

— Mais je suis contente, vraiment.

Il sourit.

— Oui, moi aussi.

Lorsque Kody sortit de la douche, des effluves de cuisine, quoique faibles, lui parvinrent. Sally était rapide. Il trouva Lucy en train de l'aider à nettoyer la table.

— Ah ! te voilà ! Je me dépêche, on m'attend à la caserne. Il y a un poulet au four, avec des pommes de terre rôties et des légumes. J'ai pensé que ce serait le mieux pour ton amie.

Elle regarda Lucy de côté, hocha la tête et embrassa sa nièce sur le sommet du crâne.

— Merci pour ton aide, ma chérie.

Lorsque sa tante fut sortie, Lucy demanda à son père.

— Qui est-ce qui vient dîner, papa ?

— Une collègue de travail, un médecin. Elle n'est pas à Austin depuis longtemps.

Sa fille sourit sans lever les yeux de sa tâche.

— Pardon pour les paillettes, papa, je les ai oubliées, elles se sont renversées...

— Pas de problème, puisque c'est toi qui les enlèves. J'espère que je n'en ai plus dans les cheveux.

Elle leva la tête pour vérifier.

— Presque plus. Je peux aller jouer dehors jusqu'à ce que ton amie arrive ?

— Bien sûr.

Elle fila aussitôt. Elle était en sécurité dans la cour clôturée où il la voyait de la fenêtre de la cuisine. Peu après la petite voisine la rejoignit, et elles se mirent à jouer à la poupée.

Il ouvrit le four un instant : Sally avait bien travaillé, il n'avait plus qu'à attendre et à mettre le couvert.

Il se concentra tant sur sa tâche qu'il en oublia presque qu'il allait présenter une femme à Lucy. Une femme avec qui il avait été intime, et qui l'intéressait. C'était la première fois...

Depuis qu'il connaissait Sandra, ce n'était pas vraiment une amie, elle représentait davantage pour lui.

Et il avait fait l'amour avec elle... Mais même s'il repensait sans cesse à leur nuit dans la cabane, l'idée de tourner la page et d'oublier Jenny le terrifiait.

Il entendit frapper et se retourna. Sandra était sous le porche, un carton à gâteau à la main.

— Entre, la porte est ouverte !

Elle pénétra d'un pas hésitant dans la cuisine. Elle semblait nerveuse.

— J'ai acheté une tarte en venant...

— Je croyais que c'était toi qui l'avais faite, dit-il pour la taquiner.

— Je ne suis pas très bonne pâtissière. Ma mère a souvent essayé de m'apprendre, mais c'était une cause perdue. Une fois, j'ai failli empoisonner mon père.

Il rit.

— En effet, mieux vaut éviter !

Il emporta la tarte à la cuisine, et Sandra s'assit sur le bord du canapé du salon. Elle avait toujours l'air mal à l'aise, et il fut presque soulagé qu'elle le soit autant que lui.

— Tu veux boire quelque chose ? cria-t-il.

— Non, merci.

Il revint au salon et s'installa près d'elle. Un lourd silence tomba.

— Lucy sait que je viens ? demanda-t-elle enfin.

— Oui je lui ai dit que tu étais une amie.

— Ce n'est que la vérité.

Elle plissa les yeux.

— Pourquoi ces paillettes roses dans tes cheveux ?

Il grogna.

— Zut ! je pensais avoir tout enlevé ! Pour faire court, j'ai posé la main sur la table que Lucy avait occupée pour jouer, et je me la suis passée dans les cheveux.

Elle eut un petit rire.

— Ça te va bien !

— Merci. Veux-tu faire la connaissance de ma petite dingue de paillettes ? Elle est dans la cour avec une voisine de son âge. Ensuite nous pourrions nous asseoir devant, sous le porche, parce que l'arrière est très encombré.

— Ah ?

— La cour est petite, et pleine de jouets. J'y ai monté une tente…

Il lui tint la porte, et ils sortirent sur le seuil.

— Lucy ? Tu viens dire bonjour à mon amie le Dr Fraser ?

Lucy surgit de la tente en robe de princesse et s'avança vers eux.

— Lucy, voici Sandra Fraser ; Sandra, je te présente ma fille, Lucy.

Sa fille sourit.

— Enchantée, docteur. Vous êtes quelle sorte de médecin ?

— Chirurgienne d'urgence. J'opère les blessés graves.

— Super ! Ceux qui se font arracher un bras ou empaler, ce genre-là ?

Kody ne savait plus ou se mettre.

— Qu'est-ce que tu racontes ?

— Il y a un garçon qui a vu ça sur Internet, il en a parlé à l'école. Alors, vous en avez déjà soigné, docteur Fraser ?

Sandra ouvrait de grands yeux, et se retenait manifestement de rire devant cette fillette en costume qui la questionnait sur un sujet plutôt macabre.

— Oui, j'ai opéré un homme qui avait été empalé sur une barre de fer au niveau du nombril.

— Cool ! Il a survécu ?

— Qu'est-ce qui te prend, Lucy ? D'où sors-tu ces idées ?

Sa fille haussa les épaules.

— Tante Sally me parle toujours de trucs comme ça.

— Eh bien, je vais lui dire deux mots, marmonna-t-il.

Sandra rit.

— Bien sûr qu'il a survécu ! Et il a appris à ne plus dépasser les autres à moto aux endroits où c'est interdit.

— Super !

Il s'aperçut que Sandra riait toujours sous cape et poussa Lucy vers la tente en secouant la tête.

— Tu ferais mieux de retourner jouer avec ta copine.

Il guida Sandra jusqu'au porche par l'extérieur.

— Je me demande ce qu'elle a, je ne l'ai jamais entendue évoquer ce genre de sujets…

— Eh bien, visiblement elle les évoque avec sa tante et elle a l'air aussi fascinée que je l'étais à son âge.

Il lui indiqua une chaise longue.

— Ah bon ? Tu étais intéressée par les empalements et les membres arrachés ?

Elle rit.

— Peut-être pas à ce point, mais je voulais savoir comment fonctionnait le corps et ce qui se passait à l'intérieur. Peut-être aussi qu'elle cherche à nous choquer, parce que je suis médecin.

— C'est possible, oui. Je n'amène pas beaucoup de monde à la maison. Elle connaît mon équipier, Robbie, et bien sûr mon meilleur ami, Ross, qui sort avec Sally, mais c'est tout.

— Et Megan Coombs ?

Il se gratta la tête.

— Oui, vaguement, parce qu'elle a été l'infirmière de Jenny. Comment le sais-tu ?

— Tu l'as envoyée chez moi voir si j'allais bien, non ?

Il surprit une étincelle de malice dans le regard de Sandra, et son cœur chavira. Il venait de se souvenir que Megan avait fait partie de son passé d'ado avant que ses parents déménagent. Quand il avait quatorze ans et qu'il était idiot.

— Qu'est-ce qu'elle t'a raconté ?

Sandra s'allongea dans sa chaise longue et fit mine de se creuser les méninges, mais il était sûr qu'elle savait très bien.

— Il paraît que tu t'es déshabillé en public ?

Il se cacha les yeux.

— Je vais l'étriper.

— Tu as fait serment de ne faire de mal à personne ! dit Sandra qui se retenait visiblement de rire.

— Pas moi ! Elle oui, mais pas moi !

Elle éclata de rire, cette fois, et il ne put s'empêcher de l'imiter.

— J'espère que quelqu'un t'a pris en photo.

— Tu tiens vraiment à me voir en train de courir sur le terrain de foot tout nu et peint en bleu ?

— Je suppose qu'il faut le voir pour le croire...

— Tu peux me faire confiance. Je me rappelle encore le temps qu'il m'a fallu pour nettoyer toute cette peinture, et...

Sans cesser de rire, elle secoua la main pour qu'il s'arrête.

— Content que ça t'amuse autant, dit-il d'un ton un peu raide. Tu n'as jamais rien fait de stupide pendant ton adolescence ?

— Aussi stupide que ça, non, mais je me baignais toute nue.

— Dans l'océan ?

— Quelquefois, mais sinon nous allions dans la montagne et nous trouvions une source chaude.

— Qui ça, « nous » ?

Elle haussa les épaules.

— Un groupe de copains, un ou deux ex-petits amis. Je n'en ai peut-être pas l'air, mais j'ai un côté un peu sauvage. J'ai juste appris à le cacher depuis que je suis chef du service d'urgence.

— Dommage. J'aimerais avoir connu cette sauvageonne californienne.

Il s'aperçut que sa voix était rauque, et elle rougit.

— Elle est quelque part en moi, mais je ne crois pas que je me baignerai nue de sitôt.

— Je suppose que lorsqu'on a un enfant, on est en quelque sorte obligé de grandir...

— Certainement.

— Et en réalité, j'ai bien une photo.

— C'est vrai ?

— Oui, une coupure de journal, très floue. Ma mère était

tellement furieuse, quand elle l'a vue ! Si je n'avais pas été plus grand qu'elle, je suppose qu'elle m'aurait mis une raclée.

— Elle te frappait ?

Il rit.

— Non, elle me faisait simplement comprendre que le monde est méchant.

Elle rit et huma l'air.

— On dirait qu'il y a quelque chose qui brûle.

— Oh ! bon sang ! Le poulet !

Il se précipita à l'intérieur, où une fumée épaisse sortait du four. Il l'éteignit, l'ouvrit avec précaution et en sortit une volaille noircie accompagnée de pommes de terre et de légumes carbonisés.

Derrière lui, quelqu'un ouvrait la fenêtre : Sandra l'avait suivi, et elle toussait.

Ce fut à ce moment-là que Lucy entra par l'arrière.

— Oh ! Qu'est-ce qui s'est passé ?

— J'ai laissé brûler le poulet que tante Sally avait préparé.

Il posa le plat sur la cuisinière.

— C'était une tentative courageuse, dit Sandra.

— Juste aujourd'hui où je t'invite à dîner, tout va de travers…

— Et si nous sortions ? Il fait si beau… Y a-t-il un restaurant où nous puissions aller pas trop loin ?

— Oui, à deux pâtés de maison d'ici.

— Ouiiii ! cria Lucy en sautant sur place. Tu verras, Sandra, c'est super. La serveuse est en patins à roulettes !

— Oh ! c'est un truc années 1950 ?

— Oui. Ça te conviendrait ?

— Bien sûr !

— Va te laver et te changer, Lucy, nous sortons.

Il regarda sa fille se précipiter en sautillant toujours.

— Ça a l'air de lui plaire, dit Sandra.

— Elle est ravie ! Elle adore cet endroit.

— Tant mieux.

— Tu vas pouvoir manger ce qu'ils servent ?

Elle haussa les épaules.

— S'il y a des frites, oui. Hier soir, Megan avait apporté un repas chinois, c'était délicieux.

— Ah ! Ça me rappelle que je dois avoir un petit entretien privé avec le Dr Coombs.

— Non, s'il te plaît ! Elle est vraiment gentille, et je n'ai pas beaucoup d'amis... De plus, tu dois travailler avec elle, et je ne veux pas que tu lui fasses peur. Sinon, je me verrai obligée de botter tes fesses bleues !

— Mon papa a des fesses bleues ? demanda Lucy en surgissant derrière eux.

Kody rit.

— Pas depuis le collège. Bien, et si nous y allions ?

La soirée s'annonçait bien. Pourquoi n'avait-il pas tout de suite pensé à inviter Sandra et Lucy au restaurant ?

Sandra se régalait. Ce dîner était exactement ce qu'il lui fallait : elle avait oublié qu'elle adorait les frites. Lucy avait vraiment l'air de s'amuser et, pour être franche, elle aussi s'amusait.

Pourtant, chez Kody, ils auraient pu parler tranquillement sans avoir à crier pour s'entendre par-dessus les tubes de Big Bopper et de Buddy Holly, mais c'était drôle, et elle ne se souvenait pas s'être autant amusée depuis longtemps.

Lucy était adorable... Sandra eut un instant de regret pour une intimité qu'elle ne connaîtrait jamais, mais Kody et elle s'étaient juré de ne pas s'engager...

Et en cet instant, elle regrettait d'avoir promis et de ne rien pouvoir attendre de plus de leur relation...

Après le dîner, ils firent le tour du quartier et dénichèrent un magasin de glaces surprenant. L'extérieur évoquait une vieille hutte, sauf un mur sur lequel avait été peint un lever de soleil digne de ceux qu'elle voyait le matin de sa cuisine.

En revanche, l'intérieur était impeccable, et on y servait des boules de crème glacée d'une incroyable onctuosité. Ils en sortirent avec chacun un cornet. Lucy sautillait devant eux.

— Papa, on va au parc ? J'aimerais bien faire un peu de balançoire et de toboggan !

— Si tu veux, ma fille, nous avons le temps. Mais fais attention au passage à niveau, arrête-toi et attends-nous, d'accord ?

Sandra avait l'impression de rêver. Elle n'aurait jamais imaginé passer un dimanche soir aussi agréable, surtout après l'annonce fatidique qu'elle était stérile...

Elle se serait sans peine habituée à flâner avec Lucy et Kody, mais elle savait qu'elle ne devait pas trop s'attacher.

La dernière fois que tu t'es attachée à un homme, il t'a brisé le cœur.

Les paroles cruelles d'Alex lui revirent.

« — Au début, j'étais heureux avec toi, mais nous avons été trop stressés. Tous ces traitements... Il n'y a plus de spontanéité quand nous faisons l'amour, et tu as totalement changé.

— C'est à cause des hormones, tu le sais bien, tu es médecin !

— Désolé, mais je n'adopterai pas d'enfant et je ne suis même pas sûr d'en vouloir.

— Pourtant avant, tu en voulais !

— Je me le demande. En tout cas, je refuse d'en adopter. Tu veux une famille à tout prix, et je ne suis pas certain de te suivre. Je ne suis sans doute pas l'homme qu'il te faut. »

— Sandra ? Où es-tu partie ? demanda Kody en agitant la main devant son visage. Tu as l'air si triste !

— Non, je repensais à quelque chose qui n'a pas d'importance.

— Tu en es certaine ?

— Oui, tout à fait.

Lucy se précipita vers les balançoires tandis qu'elle prenait place sur un banc avec Kody. Elle venait de finir sa glace et écoutait avec plaisir les feuilles des arbres qui bruissaient dans la brise du soir.

— C'est tellement beau, ici !

— Austin est une belle ville. Un peu dommage que la voie ferrée soit si proche de la maison... Ton terrain est splendide, et moi aussi je préférerais vivre un peu à l'extérieur...

— Peut-être que ça t'arrivera un jour. Que tu passeras ton

brevet de pilote et que tu auras besoin d'un grand terrain pour construire une piste d'atterrissage.

— Si j'ai les moyens de me le payer… Tu sais combien coûtent les cours de pilotage ?

— Oui, mais les pilotes gagnent beaucoup d'argent.

— Dans le commerce, oui, mais dans le secourisme, je ne suis pas sûr. Il y a pas mal d'hôpitaux dans les environs qui sont accessibles… Peut-être plus au nord, en Alaska…

— Tu regrettes toujours ?

— Pas vraiment. J'avais ce projet avec Jenny, comme tu le sais. Mais à présent, il y a si longtemps que je vis au Texas que je me demande si je supporterais le froid intense et les longues nuits. Et puis ma sœur est là, et les parents de Jenny aussi… Et…

— Et ?

— Et toi.

Elle se sentit rougir.

— Kody, je ne veux pas te retenir, t'empêcher de réaliser tes rêves.

— Nous devons tous devenir adulte à un moment donné… Je suis secouriste. J'aime être le premier sur place et amener le patient à l'hôpital dans un état qui vous permettra de le sauver. J'ai l'impression de participer.

— Et je peux t'assurer que nous apprécions ceux qui font du bon travail, comme ta sœur et toi. Vous nous facilitez tellement la tâche.

Il eut un large sourire.

— Eh bien ! C'est la première fois qu'un médecin me remercie !

— Papa ! Regarde, c'est mamie et papy !

Il se raidit, et Sandra reconnut le couple qu'elle avait vu le lendemain de la crue. Ils traversaient le parc en venant à leur rencontre.

— Tes beaux-parents ?

— Je crois bien, oui.

Elle perçut le stress dans sa voix.

— Bon, je reviens dans cinq minutes. Je ne me sens pas prêt… à te les présenter.

Elle comprenait, mais c'était tout de même douloureux. Et après la naissance de l'enfant ? Comptait-il passer chez eux pour laisser Lucy avec un bébé au bras sans leur donner d'explications ? Ils avaient le droit de savoir.

Elle l'observa de loin. Les parents de Jenny lui jetèrent un bref coup d'œil, sans plus. Si elle avait un instant pu croire qu'elle faisait partie de la famille, elle se sentit à nouveau comme une intruse.

Eh bien, cela lui rappelait pourquoi elle avait érigé des remparts. Pourquoi elle ne s'engageait pas.

Le rejet, même lorsqu'il n'était pas intentionnel, lui était intolérable.

8

Sandra soupira. Kody était très occupé.

Du moins était-ce ce qu'il avait prétendu après cette rencontre fortuite au parc avec ses beaux-parents. Bien entendu, pas question de leur en vouloir puisqu'ils n'étaient même pas au courant, mais depuis une quinzaine de jours elle avait bien vu qu'il gardait ses distances.

Et elle lui avait laissé l'espace dont il avait besoin… Sa seule distraction, c'était Megan qui venait revoir avec elle un point délicat de ses révisions et lui raconter ce qui se passait dans le service… Le reste du temps Sandra s'ennuyait à mourir.

Pourtant aujourd'hui elle était certaine de voir Kody ; elle devait le retrouver à l'hôpital pour la visite de la dixième semaine avec le Dr Ohe. Elle se sentait un peu nerveuse : la gynécologue lui dirait si elle entendait un battement de cœur, ou si sa grossesse était terminée…

Ce n'était normalement pas le cas, puisqu'elle n'avait pas eu de crampes ni de saignements, mais elle n'y croyait pas vraiment. C'était trop beau pour être vrai.

Elle gara sa voiture dans le parking du personnel et se dirigea vers l'entrée principale. Elle était en avance, mais avait besoin de temps pour réfléchir, et cette courte marche lui éclaircirait les idées.

Elle devenait folle à force de ne rien faire, il fallait qu'elle trouve un moyen de passer le temps. Ce qui n'était pas facile, car elle n'était pas manuelle pour deux sous…

Le test ADN.

Elle avait promis à Kody de s'en occuper, mais avait remis cela à plus tard, comme la procédure pour obtenir des renseignements sur ses parents biologiques. C'était peut-être le moment de s'en inquiéter...

Même si cette perspective la terrifiait.

Elle devait au moins faire le test ADN, et demander aujourd'hui à Jocelyn de se charger de la prise de sang.

En arrivant dans le service de maternité, elle ne vit Kody nulle part. Elle se dirigea vers le comptoir.

— Bonjour, M. Davis est passé ?

— Non, désolée, docteur Fraser.

Elle s'efforça de cacher sa déception, même si elle n'était pas vraiment surprise. Il avait changé d'attitude après la rencontre inattendue au parc, et elle se doutait un peu qu'il ne viendrait pas.

C'est pour ça que tu as érigé des remparts autour de toi, des limites.

— Docteur Fraser ? Le Dr Ohe vous attend.

Sandra suivit l'infirmière, qui une fois dans la salle mesura sa tension et son taux de glucose dans le sang, et lui remit un flacon pour procéder à une analyse d'urine.

Après ces préparatifs, Sandra retourna dans la salle d'examen et attendit Jocelyn.

Lorsque la gynécologue vint la chercher, elle souriait.

— Eh bien, Sandra, j'ai d'excellentes nouvelles pour vous. Votre taux de HCG est toujours élevé, c'est bon signe.

— Parfait, murmura Sandra.

— Voulez-vous attendre M. Davis ?

Sandra jeta un coup d'œil à la pendule murale. Kody connaissait l'heure de son rendez-vous, il était évident qu'il ne viendrait pas.

— Il a dû être retenu par une urgence. Commençons sans lui.

— Avez-vous réfléchi au test ADN dont vous m'avez parlé le mois dernier ?

— Oui, j'aimerais le faire maintenant. Pouvez-vous vous charger de la prise de sang ?

— Bien sûr.

Jocelyn chercha le dossier de Sandra sur sa tablette et prépara son matériel.

— Je vais aussi en prélever pour les analyses courantes.

Sandra releva sa manche.

— Parfait, allons-y.

La gynécologue sourit.

— C'est agréable d'avoir affaire à un médecin, je n'ai pas besoin d'expliquer grand-chose.

Une fois le sang prélevé, Jocelyn colla des étiquettes sur les tubes et appela une infirmière pour qu'elle les emporte au labo.

— Et maintenant ?

— Nous allons écouter le cœur au Doppler. Si nous n'entendons rien, ça ne signifie pas qu'il ne bat pas, plutôt qu'il est trop tôt. Mais de toute façon nous ferons une échographie pour vérifier que tout va bien.

— Super. J'ai encore du mal à croire que le bébé est toujours là.

— Et ces nausées ? Vous sentez-vous mieux ?

— On dirait. Kody m'a préparé un thé qui semble être efficace et il m'a donné la recette. Depuis, j'en bois régulièrement.

Elle sortit la recette sur son téléphone et Jocelyn la lut.

— Ah oui ! ça ressemble à celle que ma *halmoni* préparait quand nous étions malades, surtout quand nous revenions de Séoul à Boston. Enfant, je souffrais d'un terrible mal des transports.

— Kody m'a raconté que c'était sa grand-mère cherokee qui lui faisait boire ça contre les nausées et les maux de ventre, et je dois admettre que ça me réussit.

— De toute façon vous ne risquez rien, alors continuez.

Jocelyn ôta ses gants et les jeta.

— Allongez-vous, nous allons écouter ce cœur. Il faudra aussi que vous fassiez une hyperglycémie provoquée et une amniocentèse à seize semaines.

— Vous voyez trop loin !

— Vu votre spécialité, je m'imaginais que vous aimiez anticiper.

— Oui, mais dans mon cas je ne tiens pas trop à prévoir la suite.

— Je comprends.

Jocelyn alluma le Doppler qui émit un ronronnement et passa la sonde sur le ventre de Sandra.

Sandra ferma les yeux et s'efforça de contrôler ses émotions.

Elle ne va rien entendre, il n'y a pas de cœur qui bat. Pourquoi ai-je cru que ça pouvait marcher ?

Et soudain elle perçut un battement rapide, qui n'avait rien à voir avec celui de son propre cœur ; elle sentit son pouls accélérer et son sang bouillonner dans ses veines.

Il y avait une autre vie en elle.

Son bébé.

Jocelyn la regarda en souriant.

— On l'entend bien, n'est-ce pas ? Régulier et fort. Félicitations !

Sandra tenta, en vain, de refouler ses larmes, qui coulèrent sur ses joues et dans ses oreilles, à cause de sa position allongée. Le bébé était là, vivant, en elle.

— Nous allons tout de même faire cette échographie pour voir si tout se déroule bien.

Submergée par l'émotion, Sandra ne put répondre, et ses larmes redoublèrent : Kody n'était même pas venu assister à cela ! Entendre le cœur de leur bébé...

Cela ne lui ressemblait pas. Elle était certaine qu'il voulait cet enfant, il le lui avait dit, et elle le croyait.

Peut-être la prochaine fois...

Soudain, un frisson la traversa : et s'il n'y avait pas de prochaine fois ? Elle n'était pas hors de la zone de danger. Autant le reconnaître, elle serait inquiète jusqu'à ce que le bébé ait atteint le moment où il serait capable de survivre ex utero.

Trente-cinq semaines. Elle devait y arriver.

— Tout va bien, Sandra ?

— Je me fais du souci...

— Je comprends. Mais regardez !

Sandra se tourna vers l'écran et ne fut pas longue à voir le bébé.

— Vous voyez, tout a l'air de bien se passer. Le placenta est bien placé, et le bébé semble assez actif. Jusque-là, tout va bien. Toutefois, il faut continuer à vous reposer. Pas question de reprendre le travail.

— Je deviens folle, à ne rien faire.

— Vous n'aviez pas envie d'entreprendre une recherche ?

— Comment cela ?

Jocelyn haussa les épaules.

— Je ne sais pas, une innovation que vous avez toujours voulu apporter mais pour laquelle vous avez manqué de temps.

— Oui, je suppose que j'ai quelques idées en réserve...

— Eh bien, c'est le moment de vous y plonger. Vous avez la possibilité de demander un temps partiel, mais je pense que le directeur ne verrait pas d'inconvénient à ce que vous preniez une année sabbatique, si c'est dans le but d'effectuer une recherche qui profiterait à l'hôpital. Rolling Creek possède une immense bibliothèque et un laboratoire de recherche. Il vous suffit de faire une proposition au Conseil d'administration.

— Quand a lieu la prochaine réunion ?

— Dans un mois. Vous avez tout le temps de mettre votre projet sur pied.

Sandra sentit l'excitation monter en elle. C'était parfait, exactement ce qu'il lui fallait pour s'occuper l'esprit et cesser de se demander si Kody s'occuperait d'elle et du bébé...

Rien ne l'empêchait d'y consacrer tout son temps, et peut-être pourrait-elle même obtenir une bourse de recherche...

Jocelyn glissa deux clichés dans une enveloppe.

— Je vous en donne un pour Kody et un qui vous fera un souvenir. Je veux vous revoir dans un mois.

— Un mois ?

— Oui, à moins que vous n'ayez des crampes ou des saignements, ou quelque chose qui vous effraye. Pour l'instant vous allez bien. Reposez-vous et réfléchissez à cette recherche.

— Merci, Jocelyn.

Sur un sourire, la gynécologue sortit. Sandra mit l'enveloppe dans son sac sans l'examiner plus avant. Elle avait vraiment envie de rentrer chez elle, d'allumer son ordinateur et de fouiller dans ses dossiers. Elle avait à nouveau un but. Même si elle n'était pas en salle d'opération ou en train de sauver des vies aux urgences, au moins, elle avait quelque chose de passionnant à réaliser...

Perdue dans ses pensées, elle n'entendit pas qu'on l'appelait. Enfin, elle se souvint qu'elle était le Dr Fraser et comprit que quelqu'un avait un message pour elle.

Elle se tourna vers le comptoir central, Sally se précipitait vers elle, en uniforme de secouriste et l'air affolée.

Son cœur chavira.

— Sally ? Que s'est-il passé ?

— Kody a eu un accident avec l'ambulance. Il s'en tire avec deux côtes cassées et un probable trauma crânien, mais Robbie a été grièvement blessé, on l'opère en urgence. Ne croyez pas que mon frère vous a abandonnée, ils étaient justement en route pour vous rejoindre...

— Vous en êtes certaine ?

Sally rougit.

— Il me l'a dit, il voulait être avec vous.

— Je vous crois. Et où est Lucy ?

— Elle est partie hier pour Disneyland avec ses grands-parents. Ils comptent y passer quelques jours.

— C'est une chance !

— En quelque sorte. Sandra, je dois y retourner, c'est un carambolage. Un camion de transport s'est retourné sur l'autoroute, et les véhicules se sont tamponnés derrière. Il y a pas mal de blessés.

Sally se mordit la lèvre.

— Pour mon frère... Il ne peut pas rester seul, et on ne le laissera pas sortir de l'hôpital tant qu'il n'a pas un endroit où aller.

— Ne vous en faites pas, Sally. Je peux l'amener chez moi et le surveiller.

— Merci, Sandra. Je comprends que la situation soit bizarre pour vous...

— Ne discutez pas, allez-y vite !

Sally hocha la tête et se précipita vers l'entrée des ambulances.

Sandra descendit aux urgences, trouva le lit de Kody et referma le rideau. Il était allongé, des points de suture sur la tête et la poitrine bandée pour maintenir les côtes en place. Il somnolait, il avait l'air si abattu...

Bouleversée de le voir dans cet état, elle réalisa soudain qu'elle aurait pu le perdre, que son bébé aurait perdu son père... Elle s'efforça de refouler ses larmes.

— Kody... Maintenant je sais pourquoi tu n'es pas venu au rendez-vous.

Il eut un faible sourire.

— Comment va Robbie ?

— Je l'ignore, il paraît qu'il est toujours en salle d'op.

— Il a été éjecté. Nous étions en train d'aider un patient quand un véhicule nous est rentré dedans. J'étais déjà sorti de l'ambulance...

— Oh ! mon Dieu ! Tu aurais pu être tué !

— Où est Sally ? Elle devait me ramener à la maison, mais j'ai refusé de partir avant d'avoir des nouvelles de Robbie.

— Elle est retournée travailler. Il n'y a personne chez toi, tu ne peux pas rester seul. Dès que je trouve un médecin pour signer ta décharge, je t'emmène chez moi. Il faut qu'on te surveille, ces prochains jours, pour s'assurer que tu n'as pas de traumatisme cérébral. Tu ne dois pas bouger du tout, tu as des côtes cassées, tu sais.

Il ferma les yeux en riant.

— Il est complètement drogué, dit Burt Murdoch qui entrait. Docteur Fraser, content de vous voir. Comment ça se passe ?

— Bien. La sœur de Kody travaille, je vais le prendre chez moi pour le surveiller.

— Parfait. Je n'ai pas besoin de vous exposer le protocole pour le traumatisme crânien ?

— Non, en effet. Pouvons-nous avoir un fauteuil roulant et deux aides-soignants ? Je vais m'avancer avec ma voiture jusqu'à l'entrée des ambulances.

— Bien entendu, docteur Fraser. Je m'en occupe.

— Merci, Burt. Oh ! et pouvez-vous me dire comment va Robbie, son équipier ?

Burt fronça les sourcils.

— Son état est préoccupant. Il souffre de multiples blessures internes, et son score de Glasgow était de 3 à son arrivée.

Sandra sentit son cœur chavirer. Le pronostic n'était pas bon, en effet.

— Pouvez-vous me tenir informée ? Kody se fait du souci pour lui.

— Pas de problème. Emmenez-le et gardez-le au repos complet. Je préviendrai la caserne qu'il ne travaillera pas au moins jusqu'à ce que ses côtes soient guéries. S'il y a trauma crânien, ce sera un peu plus long.

— Merci, Burt.

Il lui tendit le formulaire de décharge, et Kody se redressa.

— Sandra ? Que fais-tu là ?

— Oh ! tu as déjà oublié ? Je te ramène chez moi. On va t'aider jusqu'à la sortie, et je te retrouve à ma voiture.

— Je vais faire du fauteuil roulant ! Super !

Elle réprima un rire et quitta la salle d'urgence. En chemin elle fit signe à quelques personnes qui lui répondirent, mais la plupart du personnel s'affairait à cause de l'accident.

Sur le trajet, elle fut freinée par un embouteillage dû à un accrochage, et il lui fallut vingt minutes pour rejoindre l'entrée des urgences. Quand elle passa les portes, un aide-soignant était assis à côté de Kody qui riait tout seul dans son fauteuil roulant.

Elle se gara, sortit et ouvrit la portière côté passager.

— J'ai mol quand je ris.

— Tu as « mol » ? Tu veux dire « mal » ?

Il eut un large sourire.

— Ouais, c'est ça. Je crois que j'ai des côtes cassées, mon chou.

Elle lui fit les gros yeux.

— Allons, montez dans la voiture, monsieur Davis.

Une fois qu'il fut installé avec l'aide de l'aide-soignant, elle se mit au volant. On lui avait remis l'ordonnance pour les antalgiques, mais elle devait d'abord s'arrêter chez lui prendre des vêtements de rechange et s'assurer que tout était bien fermé.

Appuyé au dossier de son siège, il somnolait à présent. Elle prit sa clé dans la poche de son blouson et entra en vitesse chez lui pour lui préparer un sac. Sa chambre étant très en ordre, elle n'eut aucun mal à trouver ce qu'elle cherchait.

En ouvrant le tiroir de sa commode, elle découvrit un portrait encadré de Jenny.

Ce n'était pas la première fois qu'elle voyait une photo d'elle, il y en avait partout ailleurs dans la maison. Mais pas dans la chambre. Pourquoi celle-ci était-elle cachée ?

Elle se sentit coupable, comme si elle fouinait.

Mais ce n'était pas le moment de tergiverser, Kody risquait de se réveiller et d'être désorienté...

Elle fourra ses affaires dans le sac et ferma la maison, puis retourna à la voiture, où Kody sommeillait toujours.

Super ! Il ne s'est aperçu de rien.

Il ne s'éveilla que lorsqu'ils arrivaient chez elle ; il semblait un peu plus lucide.

— Où suis-je ?

— Chez moi. Sally travaille, et tu as besoin d'être surveillé. Il y a une suspicion de traumatisme cérébral, et tu as des côtes cassées.

— Oui, dit-il en gémissant, je le sens... Et Robbie ?

— Il n'est pas sorti du bloc, mais Burt m'a promis de me tenir informée.

Il grogna.

— Oh ! bon sang ! J'espère que... Nous avions échangé nos places, c'est moi qui aurais dû être dans l'ambulance.

— Mais c'était lui qui y était, et il est en bonnes mains. Viens, cette fois la chambre d'amis est prête, tu seras mieux dans un lit que sur le canapé.

Attrapant son sac à main et le sac de vêtements, elle aida Kody à sortir de la voiture et à monter les marches du perron.

— Tu m'as pris des habits de rechange ?

— Tu es toujours en uniforme. Ne t'inquiète pas, je n'ai pas trouvé ta réserve de revues pornos !

Il grimaça.

— Ne me fais pas rire, ça me fait trop mal !

Elle le conduisit dans la chambre d'amis. Depuis qu'elle

était seule chez elle toute la journée, elle avait eu le temps d'en terminer l'aménagement.

Elle installa Kody sur le lit et déboutonna sa chemise. Ses mains tremblaient. La dernière fois qu'elle l'avait déshabillé, ils avaient conçu un bébé...

— Attends, laisse-moi faire.

— Il faut que tu bouges le moins possible. Laisse-moi t'aider.

Elle poursuivit sa tâche, sentant son pouls battre plus fort... Puis elle posa le sac sur le lit près de lui.

— Voilà, je pense que tu peux te débrouiller pour le reste.

— Merci.

— De rien, tu aurais fait la même chose pour moi. Tu as une salle de bains à côté, et si tu as besoin de quelque chose, appelle-moi.

— D'accord.

Elle se glissa hors de la pièce et ferma la porte.

Même si elle ne regrettait pas de l'avoir amené chez elle, elle savait que ce serait dur...

Il était impossible qu'ils vivent ensemble, puisque ni lui ni elle ne voulait s'engager. Mais en sa présence, toutes ses peurs semblaient s'évanouir, et elle avait envie de lui...

De passer du temps avec lui. Et cela la terrifiait.

Kody se débarrassa tant bien que mal de son uniforme et passa à la salle de bains. Sa tête battait, et la lumière du jour qui tombait de la fenêtre de toit ne fit qu'augmenter son mal au crâne. Il avait des points de suture sur le cuir cheveu, vraisemblablement des coupures superficielles, et sentait qu'il aurait assez vite un œil au beurre noir.

Le moindre mouvement était douloureux, et ses côtes, qui le faisaient souffrir, prenaient toutes sortes de teintes violettes et bleues...

Pourtant, il était en meilleur état que Robbie.

Robbie, qui venait de demander son infirmière en mariage et qui luttait en ce moment pour sa vie...

Il soupira. Il se sentait coupable d'avoir voulu échanger leurs places dans l'ambulance. S'il arrivait malheur à son équipier, il ne se le pardonnerait sans doute jamais.

Ce n'était pas ta faute, tu ne pouvais pas prévoir.

Il aurait tout de même pu faire plus attention à ce qui se passait sur la route... S'il n'avait pas été obsédé par l'idée que Sandra devait l'attendre, qu'il manquait le rendez-vous chez la gynécologue... Il avait tellement envie d'y être avec elle ! Elle avait dû penser, à tort, qu'il voulait la laisser tomber, mais c'était vrai qu'il se sentait gêné depuis leur rencontre avec ses beaux-parents dans le parc.

Ce soir-là, quand les parents de Jenny s'étaient matérialisés sous leurs yeux, il avait culpabilisé d'être vu en compagnie d'une autre femme que leur fille.

Myrtle, qui avait remarqué Sandra, lui avait demandé s'il sortait avec elle ; il avait expliqué que c'était une nouvelle collègue qui venait d'arriver à Austin et ne connaissait pas grand monde, raison pour laquelle il l'avait invitée à dîner. Bien entendu, il n'avait pas dit qu'elle était chirurgienne, et encore moins qu'elle portait son enfant...

C'était impossible.

Cela lui semblait déjà une trahison d'avoir caché le portrait de Jenny de sa chambre...

Une horrible pensée lui traversa l'esprit : et si, en cherchant des vêtements, Sandra avait trouvé la photo dans le tiroir ? Qu'allait-elle penser de lui ?

Il se remit au lit avec une grimace de douleur. S'il était rentré chez lui, il aurait souffert en silence, ce qui aurait été bien préférable. S'il n'y avait pas eu cette histoire de trauma crânien...

À sa gêne vis-à-vis de sa fille et de ses beaux-parents s'ajoutait celle d'avoir manqué la visite chez la gynécologue. Il voulait cet enfant et regrettait de ne pas avoir assisté au rendez-vous.

Il s'allongea, tenta d'arranger ses oreillers et ferma les yeux. Pour l'instant, il n'avait le droit ni de regarder la télé, ni de lire, ni de rien faire d'autre. Il ne pouvait que rester allongé et attendre...

Et il s'ennuyait ferme.

Il entendit frapper à sa porte.

— Oui ?

Sandra entra avec un sac en papier blanc et un verre d'eau.

— Je t'apporte tes médicaments. J'ai pensé que tu devais avoir mal...

— Hum ! un peu.

Elle s'assit sur le bord du lit et lui tendit le verre et un tube d'antalgiques.

— Pas d'Ibuprofène avant de savoir si oui ou non tu as un traumatisme cérébral...

Il avala les cachets et se rallongea avec une grimace. C'était la première fois qu'il avait des côtes cassées, et avec un peu de chance ce serait la dernière : tout le haut du corps lui faisait mal, les épaules, le dos, les flancs, comme si on le poignardait de mille coups.

— Fais attention, ce ne sont que des fêlures mais surtout ne risque rien qui pourrait abîmer les tissus mous ou les poumons.

— Combien de temps dois-je rester en congé ?

— Six semaines minimum, rien que pour les côtes.

— Quoi ? fit-il d'une voix qui coassait bizarrement.

— Calme-toi.

Elle lui tendit un autre cachet.

— C'est un relaxant musculaire, ça devrait te soulager.

— Je ne peux pas rester aussi longtemps chez toi ! Lucy va rentrer...

— D'ici une semaine tu seras plus ou moins capable de te débrouiller, même si tu ne pourras pas soulever de poids.

Il réprima un juron. Il allait rester au moins un mois et demi sans travailler... Et Robbie ? S'il survivait, il faudrait ajouter aussi le temps de sa guérison...

Tout ce temps sans faire son métier, sans sauver de vies...

— Je sais que tu es frustré.

— Hum ! Il faudra que je m'habitue...

Il la regarda dans les yeux.

— Tu as l'air plus calme que d'habitude. Je devine que ton rendez-vous s'est bien passé.

Sans répondre, elle sortit un cliché d'une enveloppe et le lui tendit.

— C'est ta copie. Notre bébé.

Il examina en souriant l'image floue d'un petit extraterrestre qui semblait flotter dans l'espace et sentit son cœur fondre : il avait toujours trouvé cela drôle, et mignon à regarder.

— C'est fantastique.

— Je revois Jocelyn dans un mois. Elle va aussi s'occuper de mon test ADN, pour savoir de quoi je dois m'inquiéter.

— Je croyais que tu l'avais déjà fait.

— Maintenant, oui.

— J'en suis heureux.

Il installa l'échographie de façon à pouvoir l'observer.

— Et à part ça ?

— Elle ne veut toujours pas que je travaille, mais m'a suggéré une occupation qui me convient.

— Ah ? Et quelle est cette grande idée ?

— Préparer une demande pour effectuer une recherche qui me tient à cœur depuis longtemps. J'ai un mois, et si c'est approuvé par le Conseil d'administration, j'obtiendrai une bourse et je pourrai utiliser le labo de l'hôpital. De cette façon, je continuerai à travailler sans mettre le bébé en danger.

— Super ! Sur quoi va porter cette recherche ?

— Je ne sais pas encore, je n'ai pas eu le temps de regarder mes dossiers. Je te rappelle que quelqu'un a eu un accident.

— Tu crois que je l'ai fait exprès ?

Elle sourit.

— Je te taquine. C'est très amusant quand tu ne peux pas répliquer.

— Ha ha ha !

Il bâilla. Le médicament commençait à faire effet.

— Tu devrais dormir, maintenant, dit-elle tout bas.

Elle se leva et arrangea la couette autour de lui.

— Repose-toi. Nous allons voir comment tu vas et si tu dois retourner à l'hôpital passer un scan pour le traumatisme cérébral.

— D'accord. Si tu as des nouvelles de Robbie...

— Je te préviendrai, promis.

Elle sortit et referma la porte.

Même s'il ne voulait pas lui peser, il était content qu'elle l'ait pris chez elle. Où serait-il allé, sinon ? Sally travaillait, elle avait sa vie...

Et pas question d'interrompre les vacances de sa fille.

Il était donc content de pouvoir compter sur Sandra.

Et sur son amitié, même s'il aurait voulu que leur relation soit différente...

9

Dans la chambre obscure, Kody entendit le téléphone sonner vers le milieu de la nuit. Il n'y avait pas de réveil, et il avait oublié de charger son portable. Son cœur se mit à battre la chamade.

Il n'était vraiment pas en forme. Il souffrait le martyre quand il essayait de bouger, mais peut-être Sandra viendrait-elle lui dire qui avait appelé. Les nouvelles de nuit étaient rarement bonnes, en principe...

Pourvu que ce ne soit pas pour avertir que Robbie...

On frappa, et il cria d'entrer.

Sandra se faufila dans la chambre.

— C'était l'hôpital.

— Alors ?

— Robbie est en soins intensifs. Il est stable, mais ils ne peuvent pas certifier qu'il remarchera un jour. Navrée.

Kody poussa un long soupir. Rester paralysé, pour un type si actif et dynamique... Ce n'était pas juste.

Est-ce que la vie est juste ?

— Si je n'avais pas échangé ma place...

— Tu ignores comment ton corps aurait supporté le choc. Tu aurais pu être tué.

Elle s'assit au bord du lit et lui posa la main sur l'épaule. Cela le réconforta profondément.

— Lucy n'aurait plus eu de père, et notre enfant non plus. Tu ne pouvais pas savoir.

— Tu as raison.

— Écoute, Robbie est en bonnes mains… Il a survécu à l'opération alors que pronostic n'était pas bon.

Elle veut te consoler, c'est gentil mais inutile.

— C'est vrai, c'est déjà bien.

Elle consulta sa montre.

— Il est minuit, je devrais retourner me coucher.

— Justement, je me demandais quelle heure il pouvait être. Mais ne te sens pas obligée de me laisser, je suis bien réveillé.

— Peut-être, mais moi, je suis épuisée.

— Reste un moment, s'il te plaît.

Elle soupira.

— D'accord, mais je me mets sous la couette, et si je m'endors ne me réveille pas.

— Promis.

Il se poussa un peu pour lui faire de la place. Elle posa son téléphone sur la table de chevet et se recroquevilla de son côté à elle, sans le toucher.

Il se remémora le moment où il l'avait sentie contre lui en la soulevant dans la cabane. Il avait tellement envie de la prendre dans ses bras, maintenant ! Mais il pouvait à peine bouger et ne tenait pas à abîmer davantage ses côtes. Six semaines de congé lui suffisaient.

Robbie va en avoir beaucoup plus.

Il chassa cette pensée. À quoi bon envisager cette éventualité ? Robbie était vivant, et il ferait le maximum pour l'aider. Maintenant, il fallait à tout prix qu'il dorme, même s'il n'avait pas sommeil.

— Je pensais que tu transformerais cette pièce en nursery.

Elle bâilla.

— J'ai encore deux chambres, dont une est plus proche de la mienne. La seconde, à l'autre bout de la maison, n'est pas restaurée.

— Inutile d'envisager une rénovation importante, pour l'instant.

— Tu veux vraiment parler rénovation à minuit ?

— Oui, ça m'évite de penser à autre chose.

— Par exemple ?

Sa voix était étouffée par l'oreiller.

— À la façon dont nous nous sommes endormis dans la cabane... C'était si agréable, de sentir ton corps contre le mien !

Il ne faisait que la taquiner, puisque de toute façon il n'était pas en état de recommencer cette nuit. Mais comment ne pas avoir conscience qu'elle partageait son lit ?

Il repensait si souvent à cette nuit-là...

Elle se tourna et le fixa dans l'obscurité. Le clair de lune qui entrait par les fentes des volets se reflétait dans ses yeux.

— Pourquoi parler de ça maintenant ?

— Euh... tu as raison. J'ai dû dire pas mal d'âneries ce soir. J'étais amusant sous antalgiques, non ?

— J'ai fait une vidéo.

Il sentit son sang se glacer.

— Quoi ?

— Tu sais comment sont les gens après une chirurgie dentaire ou une opération pour remettre des os en place ?

— Tu n'as pas fait ça ?

Elle ricana.

— Tu riais comme un bossu sur ton fauteuil roulant en m'expliquant à quel point tu souffrais. C'était hilarant.

— Tu ne m'as pas filmé !

— Non, mais je le regrette. C'est un excellent moyen de chantage.

— Tu ne serais pas un peu machiavélique ?

— On me l'a déjà dit. Dors, maintenant.

— C'est que... Il faudra pourtant bien que tu t'habitues.

— À quoi ?

— À ce qu'on te tienne éveillée quand tu as sommeil. Je ne fais que t'entraîner pour l'inévitable.

— Si tu n'étais pas blessé, je te frapperais, fit-elle en marmonnant.

Il tenta de rire, mais la douleur se rappela aussitôt à lui.

— Bonne nuit, Sandra.

— Bonne nuit.

Peu après, il entendit sa respiration devenir régulière. Il s'efforça de se détendre, mais impossible de dormir, il avait le cerveau en ébullition. En principe, quand il ne pouvait faire taire ses pensées, il se levait et pratiquait une activité physique, il soulevait des poids ou faisait des exercices de cardio... Mais cette nuit, il n'en était pas question.

Il se glissa hors du lit, trouva le chargeur de son téléphone et le brancha. Inquiet d'avoir pu manquer un appel ou un texto de Lucy, il attendit que l'écran s'allume mais il n'y avait rien.

Ted et Myrtle savaient qu'il était de service de nuit. Il se connecta à un réseau social et vit Lucy, dans sa robe de princesse préférée, qui avait l'air de beaucoup s'amuser.

Il soupira. Il regrettait de ne pas avoir pu aller avec eux, mais le travail passait d'abord. Il fallait bien qu'il nourrisse sa fille, et il faudrait aussi qu'il nourrisse le bébé à venir...

Il reposa son téléphone et s'allongea près de Sandra avec précaution pour ne pas la réveiller. Difficile de ne pas se tourner sur le côté... Il ne dormait jamais sur le dos, d'habitude. C'était sans doute ce qui l'empêchait de trouver le sommeil...

La bonne blague !

Bien sûr que ce n'était pas la raison... Il était à côté de Sandra sans pouvoir rien faire avec elle, voilà tout.

Il la désirait, mais pas question de la faire souffrir. Elle avait déjà assez souffert par le passé, et à moins qu'il puisse lui offrir son cœur, il ne lui donnerait rien d'autre de lui.

Ce n'était pas juste.

Tu lui as déjà donné une part de toi, puisqu'elle porte ton enfant.

Sa tête le faisait souffrir, et il savait qu'il avait besoin de repos. Il ne pensait pas avoir de traumatisme crânien, mais inutile de tenter le diable. Il ferma les yeux et s'efforça de se calmer pour pouvoir s'endormir.

Sandra s'éveilla le lendemain, étonnée de se trouver dans le lit de Kody. Quand elle était venue lui parler, elle ne comptait rester qu'un instant...

Comme elle avait le sommeil agité, elle espérait ne pas lui avoir donné de coups pendant la nuit… Mais en se retournant avec précaution, elle constata qu'il dormait, allongé sur le dos et la bouche grande ouverte.

Elle rit, sous cape pour ne pas le réveiller. C'était le moment de se lever. Elle passa à la cuisine et prit son thé et des toasts tandis que le soleil se levait. Tout était tranquille, elle allait en profiter pour chercher dans ses dossiers et voir si elle trouvait une piste intéressante.

Du temps de son internat, après avoir choisi de pratiquer la chirurgie d'urgence, elle s'était passionnée pour la chirurgie militaire et l'installation de salles d'opération dans les endroits les plus difficiles. L'hôpital était propice à l'apprentissage, mais la meilleure expérience, c'était le champ de bataille…

Son rêve aurait été de mettre en place un cours sur l'importance de la médecine militaire, une formation destinée à ses internes et également aux secouristes.

Ici à Austin, on effectuait de temps à autre des simulations, mais l'hôpital manquait d'un laboratoire réservé à cet usage, au contraire de celui de San Diego. Dommage, car Rolling Creek était en train de prendre de l'ampleur.

Le déclic lui vint soudain, les choses s'agencèrent dans sa tête, et elle se mit à taper son projet aussi vite que possible. Il y avait longtemps qu'elle n'avait pas senti une telle énergie, une telle motivation.

— Sandra ?

Elle regarda par-dessus son épaule, Kody entrait dans la pièce. Il se tenait le flanc, mais il s'était habillé.

— Oh ! désolée… Je t'ai réveillé ?

— Non, il est bientôt midi. C'est moi qui suis navré d'avoir dormi si tard.

— Bientôt midi ?

Elle vérifia sur son écran : il avait raison. Cela faisait quatre heures qu'elle travaillait sans s'arrêter…

Il vint s'asseoir près d'elle sur le canapé.

— Qu'est-ce que tu fais ?

— Eh bien, Jocelyn m'a suggéré d'entreprendre une recherche, pour pouvoir continuer à travailler sans faire d'efforts physiques qui mettraient le bébé en danger.

— Oui, tu me l'as dit, il me semble, mais je ne m'en souviens pas trop.

Il bâilla.

Elle rit.

— Hier, tu ne te souvenais pas de grand-chose !

— Alors, qu'as-tu décidé de chercher ?

— J'aimerais mettre en place un nouveau cours et aménager un laboratoire de simulation digne de ce nom. Si je pouvais apprendre aux internes et aux secouristes à installer une salle d'op en urgence... Ce serait utile lors de catastrophes à grande échelle, lorsqu'il n'y a plus de place pour recevoir les blessés à l'hôpital et qu'il faut sauver des vies le plus vite possible.

— Super ! J'adorerais faire partie du projet.

Elle sourit, heureuse que cela l'intéresse.

— Tu as bien dormi ?

— Au début j'ai eu du mal. Je n'arrivais pas à trouver de position confortable. Je dors toujours sur le côté.

— Moi, c'est le contraire, je ne peux dormir que sur le ventre ou le dos. Mais en ce moment, les deux sont exclus, sinon je sens une pression, sans doute due au bébé...

— On est handicapés tous les deux, alors ?

Elle rit.

— Et ta tête ?

— Ça va. Les sutures sont un peu douloureuses, mais je ne crois pas avoir de traumatisme crânien.

— C'est une chance. Ne bouge pas, je vais te trouver quelque chose à manger.

Dès qu'elle avait su l'heure, son estomac s'était mis à gronder. Bien entendu, lors d'une grossesse il valait mieux prendre de légers repas plus fréquents, mais elle avait été totalement absorbée par son travail.

Elle confectionna quelques sandwichs et apporta un plateau avec du thé glacé et les médicaments de Kody.

Il ferma son téléphone en souriant.

— Merci. C'était Sally, Robbie va mieux. Il bouge les jambes, il ne restera pas paralysé. J'ai dit à ma sœur que ma tête allait aussi bien que possible.

— Elle a dû être soulagée. Tu comptes beaucoup pour elle, tu as de la chance.

— Je sais, je me soucie beaucoup d'elle aussi. Et de toi.

— Pardon ?

— Tu es quelqu'un d'important dans ma vie, Sandra. Et c'est normal puisque tu portes mon enfant.

— Pourtant tu m'évitais depuis que nous avions rencontré tes beaux-parents au parc...

Il soupira.

— Hum ! Je me sentais coupable.

— De quoi ?

— Je n'en sais rien.

Avec son habitude de deviner l'état d'esprit des gens en salle d'urgence, elle voyait bien qu'il mentait... Mais elle ne le pousserait pas dans ses retranchements. Un jour il finirait par parler du bébé à ses beaux-parents, s'il voulait participer à son éducation et à sa vie...

— Merci encore pour le cliché de l'échographie. Je regrette vraiment de ne pas avoir été là.

— Tu as eu un accident.

— Bien sûr, mais j'aurais voulu y assister.

— Kody... Nous devrions parler maintenant. Mis à part Sally qui est déjà au courant, ta fille et tes beaux-parents devraient être les premiers à savoir.

— D'accord avec toi, nous devrions.

Il ment, encore une fois. Mais qu'est-ce que tu espérais ?

Elle n'avait pas de réponse, elle ne savait pas ce qu'elle espérait...

La semaine s'écoula calmement.

Pour la plus grande joie de Sandra, Kody guérissait vite. À partir du troisième jour il avait pu se déplacer facilement, et elle avait examiné ses côtes : elles se ressoudaient bien, malgré des hématomes toujours importants.

Tandis qu'elle poursuivait son travail, il lui donnait son point de vue de secouriste, lui fournissait des critiques constructives, ce qui lui était d'une grande aide.

C'était agréable de vivre avec lui, d'avoir quelqu'un à qui parler dès le matin au petit déjeuner, avec qui s'asseoir sous le porche avec un thé glacé pour admirer le lever ou le coucher du soleil.

C'était bien aussi de savoir qu'elle n'était pas seule. Elle comprit que lorsqu'elle était mariée à Alex, même s'ils dormaient dans le même lit, elle s'était sentie seule. L'expérience qu'elle faisait en ce moment était totalement nouvelle pour elle.

Elle se mit à redouter la fin de la semaine, où Sally viendrait le chercher parce que Lucy revenait de vacances.

Si seulement Kody et sa fille avaient pu venir vivre chez elle avec le bébé... Mais c'était un rêve...

Et tout compte fait, elle n'y tenait pas. Elle était impatiente de retrouver un semblant de normalité.

Le dernier jour, elle trouva Kody en train d'emballer ses affaires et le regarda faire avec tristesse. Mais que dire ?

— Tu n'as rien oublié ?

— Je crois que non.

Il roula l'échographie qu'elle lui avait rapportée.

— Tu vas parler à Lucy ?

— Pas encore.

— Pourquoi ?

— Nous le lui dirons tous les deux, ensemble.

— Bien sûr.

Mais elle ne le croyait pas. Même s'il était heureux d'avoir ce bébé, elle savait que dans le fond il regrettait de l'avoir fait : un autre enfant, avec une autre que sa femme disparue.

C'était aussi cela qui le retenait, et elle se sentait coupable.

Lorsqu'on frappa à la porte, elle le laissa terminer ses bagages pour aller ouvrir à Sally.

— Salut ! Mon frère est prêt ?

— Presque. Veux-tu boire quelque chose ?

— Non, merci.

Sally se mordit la lèvre.

— Et toi, comment te sens-tu ?

— Bien. J'en suis à un peu plus de onze semaines maintenant, mais nous n'avons encore rien dit à Lucy. Nous attendons la fin du premier trimestre, c'est plus sûr.

— Je comprends. Je suis contente que tu te portes bien et je suis impatiente de rencontrer mon neveu… ou ma nièce.

— Merci, c'est important pour moi.

Et c'était vrai, car de son côté elle n'avait aucune famille qui puisse se réjouir de la venue d'un enfant…

Elle était seule.

— Bonsoir, choupette ! Lucy est arrivée ?

— Non, leur avion atterrit dans une heure. C'est mieux que je te ramène avant qu'ils arrivent, nous leur annoncerons l'accident après.

Elle attrapa le sac de son frère, fit un signe d'au revoir à Sandra et sortit.

Sandra soupira.

— J'espère qu'ils ne seront pas trop perturbés… Au moins, Lucy sera heureuse de t'avoir à la maison quelques semaines.

— C'est certain. Merci de t'être occupée de moi. Vraiment.

Il l'embrassa sur le sommet du crâne.

— Je te donnerai des nouvelles, et nous reparlerons de ce que nous devons dire à Lucy.

— D'accord.

Elle le regarda sortir, vit Sally l'aider à monter dans la voiture et démarrer, la laissant seule à nouveau. La maison était tellement silencieuse, tout à coup…

Elle ne s'attendait pas que Kody lui manque autant, mais il ne pouvait pas rester, c'était mieux ainsi.

Vraiment ? Tu en es sûre ?

Bref, il lui manquait tout de même beaucoup…

Kody se dit qu'il était content de rentrer chez lui. Sally l'aida à s'installer, et il vagabonda dans la maison. En regardant par la fenêtre, il ne voyait que la rangée de villas toutes semblables à la sienne, bien alignées. La cour arrière était minuscule, et il n'y avait pas d'espace pour l'agrandir.

Et derrière, la voie ferrée, où les trains passaient parfois à grande vitesse... Pas de prairie, pas de colline...

La ferme de Sandra était bien plus agréable. Et après la semaine qu'il avait passée chez elle, il ressentait un grand vide.

En fait, elle lui manquait, il regrettait de ne plus la voir tous les jours, de ne plus discuter avec elle de son projet. De ne pas voir son enfant grandir, même si, pour l'instant, il n'était qu'une petite protubérance de son ventre...

Il était impatient de le sentir bouger et d'annoncer la nouvelle à Lucy.

Pendant qu'il regardait par la fenêtre, une voiture se gara dans l'allée à côté de la sienne.

Lucy monta aussitôt les marches du perron et entra en criant :

— Papa !

Elle lui tendit les bras, mais il recula d'un pas, et elle fronça les sourcils en remarquant son bandage.

— Mais tu es blessé ? Qu'est-ce qui t'est arrivé ?

Ses beaux-parents entrèrent derrière Lucy.

— Que s'est-il passé ? demanda Ted.

— Mon ambulance a eu un accident.

Il s'assit sur le canapé, et sa fille sauta près de lui et se blottit sous son bras.

— Oh ! mon Dieu ! s'écria Myrtle. Pourquoi ne nous avez-vous pas prévenus ?

— Pour vous inquiéter ? Tout allait bien, je n'avais que deux côtes cassées et des blessures superficielles à la tête, qui sont déjà guéries. Mais je suis en congé pour encore cinq semaines.

— Quand est-ce arrivé ?

— Le lendemain de votre départ.

— Nous aurions pu revenir ! s'écria Myrtle.

— Et gâcher vos vacances ? J'ai été bien soigné, mon amie médecin s'est occupée de moi.

— Sandra ?

L'air espiègle de sa fille le fit regretter d'avoir parlé.

— Qui est Sandra ? demanda aussitôt Myrtle.

— Un médecin de l'hôpital avec qui j'ai sympathisé. Elle n'est à Austin que depuis peu. Elle m'a bien aidé, et Sally aussi.

Il ne tenait pas à donner plus d'explications dans l'immédiat.

Ted lui tendit un dossier imposant.

— Tenez, Kody, c'est pour vous. Peut-être qu'en cinq semaines vous pourrez étudier ça.

— Qu'est-ce que c'est ?

— Un cours complet de pilotage. Comme nous savons que vous en avez envie, nous avons décidé de vous pousser un peu. Il y a des livres à lire, vous pourriez le faire pendant votre congé.

Kody fixa le dossier sans répondre. Il ne savait que dire, il n'éprouvait qu'un énorme sentiment de culpabilité.

Myrtle et Ted faisaient tant pour lui, et comment les récompensait-il ? En s'efforçant de tourner la page, d'oublier leur fille.

Il ne méritait pas leur gentillesse.

10

Huit semaines plus tard

Sandra se dirigea d'un pas décidé vers la grande porte. Elle sortait de son second rendez-vous au Conseil d'administration depuis qu'elle avait soumis sa demande de bourse pour son projet. Sans trop oser y croire, elle pressentait que le Conseil allait approuver sa proposition.

Les deux derniers mois lui avaient semblé passer en un clin d'œil... Même si elle n'avait pas beaucoup vu Kody, qui lui téléphonait de temps à autre pour prendre de ses nouvelles, elle n'en avait pas fait grand cas tant elle était focalisée sur son travail.

Lucy avait été si bouleversée par l'accident de son père qu'ils avaient décidé d'attendre pour lui parler, et ils n'avaient plus abordé le sujet.

Et pourtant ils ne devaient pas tarder, car sa grossesse devenait de plus en plus difficile à cacher... Le bébé se portait bien, et à dix-neuf semaines, les nausées matinales n'étaient plus qu'un mauvais souvenir.

De toute façon, Kody connaissait sa fille mieux qu'elle, se disait Sandra, et comme la décision ne lui appartenait pas, autant ne pas s'en faire...

Après cette réunion, elle se sentait à nouveau elle-même : confiante, prête à commencer à travailler sur son projet. Le sujet la passionnait autant que la chirurgie.

— Sandra, vous avez une minute ?

Le Dr Ohe venait vers elle, une enveloppe à la main.

— Jocelyn ! Ravie de vous voir. Rassurez-moi, je n'ai pas manqué un rendez-vous, au moins ?

— Non, mais je savais que vous aviez une réunion avec le Conseil d'administration. Comment ça s'est passé ?

— Bien, j'espère.

— Je suis certaine que ça va marcher.

Jocelyn prit une profonde inspiration et lui tendit l'enveloppe.

— Le résultat de votre test ADN.

Le cœur de Sandra manqua un battement.

— Je ne sais pas si je peux l'ouvrir. J'ai reçu mon rapport d'adoption, mais je n'ai pas pu le lire non plus.

— Aucun nom n'est mentionné dans celui-ci, et vous saurez ce que contient votre ADN. J'ai jeté un coup d'œil, pas de souci. Votre enfant n'a rien de bien méchant à redouter.

Elle poussa un soupir de soulagement.

— Ouf ! c'est déjà ça !

— Mais vous devriez le consulter quand même et me dire si vous avez des questions.

— D'accord. Merci, au revoir !

Une fois Jocelyn disparue, Sandra se dirigea vers un endroit à l'écart et tranquille dans le hall. Terrifiée, les mains tremblantes, elle gardait les yeux fixés sur l'enveloppe sans savoir qu'en faire.

Ça fait si longtemps que tu veux savoir…

Non, impossible, pas ici. Elle fourra l'enveloppe dans sa mallette et quand elle releva la tête Kody venait vers elle en uniforme de secouriste. Il avait l'air content de la voir.

Ne sois pas idiote, il fait semblant.

Elle ne devait pas l'oublier. Il était clair qu'elle ne l'intéressait pas, et même si elle en mourait d'envie, elle n'était pas prête à risquer son cœur une seconde fois.

— Je t'ai vue de loin, je pensais bien que c'était toi ! Que fais-tu ici ?

— Je pourrais te poser la même question, mais tu as de toute évidence repris le travail.

— Rien de trop dur pour l'instant, mais oui. Comme j'étais

d'astreinte à la caserne, je n'ai pas pris le temps de me changer et je suis venu ennuyer Robbie durant sa séance de rééducation.

— Comment va-t-il ?

— Bien.

Il baissa les yeux sur son ventre rond.

— Et toi ?

— Bien aussi. J'avais rendez-vous avec le Conseil d'administration pour mon projet. C'était la seconde réunion, je pense que ça va se faire.

— Super ! on attend ce cours avec impatience, à la caserne. Ça nous fera du bien à tous.

Elle sourit. C'était si facile, de parler avec lui !

— Tu m'as manqué, dit-elle.

Il lui prit la main.

— Toi aussi.

— Pourquoi n'es-tu pas passé me voir ? Je croyais que tu allais parler à Lucy...

— Elle a eu une angine et la varicelle, je ne voulais pas que tu sois exposée.

— Tu aurais pu me le dire...

— Je te l'ai dit, un soir où nous avons bavardé au téléphone. Mais tu étais si distraite... Tu ne parlais que de ta bourse.

Il lui sourit, et elle se sentit rougir.

— C'est vrai, je m'en souviens. Alors je n'ai aucune raison de t'en vouloir.

Ses yeux pétillèrent, et il rit.

— Navré, je ne suis pas aussi goujat que tu pouvais le croire. Et si nous allions lui parler maintenant ?

Elle posa la main sur sa poitrine, son cœur avait fait un bon.

— Quoi ? Tu es sûr ?

— Oui. C'est bientôt l'heure de la sortie de l'école, nous pourrions aller la chercher et lui annoncer la nouvelle.

Il baissa les yeux vers son ventre.

— De toute façon elle ne va pas tarder à deviner. Elle a près de huit ans...

— C'est vrai. Je viens avec ma voiture ?

— D'accord.

Le cœur battant la chamade et l'esprit agité, elle le suivit jusque chez lui. Malgré Jocelyn qui soutenait que sa grossesse suivait un cours normal, elle ne parvenait pas à chasser sa peur de tout perdre.

Et pas question de faire souffrir Lucy, qui avait déjà perdu sa mère...

Kody n'habitait pas loin de l'hôpital. Pour l'instant, elle était trop nerveuse pour se concentrer sur son ADN : elle laissa donc sa mallette et l'enveloppe dans sa voiture.

— On dirait que tu vas être malade. Tu te sens bien ?

— Oui... Je suis juste très inquiète de la réaction de ta fille.

— Tout va bien se passer, crois-moi.

Difficile... Toute sa confiance en elle fraîchement retrouvée s'était envolée...

— Allons, viens !

Il lui prit la main, et ils se dirigèrent vers l'école de Lucy. C'était si agréable, de se promener dans cette fin d'après-midi estivale !

Ils s'arrêtèrent au portail pour attendre avec des parents qui bavardaient entre eux. D'autres étaient restés dans leur voiture, et un employé municipal attendait, visiblement chargé de faire traverser les enfants.

Elle se serait crue dans un film...

C'était ce dont elle avait rêvé à San Diego. À part que, là-bas, Alex voulait à tout prix engager une nurse.

« Nous sommes chirurgiens tous les deux, Sandra. Sois raisonnable, nous ne resterons pas à la maison, ni toi ni moi. Nous prendrons quelqu'un pour s'occuper de l'enfant pendant nos heures de travail, c'est la seule solution. »

Et en effet, la rumeur disait, juste avant qu'elle quitte la ville, qu'il avait engagé une nurse diplômée pour s'occuper de son futur enfant...

— Puisque nous travaillons tous les deux, nous devrions peut-être chercher une nurse ?

— Pardon ? Mais nous aurons chacun un congé. Nous y songerons quand nous reprendrons le travail, non ?

— À ce moment-là, nous n'en trouverons peut-être plus de compétente...

Il lui jeta un regard de côté.

— Que se passe-t-il, Sandra ?

— En fait, tu n'y as jamais vraiment réfléchi. Tu as eu ta sœur et tes beaux-parents pour t'aider...

— Et avant, Jenny avait choisi de rester à la maison et d'étudier par Internet. Tu as raison, je ne me suis jamais vraiment posé la question. Tu voudrais avoir une nurse ?

— Si je reprends la chirurgie, ce sera utile, surtout si tu as les mêmes horaires que moi et que ta sœur veut retourner à la fac de médecine.

— Eh bien, nous allons y réfléchir, dit-il en se passant la main dans les cheveux.

Il avait l'air nerveux, tout à coup...

— Navrée si je t'ai stressé, Kody, je ne voulais pas... C'est juste que ça m'a traversé l'esprit.

Il lui adressa un clin d'œil.

— Tu es vraiment étrange, parfois.

Elle eut un sourire espiègle.

— C'est toi qui me dis ça ? Toi qui as montré tes fesses bleues à tout le monde ?

Il pinça la bouche, et elle éclata de rire malgré elle.

— Rappelle-moi d'étriper Megan si je la rencontre, d'accord ?

— Je veux absolument voir cette coupure de journal.

— Pas question.

À ce moment-là, la cloche sonna, et ils se turent tandis que les enfants se ruaient hors de l'école, qui vers ses parents, qui vers le bus scolaire. Lucy fut facile à repérer, avec ses vêtements de couleurs vives et ses cheveux d'un blond vénitien.

— Papa !

Elle sauta vers lui et lui entoura la taille. Il ne devait pas vouloir la soulever dans ses bras devant ses camarades...

— Bonsoir, ma puce. J'ai amené quelqu'un qui avait envie d'une bonne glace.

Lucy regarda Sandra en souriant.

— Docteur Sandra ?

— Salut, Lucy. Je peux me joindre à vous ?

La fillette regarda son ventre.

— Vous attendez un bébé, docteur Sandra ?

Elle sentait son sang battre à ses tempes.

— Oui, et j'aimerais te parler de quelque chose.

— D'accord, mais on va chercher les glaces d'abord ?

— Bien sûr, à la vieille hutte, et après le dîner nous pourrions faire un tour au parc.

— On pourra aller au restaurant comme la dernière fois ?

— La dernière fois, nous avions laissé brûler le repas que tante Sally avait préparé.

Lucy prit l'air désolé.

— J'espère qu'il est brûlé ce soir, aussi.

Sandra retint à grand-peine un éclat de rire.

— Je vois de qui elle tient son humour !

— Oh ! pas que de moi, sa mère aussi était drôle !

Malgré sa déception, Lucy retrouva sa bonne humeur à l'approche de la vieille hutte où on servait des glaces si délicieuses.

Ils s'assirent à une table de pique-nique pour les déguster. Pourtant l'estomac de Sandra se noua quand elle vit Kody regarder sa fille avec gravité.

— Ma puce, tu sais donc que le Dr Sandra attend un bébé ?

— Oui.

— Eh bien, ce bébé est aussi le mien. Tu vas avoir un petit frère ou une petite sœur.

La fillette ouvrit de grands yeux et eut un large sourire.

— C'est vrai ?

— Oui, répondit Sandra. J'espère que tu es contente.

Lucy l'enlaça de ses petits bras.

— Oui ! Je l'ai toujours voulu ! Une fille ou un garçon ?

Kody lui souleva le menton.

— Nous n'en savons rien encore. Lucy... C'est important que tu saches que rien n'est changé entre toi et moi.

— Je le sais, mais notre famille s'agrandit de deux pieds.

Elle fronça le nez sous l'effet de la réflexion.

— Ou plutôt, forcément, de quatre.

Sandra éclata de rire.

— Je n'attends pas de jumeaux !

— Les pieds du bébé, et les vôtres, docteur Sandra. Ils comptent aussi, vous faites partie de la famille maintenant.

Sandra sentit sa vue se brouiller et se détourna. Son estomac aussi paraissait agité...

— Vous êtes malade, docteur Sandra ?

— Ce n'est rien, Lucy, je suis si heureuse que ça te plaise !

Elle échangea un sourire avec Kody.

Leur glace terminée, ils rentrèrent chez Kody. Elle marchait main dans la main avec lui et se sentit vraiment en famille.

Tu te leurres, ce n'est pas ta famille.

Et elle devait s'en souvenir, quelle que soit son envie d'en avoir une.

Lucy monta dans sa chambre pour lire tandis que Kody préparait le dîner. Après le repas, ils parlèrent du bébé, et Sandra répondit du mieux qu'elle put aux nombreuses questions que Lucy avait à poser.

Enfin, elle attendit dans le salon pendant que Kody montait coucher sa fille. Quand il redescendit, il alla mettre de l'ordre à la cuisine, et elle le suivit.

— Tu as encore de ce thé au gingembre ? Quand je suis anxieuse, mon estomac est un peu tourneboulé...

Il eut un large sourire et lui posa une main sur le ventre.

— Rien à voir avec la nervosité. Tu as l'impression d'avoir des papillons ?

— Oui, c'est ça.

— C'est le bébé qui bouge. Tu en es à dix-neuf semaines, ça s'appelle l'accélération, vous devriez le savoir, non, docteur ?

Elle se plaqua une main sur le ventre, sentit une vibration et se mit à pleurer.

— J'ai été si occupée que je n'ai rien remarqué. Le bébé bouge !

Son bébé était vivant, il remuait... Il existait, ce n'était pas un songe.

Kody s'agenouilla près d'elle et murmura quelque chose contre son ventre.

— Qu'as-tu dit ?

— Que je l'aime, et que je suis impatient de le – ou la, peu importe – voir.

— C'est si gentil !

— C'est incroyable, dit-il en se relevant.

Il l'embrassa, juste comme il l'avait fait dans la cabane la nuit où... elle avait perdu la tête.

Elle qui avait pensé que ce ne serait rapidement plus qu'un souvenir ! En cet instant, dans la cuisine, elle était heureuse d'avoir saisi cette opportunité.

Il approfondit le baiser, et elle le laissa faire. Il lui avait manqué, elle repensait sans cesse à leur étreinte dans la cabane et aurait tout donné pour en vivre une autre. Et la savourer.

Il lui caressa les cheveux et tenta de s'écarter, mais elle l'attira à elle. Pas question que cela se termine, même s'il ne devait pas y avoir d'autres fois.

— J'ai envie de toi, Kody.

— Tu te souviens de ce qui s'est passé la première fois ?

— Eh bien, je ne risque plus de tomber enceinte.

Elle l'embrassa de nouveau en tâchant de lui transmettre toute la force de son désir.

— S'il te plaît, juste ce soir...

Il lui caressa les cheveux.

— Je ne devrais pas, mais comment te le refuser ?

Puis il la souleva dans ses bras et la porta dans sa chambre.

Malgré sa peur pour le bébé, elle avait tant envie de lui, et aussi d'oublier ses soucis, sa tristesse, sa grande solitude ! Elle voulait faire l'amour avec lui une dernière fois. Ils se dévêtirent en hâte, puis elle s'allongea et l'attira à elle.

Il la rejoignit, et colla le torse contre son dos pour ne pas faire pression sur son ventre. Sous sa caresse, elle frissonna de plaisir.

Puis il lui prit le menton pour la regarder dans les yeux. Ces yeux bleus si brillants plongés dans les siens la fascinaient, elle avait oublié qu'elle pouvait s'y perdre...

Il l'embrassa avec tendresse.

— Kody, j'ai envie de toi, dit-elle de nouveau dans un murmure.

— Je sais. Ne t'inquiète pas, je ferai attention, mais si tu te sens mal à l'aise, arrête-moi.

Les yeux fermés, oubliant ses craintes, elle jouit pleinement des sensations qu'il lui procurait. Elle savait que rien ne l'empêchait de faire l'amour pendant la grossesse, et ne doutait pas qu'il serait doux avec elle.

Lorsqu'elle sentit ses mains sur son corps, elle laissa échapper un soupir : des étincelles délicieuses se répandirent en elle, et elle se concentra sur son plaisir.

Elle avait envie de goûter à nouveau à la passion, qu'il la possède encore une fois...

Elle l'embrassa et sentit sa bouche s'ouvrir contre la sienne. Leur baiser s'approfondit, et son envie de lui s'exacerba. De lui, car jamais elle n'avait éprouvé cela pour un autre homme.

Il mit fin au baiser, la laissant haletante, le corps brûlant de désir.

— Tu m'as manqué, Sandra. Tu es si belle...

Il lui embrassa la nuque et le dos. Lorsqu'elle sentit sa main entre ses cuisses, elle cria. Il resta derrière elle pour la pénétrer, et elle poussa un nouveau cri de plaisir.

Leur première fois avait été frénétique et passionnée, et ce soir c'était la lenteur qui était délicieuse. Elle frissonna tout entière en sentant sa main se poser sur sa poitrine pour la maintenir ; il se mit à bouger sur un rythme lent.

Un plaisir inouï la traversa telle une traînée de feu. Il accéléra le rythme, la jouissance la saisit tout entière, et il la suivit peu après.

Sentant ses mains relâcher leur prise, elle eut l'impression de fondre.

Il roula sur le dos, et elle se blottit près de lui, écoutant sa respiration tandis qu'il décrivait lentement sur son dos des cercles du bout des doigts.

Elle aurait dû se lever, mais n'en avait pas envie.

— Tu restes pour la nuit ? Il est tard, et je serais inquiet de te savoir sur la route.

— Si ça ne t'ennuie pas... C'est vrai que je suis fatiguée.

Il l'embrassa.

— Non, ça ne m'ennuie pas. Il faudra juste que tu ne te lèves pas avant que je parte emmener Lucy à l'école. Je ne veux pas la bouleverser, c'est la première fois qu'une femme reste dormir ici.

— Bien entendu !

De peur qu'il la repousse, elle n'osa pas poser de questions. Malgré tous ses efforts, elle ne parvenait pas à accepter la situation. Elle savait pourtant qu'elle aurait dû se tenir à distance, mais en ce moment, couchée contre lui et écoutant son cœur battre, elle avait conscience d'être en train de tomber amoureuse et de ne rien y pouvoir.

Jamais elle n'aurait cru pouvoir aimer à nouveau après Alex, qui lui avait fait perdre toute confiance en elle. Kody ne risquait-il pas de la repousser aussi un jour ou l'autre ?

— Tu ne dis plus rien ?

— J'ai un peu froid.

— Je ne te crois pas.

Il se tourna vers elle et lui donna un baiser qui ralluma le feu dans son corps.

— Tu peux peut-être me réchauffer ?

Il sourit.

— Certainement.

Il l'attira à lui et se remit à la caresser, et le désir revint aussitôt. Elle ne se rassasierait jamais de cet homme, elle était perdue...

Kody était son talon d'Achille, et puisqu'elle était si amoureuse, autant ne pas combattre. Elle l'aimait, et malgré sa crainte que son amour ne soit pas payé de retour, elle était incapable de résister.

Et bien qu'elle soit terrifiée à l'idée de se livrer totalement, pour l'instant, elle comptait bien profiter de ce moment de passion volé.

Même si ce devait être le dernier.

11

En s'éveillant, Kody sentit quelque chose frémir sous ses doigts. Sa main était posée sur le ventre de Sandra.

Il sourit à cet infime mouvement de son bébé. Il souhaitait vraiment être un bon père pour lui, et être juste avec Sandra. Mais comment ?

À nouveau, il sentit le frémissement. Ainsi, il était plus faible qu'il ne le croyait... Et sa faiblesse, c'était Sandra. La première nuit dans la cabane, quand il avait promis que cela ne se reproduirait pas, et il y croyait, mais à présent... Elle était dans son lit, blottie contre lui après avoir fait l'amour, et cela le rendait heureux.

Il ne voulait pas la faire souffrir, parce qu'il l'aimait.

Bien entendu il avait peur, comme s'il ne méritait pas cette seconde chance de bonheur... En fin de compte, il n'était pas certain qu'elle veuille de lui.

Vraiment ?

Elle remua dans son sommeil, il la couvrit et se glissa hors du lit tout doucement, sans la déranger. Il devait se préparer pour faire déjeuner Lucy et l'emmener à l'école.

Ensuite, Sandra et lui pourraient parler tranquillement de ce qui leur arrivait, et de ce qui se passerait avec leur enfant. Cette pensée le fit à nouveau sourire.

Quel genre de personne serait ce nouveau bébé ? Son avenir était encore à déterminer, et même si Sandra et lui ne pouvaient vivre ensemble, il serait là pour lui.

Sauf si elle le repoussait, ou déménageait.

Ou si elle tombait amoureuse d'un autre.

L'idée qu'elle puisse être avec un autre homme le rendait furieux... Voulait-elle vraiment de lui ? Un veuf avec déjà un enfant, et le souvenir de sa femme disparue qui planait au-dessus d'eux en permanence ?

Il était maintenant certain qu'il ne se lasserait jamais de Sandra, mais pouvait-il trahir la mémoire de Jenny et tourner la page ? Il n'avait même pas encore mis ses beaux-parents au courant...

Lucy se leva sans protester, il la prépara et l'accompagna à l'école. Elle était si excitée d'annoncer à tout le monde qu'elle allait avoir un petit frère ou une petite sœur ! Il avait l'estomac noué, car il ne tenait pas à ce qu'elle le crie sur les toits : si jamais ses beaux-parents l'apprenaient...

Il faut que tu surmontes ce problème.

Comment concilier son attachement à Jenny et le fait d'être amoureux de Sandra. ? Cela lui semblait impossible.

Et pas question de ne donner à Sandra que la moitié de son cœur, elle méritait mieux.

Alors qu'il était presque rentré chez lui, il avisa Myrtle et Ted qui s'avançaient dans l'allée et sentit monter la panique.

— À qui est cette voiture ? demanda Ted.

— À une collègue urgentiste. Elle met en place un cours et un laboratoire de simulation où nous pourrons travailler ensemble sur les réactions en cas de catastrophe de grande échelle. Elle est venue en discuter avec moi.

— Si tôt ?

— Eh bien, vous connaissez les médecins...

C'était tellement tiré par les cheveux qu'il n'espérait même pas être cru...

— Bien, dans ce cas nous y allons. Voulez-vous que nous prenions Lucy à l'école, tout à l'heure ?

— Euh... Non, je crois que Sally a prévu d'y aller.

— Parfait.

Myrtle le prit dans ses bras.

— Nous vous laissons travailler. N'oubliez pas les leçons de pilotage, maintenant que vous êtes guéri. Nous pouvons garder Lucy quand ça vous arrange.

— Merci.

Il ouvrit la portière à Myrtle et Ted s'installa au volant. Il les regarda partir et leur fit signe, puis se passa une main sur le visage.

Il ne savait plus quoi faire.

En s'éveillant, Sandra s'aperçut que Kody n'était plus là. Sur la table de chevet, un mot disait qu'il était parti emmener Lucy à l'école.

Elle se leva et s'habilla. En allant à la cuisine, elle le vit parler à ses beaux-parents dehors, et comme la fenêtre était ouverte, entendit malgré elle la conversation.

Il était encore en train de mentir... En tout cas, il ne disait rien du bébé ni du fait qu'elle avait passé la nuit ici. Avait-il honte d'elle ? Signifiait-elle si peu pour lui ? Que se passerait-il lorsque leur enfant naîtrait ? Comptait-il cacher le bébé à ses beaux-parents comme il la cachait elle ?

Ils en étaient aux leçons de pilotage qu'apparemment ils avaient l'intention de lui payer. Des projets qu'il avait eus avec Jenny avant qu'elle tombe enceinte... Comme si sa grossesse à elle allait encore une fois le retenir.

Elle entravait la réalisation de ses projets.

C'est la preuve que tu aurais dû garder tes distances...

Eh bien, le mal était fait... Mais si elle portait son enfant, elle n'avait pas l'intention de l'empêcher de réussir dans sa carrière.

En entrant, il eut l'air surpris. Parce qu'elle était levée, ou parce qu'il craignait qu'elle n'ait tout entendu ?

— En voyant ton mot, j'ai pensé que tu étais parti emmener Lucy...

Elle espérait que sa voix ne tremblait pas...

— C'était vrai, mais je suis revenu. Tu comptes rentrer chez toi, maintenant ?

— J'aimerais me changer et j'attends des nouvelles de ma bourse. Je suis un peu nerveuse...

— Je t'accompagne jusqu'à ta voiture.

— Merci.

Que dire de plus ? Elle était blessée, mais elle aurait dû le savoir. Pourquoi avait-elle baissé la garde ?

— Tu as l'air bizarre.

— Pas du tout, mais je pense que nous avons fait une erreur.

— Pardon ?

— J'ai dit que nous...

Avant qu'elle puisse terminer sa phrase, ils entendirent un moteur rugir et des crissements de pneus. Sandra vit avec horreur une voiture de sport arriver à toute vitesse du bout de la rue et entendit en même temps le train qui sifflait.

Et elle comprit que le coupé ne s'arrêterait pas.

Kody lui entoura les épaules du bras tandis que le véhicule heurtait le train de plein fouet et était projeté en l'air. La locomotive dérailla, entraînant les deux wagons de tête qui se couchèrent sur le côté.

Il y eut une explosion, des flammes...

Kody lui protégea le visage, et elle n'entendit plus que son pouls qui battait, et des crissements de métal.

Lorsqu'elle ouvrit les yeux, des gens accouraient de toute part pour se rendre compte du carnage.

— Bon sang ! s'il y a une occasion pour ton cours, c'est bien celle-ci !

— J'appelle les secours. Il y a un kit de trauma dans ma voiture. Vite !

Il ouvrit le coffre et en sortit un kit tout neuf, elle avait dû remplacer l'ancien quand sa voiture était tombée à l'eau.

Elle sortit son téléphone pour appeler les pompiers, mais elle ne devait pas être la première, car elle entendit au loin des sirènes qui hurlaient.

Après avoir raccroché, elle rejoignit Kody sur le lieu de l'accident. Dans son état, ce n'était pas prudent de tenter de relever des blessés, mais elle pouvait se charger du triage et des pansements...

Tandis que Kody traînait ceux qu'il pouvait hors des wagons, elle s'approcha de la voiture de sport renversée sur le flanc.

Elle alluma sa torche et inspecta l'habitacle : il n'y avait plus rien à faire, le conducteur avait été tué.

Le mieux, c'était d'aider Kody pour le triage. Elle se mit à examiner les blessés, laissant de côté ceux qui ne souffraient que d'entailles superficielles.

Les deux plus proches d'elle étaient inertes, les yeux fixes et les pupilles dilatées. Trop tard.

Elle poussa un soupir de soulagement en voyant les ambulances s'engager dans la rue.

Sally sauta de la première.

— Sandra, tu vas bien ?

— Oui. Il y a un trauma crânien là-bas, je crains que la colonne vertébrale ne soit touchée aussi. Kody s'occupe de ceux qui ne sont pas valides.

L'équipe les rejoignit, et Sally leur fit signe. Kody ne devait pas trop en faire, avec ses côtes encore sensibles...

— Et la voiture ?

— Elle ne s'est pas arrêtée au passage à niveau. Le conducteur n'a pas survécu.

— Je vais chercher une bâche. Interdit aux badauds de prendre des photos, s'il te plaît.

La police qui venait d'arriver s'occupait de reconduire les gens indemnes chez eux tandis que les pompiers s'efforçaient d'éteindre le feu.

Très vite, Sandra se sentit incommodée par la fumée.

— Assieds-toi, dit Sally. Tu n'as pas l'air bien.

— Mais... Je veux aider.

— Tu n'es pas en état, tu es toute pâle. Kody !

Kody arriva en courant.

— Sandra !

— Je me sens faible...

Sans résister, elle se laissa emmener à l'arrière de l'ambulance.

— Sandra ?

— Je...

Elle sentit ses genoux lâcher, comme le jour où elle s'était aperçue qu'elle était enceinte, et tout devint noir.

Kody faisait les cent pas devant la salle d'examen des urgences. La tension de Sandra avait chuté de façon dramatique, et il était terrifié.

Il ne pouvait penser qu'à Jenny mourante...

Avant de retourner sur les lieux de l'accident, Sally l'avait aidé à faire admettre Sandra, qu'ils avaient laissée aux bons soins du Dr Murdoch. L'école ayant été fermée à cause de l'accident, Myrtle et Ted étaient allés chercher Lucy.

Kody était furieux de s'être laissé piéger. Voilà pourquoi il ne voulait s'engager avec personne. C'était synonyme de souffrance...

En voyant sortir Jocelyn et Burt, il s'arrêta net.

— Comment va-t-elle ?

— Sa tension a beaucoup chuté, répondit le Dr Ohe, et selon le document que je lui ai remis hier, elle aurait dû s'y attendre. Elle a une prédisposition à une tension basse, elle doit surveiller ça constamment.

— Et le bébé ?

— Pas de problème de ce côté-là. Nous allons la garder en observation jusqu'à demain.

— Et elle doit se reposer, dit Burt. Je me demande où elle avait la tête en participant à ce sauvetage !

— Nous avons été témoins de l'accident, je suppose qu'elle n'a pas pu s'en empêcher...

— Je comprends, Kody, mais elle ne doit faire aucun effort, est-ce clair ?

— Je peux aller la voir ?

— Si vous voulez. Prévenez-la qu'elle passe la nuit ici.

Quand il entra, son cœur se serra d'appréhension.

Sandra avait l'air si pâle contre l'oreiller, avec sa perfusion... Ses yeux étaient si cernés...

Les souvenirs lui revenaient en masse, de Jenny gisant dans son lit dans ses derniers moments tandis qu'il la suppliait de lutter encore. Maintenant c'était au tour de Sandra... Impossible de la perdre, de perdre le bébé !

Elle ouvrit les yeux et eut un faible sourire.

— J'en ai un peu trop fait, je crois.

— C'est sûr, mais il n'y a pas que ça ! Pourquoi ne m'as-tu pas parlé du résultat du test génétique ? Cette tendance aux brusques baisses de tension y est indiquée...

— J'ai totalement oublié de le lire. Pourquoi t'énerves-tu ? Tout va bien maintenant !

— Pas si tu fais n'importe quoi. Tu n'aurais jamais dû te mêler de cet accident. Tu te rends compte que tu aurais pu perdre le bébé ?

— Mais ce n'est pas le cas, puisqu'il va bien.

— Sandra. As-tu toujours peur de trahir tes parents adoptifs ? Ne penses-tu pas qu'il est temps d'affronter ton passé ? Au moins pour le bébé.

Elle fit la moue.

— Tu peux parler !

— Que veux-tu dire ?

— Tes beaux-parents. Je vous ai entendus ce matin, vous avez parlé de moi et ensuite de tes cours de pilotage.

Il sentit son sang se figer. Ses craintes se confirmaient... Il avait tenté de tout leur dire, mais il en avait été incapable, inutile de le nier.

— Ils m'en ont fait cadeau, de ces cours.

— C'est très sympathique de leur part, mais ça n'explique pas pourquoi tu continues à te taire. Qu'est-ce qui te dérange, que je sois une enfant adoptée ?

— Quoi ? Comment peux-tu penser une chose pareille ?

— Alors pourquoi ce silence ? Tu préfères mentir à tout le monde ? C'est bien ce que je disais, nous avons fait une erreur.

— Tu te trompes ! cria-t-il.

— Dans ce cas, explique la situation aux parents de Jenny.

— C'est compliqué.

— Ils finiront bien par comprendre ! Tu crois que Lucy peut garder un secret longtemps ?

— C'est mon problème. Toi aussi tu as peur de fonder une famille et d'être heureuse, parce que tu en veux à ton ex-mari.

Il se sentit acculé. Il avait été terrifié qu'elle risque de perdre le bébé et s'en voulait d'avoir peur d'aller de l'avant.

— Lui aussi m'a menti. Il ne voulait que des enfants qui soient de lui, et je n'étais pas assez bonne pour les faire. Il m'a fait perdre toute ma confiance en moi. J'aurais dû me fier à mon instinct et rester loin de toi !

Il voyait les larmes rouler sur ses joues, à présent. Il n'avait plus rien à dire, il ne savait que dire...

Par peur d'accepter une autre chance de bonheur, il l'avait blessée. De toute façon, il ne la méritait pas...

— Sandra... Je ferais mieux de te laisser.

Et maintenant, il avait laissé passer cette chance parce qu'il redoutait de risquer son cœur. Lucy et ses beaux-parents n'étaient qu'une excuse. En réalité, il refusait d'admettre sa terreur à l'idée de recommencer.

12

— Je suis sûre qu'il ne pensait pas ce qu'il disait, Sandra.

Megan lui pressa gentiment la main.

— Je sais, mais il a raison, j'ai mis le bébé en danger en voulant aider...

— Vous êtes médecin, c'est normal. Et le bébé va bien.

Elle soupira.

— J'ai peur.

— De quoi ?

Difficile à formuler... D'être tombée amoureuse de Kody et de Lucy, et de les perdre. Qu'ils ne la veuillent pas dans leur vie. Elle ne supporterait pas d'être rejetée encore une fois, comme elle l'avait déjà été par ses parents à sa naissance, et par Alex ensuite.

Pourtant, elle voulait une famille, elle voulait Kody... Elle l'avait repoussé par crainte qu'il sorte de sa vie. Lui aussi avait peur, et comment l'atteindre ?

Et puisqu'il aimait toujours sa femme disparue, y avait-il de la place dans son cœur pour une autre ?

Megan se redressa.

— Je reviendrai vous voir plus tard, Sandra. Tâchez de vous reposer.

— D'accord, merci.

Dès que son interne fut sortie, elle attrapa sa mallette, sortit le compte rendu de son test ADN, et se mit à lire. En effet, elle avait hérité d'une tension basse et d'une tendance à l'anémie.

Elle sourit soudain : elle était à 70 % d'origine néerlandaise, et française pour le reste ! C'était inattendu, mais très clair. Et le nom de famille qui semblait dominer était Rutant. Tellement français, comparé au patronyme écossais de ses parents adoptifs ! Enfin elle avait des racines qu'elle pourrait partager avec son enfant...

Ensuite elle devrait éplucher son rapport d'adoption. Avec un peu de chance, on parviendrait à contacter ses parents pour savoir s'ils voulaient lui en dire davantage...

Mais elle suivrait l'avis de Kody, elle prendrait les choses les unes après les autres.

Kody... Pourvu qu'il revienne, au moins pour avoir une explication. Elle voulait qu'il sache qu'elle ne le retiendrait pas s'il n'était pas prêt pour une relation, mais elle lui avouerait ses sentiments.

Elle était lasse de dissimuler.

Et elle était prête à regarder l'avenir avec confiance. Quel qu'il soit.

Kody prit une profonde inspiration et monta les marches du perron de ses beaux-parents. Il se doutait que Lucy leur avait déjà annoncé la nouvelle, mais se devait de leur en parler en personne.

Il le devait aussi à Jenny... et à Sandra.

Il fallait qu'il libère de la place dans son cœur pour elle, si toutefois elle voulait de lui. Pourrait-elle lui pardonner de lui avoir fait porter le poids de sa propre peur ?

Quoi qu'il en soit, il serait là pour elle et le bébé. Le plus urgent à présent, c'était de parler à ses beaux-parents.

En vérité la place pour Sandra était déjà faite : il l'aimait et voulait fonder une famille comprenant Lucy, elle et l'enfant qu'elle attendait. Même si c'était dur pour Ted et Myrtle de voir une autre remplacer leur fille, il espérait qu'ils le comprendraient.

Lorsqu'il entra, ils étaient assis au salon ; Lucy, qui regardait la télévision avec des écouteurs sur les oreilles, ne tourna même pas la tête.

— Alors, demanda Myrtle, il paraît qu'il y a un bébé en route ?

— Oui, euh... de Sandra Fraser. Nous avons passé une nuit ensemble il y a quelques mois, et elle est enceinte.

— Vous l'aimez ? demanda Ted.

— Oui. Je ne voulais pas, mais... Il faut que vous le sachiez. J'adorais Jenny... Mais je suis tombé amoureux de Sandra et j'espère qu'elle nous aime, Lucy et moi. À vrai dire, je sais qu'elle aime au moins Lucy.

Myrtle eut un doux sourire.

— Bien entendu que vous aimez Jenny, vous l'avez prouvé en la soignant jusqu'au bout et en vous efforçant de garder son souvenir vivant. Mais nous ne nous attendions pas que vous restiez célibataire à jamais.

— Je porterai toujours son deuil, mais elle souhaitait que j'aille de l'avant... et je n'y parvenais pas.

— Vous n'aviez pas trouvé la femme qu'il vous fallait, dit Ted.

— Hum ! c'est aussi ce que m'a dit Sally.

Myrtle se leva et le prit dans ses bras.

— Nous sommes de tout cœur avec vous, et c'est un bonheur pour nous qu'un bébé arrive dans la famille. Enfin, si vous nous acceptez, si nous pouvons en faire partie...

— Avec joie ! Mes parents vivent très loin, et Sandra n'en a plus...

Il regarda Myrtle dont les yeux s'emplissaient de larmes.

— C'est comme si Jenny nous l'avait envoyée. Nous vous aimons, Kody, et nous aimerons cet enfant aussi. Amenez-nous Sandra le plus vite possible pour que nous fassions sa connaissance.

Il sentit sa gorge se serrer.

— Vous n'imaginez pas à quel point c'est important pour moi.

— Vous nous avez acceptés dans votre vie, vous ne nous avez pas fermé la porte, ça signifie beaucoup pour nous.

— Si Sandra veut bien de moi, nous irons nous installer chez elle. Sa propriété est un peu hors de la ville, mais il y a beaucoup plus d'espace... Enfin... À condition qu'elle me pardonne, parce que nous nous sommes disputés après cet accident...

— Je suis certaine qu'elle ne vous en voudra pas.

— Je l'ai blessée en lui reprochant d'avoir participé au sauvetage.

Ted lui fit un clin d'œil.

— Il suffit de lui présenter des excuses. Vous l'aimez, n'est-ce pas ?

— Oui.

Myrtle sourit.

— Allez-y vite, Kody.

— D'accord. Lucy peut-elle rester ici ce soir ? Sandra est toujours en observation, et j'aimerais passer la nuit avec elle.

— Bien entendu ! Allez lui déclarer votre flamme. Assortie d'un petit bijou, peut-être ?

Il rit. Non, il n'était pas prêt à demander Sandra en mariage, mais il voulait arranger les choses. En tout cas, élever cet enfant et former une famille.

Lorsque Sandra vit Kody à la porte de sa chambre, elle fut tentée de le mettre dehors, mais le plus fort de sa colère était passé, et elle dut admettre qu'elle était heureuse qu'il soit revenu.

D'autant qu'il portait un énorme ours en peluche...

— Comme ils ne m'ont pas laissé entrer avec des fleurs, je t'ai apporté ça. Myrtle avait suggéré un bijou...

— Tu as parlé à tes beaux-parents ?

— Oui. Ils sont très heureux et se demandent si tu les accepteras dans notre famille.

Elle sentit monter les larmes.

— Qu'entends-tu par « notre famille » ?

— Sandra, je suis un imbécile. Je culpabilisais de tomber amoureux de toi, je m'imaginais que je trahissais Jenny et que je ne pouvais t'offrir que la moitié de mon cœur. Mais je me suis aperçu que je me trompais.

— Ah ?

— En fait j'ai le cœur assez grand pour toutes les deux. Et ne t'avise pas de penser que tu me retiens en quoi que ce soit. Ma vie n'a pas pris le chemin que j'envisageais au départ, mais je suppose que je ne suis pas le seul dans ce cas.

Les larmes ruisselaient à présent sur ses joues...

— Est-ce que... tu veux dire que tu m'aimes ?

— Oui. Et que je regrette notre dispute. Quand je t'ai vue avec une tension si basse... Je me suis rappelé les derniers moments de Jenny. J'ai eu peur de vous perdre, toi et le bébé.

Il lui prit la main et l'embrassa.

Elle lui caressa le visage.

— Moi aussi je t'aime, et j'avais peur aussi.

— Tu es la femme la plus forte que je connaisse.

— Pourtant je ne voulais plus aimer personne. Tant de gens m'ont abandonnée... Mais je t'aime, j'aime Lucy et je veux que nous formions une famille.

Il sourit.

— Ton ex-mari est un imbécile. Je ne te laisserai jamais, Sandra.

Il s'assit sur le lit à côté d'elle et lui posa la main sur le ventre.

— Tu dois me promettre quelque chose. Ne me fais plus jamais peur comme ça.

— Promis. Alors, quel est le programme ?

— Je ne sais pas exactement, mais je te veux à mes côtés.

Elle l'embrassa.

— Eh bien, nous allons procéder comme tu me l'as conseillé. Un jour après l'autre.

Il sourit.

— Je t'aime.

— Moi aussi je vous aime, monsieur Davis.

Il rit en se souvenant de sa froideur du début. Il comprenait qu'à ce moment-là elle protégeait son cœur.

À présent ils pouvaient bâtir l'avenir ensemble... Sandra, Lucy, lui et le bébé, en conservant intact le souvenir de ceux qu'ils avaient aimés et perdus.

Il soupira d'aise. Il ne pouvait pas prévoir l'avenir, mais allait s'assurer qu'ils restent ensemble. Pour toujours.

— Je t'aime, Sandra, murmura-t-il.

— Parfait. Maintenant, dis-moi quand vous comptez emménager chez moi, parce que je n'irai jamais vivre dans cette minuscule maison en ville.

— Tu ne vas pas un peu vite ? Rappelle-toi : un jour après l'autre.

Oui, songea-t-elle, *un jour après l'autre, et pour toujours.*

Épilogue

Un an plus tard

Par la fenêtre ouverte, Sandra entendait le rire de Lucy et les cris de sa petite sœur, Samantha.

En passant la tête, elle vit Lucy qui courait autour de la couverture de pique-nique où étaient installés Kody et le bébé.

Elle ignorait ce qui était si drôle, mais rit de bon cœur : c'était si mignon ! Elle les observa un instant.

Un an plus tôt, jamais elle n'aurait cru être là, avec toute sa famille...

Et aujourd'hui elle se mariait. Oh ! pas en grande pompe ! Ici dans la cour, leurs deux filles à leurs côtés, avec leurs familles qui viendraient assister à la cérémonie.

Il y aurait Myrtle et Ted, bien entendu, et les parents de Kody qui arrivaient de Caroline du Nord.

Même John, son père biologique, serait de la fête. Juste avant d'accoucher, elle avait enfin ouvert son rapport d'adoption. Elle avait ensuite contacté son père, et il lui avait répondu : il n'était même pas au courant de son existence, et s'était senti seul lui aussi...

En revanche, elle n'avait pas pu avoir de nouvelles de sa mère, mais elle avait bon espoir. Peut-être un jour... Pour l'instant, elle était heureuse ainsi.

La prairie de l'arrière allait être transformée en une piste d'atterrissage pour que Kody puisse poursuivre ses cours de pilotage. La vente de sa maison d'Austin lui avait rapporté de quoi acheter un petit avion, et il pouvait ainsi s'entraîner en restant proche de sa famille.

Même s'il n'avait pas réalisé son rêve de partir en Alaska, au moins, il serait bientôt pilote.

Quant à elle, elle dirigeait à présent le laboratoire de simulation de Rolling Creek, qui était devenu l'un des plus renommé des États du Sud. Les hôpitaux des autres villes leur envoyaient leurs médecins et leurs secouristes. Et bien qu'il lui arrive de regretter les urgences et la salle d'opération, elle était ainsi plus disponible pour ses enfants.

Elle aimait Lucy comme sa fille, mais jamais elle ne laisserait s'effacer chez elle le souvenir de Jenny.

— J'espère que vous ne vous salissez pas, les invités vont bientôt arriver !

Kody se leva.

— Pas de danger !

Il prit Samantha dans ses bras et la souleva en l'air.

— Pas vrai, mon petit lapin ?

Samantha hurla de plaisir. Il l'assit dans sa poussette, rejoignit Sandra, et l'enlaça.

— Comment te sens-tu, aujourd'hui ? Fatiguée des préparatifs ?

— Oui, un peu. Euh... J'ai quelque chose à t'annoncer.

— Une bonne nouvelle ?

— J'espère.

Elle ne pouvait s'empêcher de sourire.

— Jocelyn m'a appelée ce matin. Je suis enceinte.

— Quoi ? Déjà ?

— Eh oui. Samantha a bientôt un an, je ne pensais pas que ça arrive si vite, mais je lui ai dit que j'étais lasse, et elle a tenu à faire un test. Je n'ai pas eu les mêmes symptômes que la première fois mais... Alors, tu es heureux ?

— Bien sûr ! J'ai du mal à y croire. J'ai si longtemps pensé que Lucy serait ma seule enfant ! Nous avons Samantha, et maintenant...

— Eh bien, cette fois ce sera peut-être un garçon qui pourra faire équipe avec toi contre toutes ces femmes !

Il éclata de rire et l'embrassa.

— C'est un tel bonheur de vous avoir dans ma vie, et que tu aimes Lucy comme ta fille !

— Merci de m'aimer, Kody. Je t'aime.

— Moi aussi. Je suis heureux que tu aies accepté de m'épouser. Il est temps que je fasse de toi une honnête femme.

Elle lui jeta un regard noir.

— Ma parole ! Mais tu es sexiste !

Il rit de nouveau.

— Navré, je n'ai pas pu m'en empêcher.

— Bien, quand allons-nous annoncer à Lucy qu'elle va avoir un petit frère ou une petite sœur ? À la fin du premier trimestre ?

— Pourquoi pas tout de suite ?

— Si jamais il arrive quelque chose...

Il lui caressa le ventre.

— Un jour après l'autre. À pas de bébé, tu te souviens ?

— D'accord.

Main dans la main, ils s'approchèrent de la couverture où Lucy jouait et s'assirent pour lui annoncer qu'il y aurait bientôt un deuxième bébé.

Que la famille s'agrandissait de deux nouveaux pieds.